Japanese of Rampo

乱歩の日本語

今野真二

SHINJI KONNO

春陽堂書店

乱歩の日本語

第三章 初出でよむ乱歩 097

第四章　乱歩の固有名詞　165

序章

はじめに

江戸川乱歩の「人間豹」は『講談倶楽部』昭和九年新年号（第二十四巻第一号）から第二十五巻第五号まで、十五回にわたって連載された。物語には次のようなくだりがある。

（まあ聞きたまえ。怒つたつて仕様がないよ。僕はね、こうして君と愉快に話している間《ま》に、君たち親子の巣窟をつきとめたのも同然なんだよ。黒い糸がね、目にも見えない黒い糸がね。蜘蛛の巣のように君の身体《からだ》にからみついて離れないのだよ。どこまででも、君の行く所までその糸がつながつて行くのだよ）

恩田はそれを聞くと、変な顔をして思わず身のまわりをキョロキョロと見まわした。ほんとうに、そんな蜘蛛の糸が、どこか天井の隅からスーッと降りて来て、彼の身体《からだ》にクルクルまきついているような、異様に不気味な感じに襲われはじめた。

（春陽堂版全集８・一〇三頁下段）

「僕」は「明智小五郎」、「恩田」は「人間豹」である。この作品では、「明智小五郎」の妻となっている「文代」までが「人間豹」に連れ去られる。右の「黒い糸」は尾行のために使う「黒いクレオソート」（一一二頁上段）を暗示していると思われるが、そうした尾行も失敗に終わり、「人間豹」は「浅草公園」に逃げ込んでゆくえをくらます。作品では「浅草公園」が「都会のジャングル」（一一四頁下段）と表現されている。

右の「蜘蛛の巣」、「蜘蛛の糸」は獲物にからみついて獲物を捕らえるものとして描写されている。「蜘蛛の巣」の中心にいるクモ側からみれば、巣はクモを中心として四方八方にひろがっていることになる。実際のクモの巣は一定の大きさをもつが、そのクモの巣がどこまでもひろがっていくとすれば、それは「World Wide Web」の「イメージ」と重なる。英語「web」の語義は〈蜘蛛の巣〉だ。巣の中心にいる乱歩からクモの糸が、どんどんとひろがっていき、クモの巣は限りなく大きくなっていく。それが乱歩の作品ではないか。乱歩の作品はこれ以上増えることはない。しかし乱歩の作品にインスパイアされた作品がうみだされていくとすれば、そしてそれがずっと続くとすれば、ひろい意味合いでは乱歩のクモの巣は大きくなり続けていくといってもよい。

筆者としては、まずは乱歩が作った巣、作品に使われている日本語を丁寧に検証してみたい。

それが明治末から大正期、昭和期の日本語の中でどのような位置をしめるのか。その検証は、「乱歩の日本語」の検証にとどまらず、ひろがりをもつだろう。

乱歩は『わが夢と真実』(東京創元社、昭和三十二年八月二十五日)に収められている「こわいもの」において、少年時代にクモとコオロギがこわかったことを記している。しかしそれは「実世界=ぅつし世」でのことだ。乱歩には「蜘蛛男」という作品がある。その冒頭ちかくには次のようにある。

蜘蛛という虫は、毛むくじゃらの八本足を、異様にうごめかしている恰好だけでも、ゾッとする程いやらしいものだが、あの虫は、その本性も、実に残忍酷薄なやつで、同類相食む為に二匹同居することが出来ない。(略)

この物語の主人公は、残忍酷薄で薄気味のわるいこと、ちようどこの蜘蛛のような人物だから(しかもそれが雌蜘蛛の方に似ているのだが)名づけて「蜘蛛男」というわけである。

(春陽堂版全集2・二頁上段)

「実世界=うつし世」のクモが嫌いだから「蜘蛛男」という作品が著わせないということはない。「うつし世はゆめ」で「よるの夢こそまこと」であるとすれば、「反転」は乱歩作品をよむにあたってのキーワードかもしれない。「反転」を見極め、「うつし世」と「よるの夢」との「回路」のありどころを探るためには、まず作品がかたちづくる「世界」をそれとしてうけとめる必要がある。それが作品世界のものであることをはっきりさせるために、本書では明智小五郎、怪人二十面相といった、乱歩作品の読者にはなじみ深い語であっても、鉤括弧を附した。いささか煩わしくみえるかもしれないけれどもご容赦いただければと思う。しっかりした準備をもってのぞまなければ、なかなか乱歩には接近できないと思ってのことだ。乱歩は手強い。

江戸川乱歩の時代と日本語

平井太郎は明治二十七（一八九四）年に生まれ、昭和四十（一九六五）年に没している。「アッシャー家の崩壊」「黒猫」「モルグ街の殺人事件」「黄金虫」などの作品で知られているアメリカ合衆国の小説家、詩人のエドガー・アラン・ポー（Edgar Allan Poe）（一八〇九～一八四九）から筆名「江戸川乱歩」をつくったことはよく知られているだろう。本書では筆名である江戸川乱歩あるいは乱歩を使うことにする。

江戸川乱歩の生没年を考え併せれば、乱歩の作品をかたちづくっている日本語は、明治期から大正期、昭和期にかけての日本語ということになる。乱歩が生まれた明治二十七年は日清戦争が始まった年であり、帝国大学国語研究室初代教授、上田万年が哲学館（後の東洋大学）で「国語と国家と」と題した講演を行なった年である。十年後すなわち乱歩十歳の時には日露戦争が起こる。「国語」「国家」という概念がさまざまに意識されていた時期といってよいだろう。日本語の史的研究は明治期まではまずまず行なわれているといえるだろう。しかし、大正期以降の日本語の史的研究は始まったばかりといってよい。現在出版されている唯一の多巻大型国語辞書『日本国語大辞典』第二版は、もちろん大正期の日本語についても採りあげているが、さらに増補、補強する余地はあると思われる。そういうことについても考えてみたい。

平井隆太郎、中島河太郎監修『江戸川乱歩執筆年譜』（名張市立図書館、一九九八年）は、大正十二（一九二三）年四月に「二銭銅貨」が『新青年』第四巻第五号（四月春季増大号）に載せられているところから始まる。つまり、江戸川乱歩の作家デビューは大正十二年、乱歩が二十九歳の時であった。そのことからすれば、乱歩が使っていた日本語は明治末頃から大正期、昭和期の日本語ということになるだろう。

春陽堂『江戸川乱歩全集』

本書は「乱歩の日本語」を書名としている。「乱歩の日本語」とは、まずは江戸川乱歩が使っていた日本語がどのようなものか、ということである。「どのようなものか」は日本語の歴史の中に乱歩の日本語を置いてみて初めてわかることになる。特に、明治末頃から大正期、昭和期の日本語の中に乱歩のそれを置くことによって「乱歩の日本語」を検証してみたい。しかし、さきほど述べたように「明治末頃から大正期、昭和期の日本語」がまだはっきりとつかめていないともいえる。そうなると、「乱歩の日本語」を観察することによって、「明治末頃から大正期、昭和期の日本語」をあきらかにするという面もありそうだ。矛盾といえば矛盾、欲張りといえば欲張りだ。しかし、結局は乱歩の作品を丁寧に読んで、乱歩の日本語を丁寧に観察するということにつきる。そのように考えているので、本書には原文の引用が少なからずある。それは、いわば「証拠」であり、また読者の方々に自身でたしかめてほしいからでもあるので、御了解いただきたい。

本書では江戸川乱歩作品の引用にあたり、『江戸川乱歩全集』全十六巻（春陽堂、昭和二十九年十二月〜昭和三十年十二月）に収められている作品については、この全集を使うことにする。この全集は二段組みされているので、（春陽堂版全集14・一五七頁下段・八）で、第十四巻の一五七ページ下段八行目からの引用であると示す。また文脈上「‥」以下タイトルを記す場合がある。この全集には振仮名が施されている。振仮名は基本的には省いたが、必要に応じて残すこともある。また、この全集には誤植と思われるものが少なからずみられる。そうしたものについては、煩を厭わず何らかのかたちで筆者の「判断」を記すように心がけた。その他、引用にあたっては、「常用漢字表」に載せられている漢字はそれを使い、載せられていない漢字については、引用元のテキストに従うことにする。かなづかいは改めない。繰り返し符号には文字を入れることがある。「／」によって改行位置を示すことがある。

『江戸川乱歩全集』全十六巻（春陽堂）は昭和二十九（一九五四）年に出版が始められた。第四巻、第二巻の奥付にはいずれも昭和二十九年十二月二十三日発行とあるが、第一巻巻頭に置かれた「自序」には「この全集の配本が巻数通りの順序でなく、一巻が出るまでに、すでに昨年末から正月にかけて、第二巻第四巻の二冊が出ているのだから、序文の方があとから読まれることになるが、やはり序文は第一巻にのせておく方がよいと思つたので、この本に書くことにした」と記されている。また巻末に置かれている「江戸川乱歩全集目録」には第一回配本が第四巻、第二回配本が第二巻となっているので、あるいは実際の出版は第四巻、第二巻は同時ではなかった可能性がある。

昭和二十九年は乱歩が六十歳の年で、「二銭銅貨」が発表された大正十二（一九二三）年からは三十一年が経過している。この間、昭和二十一年には「現代かなづかい」が内閣告示第三十三号としてだされ、昭和二十一年十一月十六日には「当用漢字表」、昭和二十三年二月十六日には「当用漢字別表」「当用漢字音訓表」が、昭和二十四年四月二十八日には「当用漢字字体表」が内閣告示されている。昭和二十九年は「当用漢字表」の告示から八年、「当用漢字字体表」の告示から五年が経っており、「現代かなづかい＋当用漢字表」による文字化がある程度浸透していたことが推測できる。乱歩は「自序」において次のように述べている。

今度の春陽堂の全集は、私としては三度目の纏まつた出版になるわけだが、出すくらいなら脱漏のない集大成でなければ意味がないと思い、一頁に入る字数を出来るだけ多くして、毎巻長篇二篇中、短篇数篇、随筆数篇という組合せにし、単行本三冊を一冊に圧縮した西洋のオムニバス本に近い編纂法をとることとした。

私の小説は、これまでいろいろな形の本になつて繰返し出版されているが、どの本も校正が厳密でなく、誤植が多いので、この全集は出来るだけそれらの誤植を正すとともに、伏せ字はことごとく埋め、古い用法の漢字を改め、仮名はすべて新仮名遣いに直すことにした。又、通俗的な長篇は、一二を除き、時代をいつにしても差支ないような書き方をしているので、景物、物の値段など、今の青少年諸君が読まれても、おかしくないように改めておいた。しかし中、短篇には、そういう改訂を加えると、却つて変になるものが多いので、この方は大部分そのままにしてある。このことをお含みの上で通読願いたいのである。

（昭和二十九年十二月記）

「三度目」は『江戸川乱歩全集』十三巻（平凡社）、『江戸川乱歩選集』十巻（新潮社）についでということである。乱歩は「本文」に関して、「脱漏」あるいは「校正が厳密でなく、誤植が多い」ことを気にしている。一般的にいえば、明治期、大正期の出版物には誤植が少なくない。そうしたものをできるかぎり少なくし、これまでの「誤植を正す」ということを目指していたことがわかる。

しかし、この『江戸川乱歩全集』（春陽堂）第一巻所収の「孤島の鬼」には、『江戸川乱歩選集』（新潮社）に収められた時点で「戦争中に削り取った」箇所があった。それを復元していないことが「読者からのご注意」によってわかり、当該箇所を第六巻に「「孤島の鬼」脱文」別刷りとして附した。そこには次のように記されている。

読者からのご注意によつて、第一巻の「孤島の鬼」の「生地獄」の章、百七十七頁下段三行目の次に。長い文章が脱漏していたことを気ずきました、この部分は作者自身、同性愛慾の描写にいや気がさして、戦争中に削り取つたままの版で、戦後も出版されていたために、つい気ずかなかつたのですが、今度の全集には、そういう削除の部分も復原するという約束なので、その脱漏の箇所をここに印刷しました。これを百七十七頁に貼りつけて下さい。

〔一七七頁下段三行目の終り「……全人類なのだ」の「」をとり、。に変え、行をあらためて同じ諸戸の言葉のつづき〕

「ああ、僕はそれがうれしい。君と二人でこの別世界にとじこめて下さつた神様がありがたい。僕は最初から、生きようなんて、ちつとも思つていなかつたんだ。（以下略）」

右から幾つかのことがわかる。まず、乱歩及び春陽堂は、『江戸川乱歩全集』を出版するにあたって、「伏せ字」などを復元することを編集方針としていた。第一巻の「孤島の鬼」において、それが果たせなかったことは、残念なことではあったが、それを第六巻に別刷りとして附録することによって果たした。これは昭和二十九（一九五四）年時点における「表現の自由」に関しての認識として評価すべきことといえよう。また、乱歩は自分が著わした作品について、あれこれと反省的に考えるタイプの作家とおぼしいが、右で「同性愛慾の描写にいや気がさして」と述べていることには留意しておきたい。

また、「自序」で「景物、物の値段など、今の青少年諸君が読まれても、おかしくないように改めておいた」と述べていることにも留意したい。つまり、乱歩は、こうした「細かい手入れ」を厭わずに、むしろ積極的にするタイプの作家であった。

「古い用法の漢字を改め、仮名はすべて新仮名遣い」にするということは日本語の観察という点からはきわめて興味深い。例えば、「二銭銅貨」に関していえば、創作探偵小説集第一巻『心理試験』（春陽堂、大正十四年七月十八日）所収のテキストと『江戸川乱歩全集』第九巻（春陽堂、昭和三十年六月十日）所収のテキストを対照すれば、仮名遣いはともかくとして、昭和三十（一九五五）年の時点で、乱歩が「古い用法の漢字」と感じたものがわかることになる。これはあくまでも乱歩の「感じ」ではあるが、乱歩の日本語が時代の日本語と隔絶して存在しているわけではなく、大正末期から昭和初期の三十年間の日本語のありかたを窺う手がかりとなることはたしかなことといえよう。こうしたことについては本書の第一章で詳しく述べるが、例えば、「扮装《いでたち》」（二頁九行目）が「いでたち」（春陽堂版全集9・二六〇頁下段・十一）になっていたり、「燐寸《マッチ》」（二頁十行目）が「マッチ」（春陽堂版全集9・二六〇頁下段・十四）になっていたりすることが該当すると思われる。

江戸川乱歩のテキスト

本書第一章では、江戸川乱歩作品のテキストについて採りあげる。江戸川乱歩の作品は繰り返し出版されている。新聞や雑誌にまず発表され、それが単行本に収められ、全集になるというのが近代文学作品の一般的な「展開」だ。しかし、乱歩の場合、全集だけでも複数の出版社から出版されており、同じ作品が複数回文字化されている。「全集」「選集」「文庫」と銘打たれているものをあげてみよう。7は全二十二巻で企画されているが、二十一巻は欠巻となっている。なお、江戸川乱歩作品については、先に十二頁であげた『江戸川乱歩執筆年譜』及び平井隆太郎、中島河太郎監修『江戸川乱歩著書目録』（名張市立図書館、二〇〇三年）が詳細なデータを掲げている。本書もこれらの「執筆年譜」「著書目録」を参考にさせていただいた。学恩に感謝したい。

1 『江戸川乱歩全集』十三巻（平凡社、一九三一年五月〜一九三二年五月）
2 『乱歩傑作選集』十二巻（平凡社、一九三五年一月〜同年十二月）

3『江戸川乱歩選集』十巻（新潮社、一九三八年九月〜一九三九年九月）
4『乱歩選集』六巻（スピカ、一九四六年七月〜一九四七年十一月）
5『少年探偵江戸川乱歩全集』二十三巻（光文社、一九五一年十二月〜一九六〇年九月）
6『江戸川乱歩全集』十六巻（春陽堂、一九五四年十二月〜一九五五年十二月）
7『江戸川乱歩文庫』二十二巻（春陽堂書店、一九五六年十二月〜一九五七年十二月）
8『名探偵明智小五郎文庫』十七巻（ポプラ社、一九五七年十月〜一九六三年十一月）
9『江戸川乱歩全集』十八巻（桃源社、一九六一年十月〜一九六三年七月）
10『少年探偵団全集』五巻（光文社、一九六一年十二月）
11『少年探偵江戸川乱歩全集』四十六巻（ポプラ社、一九六四年七月〜一九七三年十二月）
12『江戸川乱歩全集』十五巻（講談社、一九六九年四月〜一九七〇年六月）
13『少年版江戸川乱歩選集』六巻（講談社、一九七〇年七月〜同年十月）
14『江戸川乱歩長編全集』二十巻（春陽堂書店、一九七二年六月〜一九七三年二月）
15『江戸川乱歩全集』二十五巻（講談社、一九七八年十月〜一九七九年十一月）
16『江戸川乱歩文庫』三十巻（春陽堂書店、一九八七年六月〜一九八八年四月）
17『江戸川乱歩推理文庫』六十五巻＋特別補巻（講談社、一九八七年九月〜一九八九年七月）
18『江戸川乱歩全集』三十巻（光文社、二〇〇三年八月〜二〇〇六年二月）
19『江戸川乱歩文庫』三十巻（春陽堂書店、二〇一五年二月〜二〇一九年十二月）

デビュー作品「二銭銅貨」

乱歩の「デビュー作品」が、大正十二（一九二三）年四月に『新青年』第四巻第五号（四月春季増大号）に載せられた「二銭銅貨」であることは先に述べた。この「二銭銅貨」が何回出版されているか調べてみよう。再版、復刻版と思われるもの、外国語版は除いた。前掲の1・2・3・6・7・9・12・15・16・17・18・19以外に少なくとも次のようなものがある。

創作探偵小説集第一巻『心理試験』（春陽堂、一九二五年七月十八日）所収
現代大衆文学全集第三巻『江戸川乱歩集』（平凡社、一九二七年十月五日）所収
世界探偵小説全集第二十三巻『乱歩集』（博文館、一九二九年七月二十七日）所収
日本小説文庫一二六『心理試験』（春陽堂、一九三二年六月十五日）所収
くろがね叢書第十七輯（くろがね会、一九四四年四月三十日）所収
『二銭銅貨』（平凡社、一九四六年六月十日再版）所収
『屋根裏の散歩者』（有厚社、一九四七年五月二十五日）所収
春陽堂文庫二〇〇四『心理試験』（春陽堂、一九四八年十月二十日）所収
岩谷選書十六『芋虫』（岩谷書店、一九五〇年二月二十日）所収
『湖畔亭事件その他』（改造社、一九五一年四月三十日）所収

市民文庫三十三『心理試験』（河出書房、一九五一年五月十五日）所収
春陽文庫一一〇六『心理試験』（春陽堂書店、一九五二年九月三十日）所収
『二銭銅貨　心理試験』（日本点字図書館、一九五六年六月二十五日）所収
探偵小説名作全集一『江戸川乱歩集』（河出書房、一九五六年七月二十日）所収
『犯罪幻想』（東京創元社、一九五六年十一月三十日）所収
現代国民文学全集第二十七巻『現代推理小説集』（角川書店、一九五八年六月三十日）所収
春陽文庫一一〇六『心理試験』（春陽堂文庫出版、一九五九年十二月二十日）所収
『江戸川乱歩傑作選』（新潮文庫一四五九、一九六〇年十二月二十四日）所収
春陽文庫一一〇六、江戸川乱歩名作集七『心理試験』（春陽堂書店、一九六二年三月三十日）
所収
新青年傑作選一『推理小説編』（立風書房、一九七〇年二月二十五日）所収
『二銭銅貨・パノラマ島奇談ほか三編』（講談社文庫、一九七一年九月十五日）所収
現代推理小説大系一『江戸川乱歩』（講談社、一九七二年五月八日）所収
江戸川乱歩シリーズ一『闇に蠢く』（講談社、一九七二年七月二十日）所収
大衆文学大系二十一『江戸川乱歩・甲賀三郎・大下宇陀児集』（講談社、一九七三年一月二十日）所収
『一寸法師』（角川文庫三〇八三、一九七三年六月三十日）所収

『13の暗号』（講談社、一九七五年十一月八日）所収
別冊幻影城・保存版№5『江戸川乱歩』（幻影城、一九七七年六月二十五日）所収
イフ・ノベルス二十四『世界暗号ミステリー傑作選』（番町書房、一九七七年十月十日）所収
日本探偵小説全集二『江戸川乱歩集』（東京創元社、一九八四年十二月二十六日）所収
春陽文庫一一〇七『心理試験』（春陽堂書店、一九八七年七月五日）所収
江戸川乱歩推理文庫一『二銭銅貨』（講談社、一九八七年九月二十五日）所収
ちくま文学の森十四『ことばの探偵』（筑摩書房、一九八八年十二月二十日）所収
ちくま日本文学全集〇一九『江戸川乱歩』（筑摩書房、一九九一年十一月二十日）所収
『乱歩上』（講談社、一九九四年九月二十日）所収
くらしっくミステリーワールド第十二巻『江戸川乱歩集』（リブリオ出版、一九九七年二月二十八日）所収
『江戸川乱歩全短編一』（ちくま文庫、一九九八年五月二十一日）所収

右からすると「二銭銅貨」は四十八回も出版されていることになる。つまり、大正十二年から現代まで四十八回、文字化されている。文学作品の「研究」はさまざまな人によって、さまざまなかたちで展開している。何を明らかにしようとしているか、という「目的」によって、観察対象も使用するテキストも、分析方法も異なるであろう。したがって、ごく一般的に、と

いう限定のもとに、ということになるが、「初出」と呼ばれる、最初に文字化されたテキスト、あるいは「初版」と呼ばれる、最初に単行本として文字化されたテキスト、あるいは「研究本文」として定評のある「全集」が使用されることが多い。作者の自筆原稿が残っている場合は、それが参照されることもある。「初出」「初版」「全集」「自筆原稿」以外のテキストが参照されることはきわめて稀といってよいだろう。

現代大衆文学全集第三巻『江戸川乱歩集』(平凡社、昭和二〈一九二七〉年十月五日発行、昭和五〈一九三〇〉年九月五日再版発行)を採りあげてみよう。このテキストには次のような「はしがき」が冒頭に置かれている。

こゝに収めました丈けが、私の現在までの作品の殆ど全部であります。全部を入れなければ一千頁に充たない程、私は書いてゐなかつた訳です。自分の気力の一人前でないことを感じます。さういふ訳で、作品を選むなんて贅沢な真似は出来なかつたのです。いやだと思ひながら、止むを得ず加へたものが随分あります。長篇物が殊にさうでした。お恥かしいことです。

内容を三部に分けて見ました。第一部は純粋の探偵小説、第二部は私の妙な趣味が書かせた謂はゞ変格的な探偵小説、第三部は新聞雑誌に連載した長篇物であります。中に『闇に蠢く』は雑誌に連載中、作者が興味を失つて、中絶し、そのまゝ単行本にも収めたものですが、今度全集の為に、数十枚を書き加へて、兎も角も結末をつけて置きました。

昭和二年夏　江戸川乱歩

昭和二（一九二七）年の時点で、乱歩が「純粋の探偵小説」「変格的な探偵小説」という枠組みをもっていたこと、そして「二銭銅貨」「D坂の殺人事件」「心理試験」「黒手組」「一枚の切符」「灰神楽」を前者に、「二癈人」「赤い部屋」「白昼夢」「屋根裏の散歩者」「踊る一寸法師」「毒草」「鏡地獄」「人間椅子」を後者にみなしていたことがわかる。

さて、それはそれとして、このテキストの冒頭には「二銭銅貨」が置かれている。この「二銭銅貨」を創作探偵小説集第一巻『心理試験』（春陽堂、大正十四〈一九二五〉年七月十八日）所収の「二銭銅貨」と対照すると、一行の字詰めがほとんど同じであることがわかる。字詰めが異なるのは次に指摘する箇所のみで、二十二行が異なる。それ以外の四四四行は完全に字詰めが同じである。

便りないのである。といふのは、服装などは無論取替へることが出来るし、支配人がこれこそ手懸／りだと申出た所の、鼈甲縁の眼鏡にしろ、口髭にしろ、考へて見れば、変装には最もよく使はれる手　（創作探偵小説集・四頁十一～十二行目）

便りないのである。といふのは、服装などは無論取替へることが出来るし、支配人がこ

れこそ手懸り／だと申出た所の、鼈甲縁の眼鏡にしろ、口髭にしろ、考へて見れば、変装には最もよく使はれる手

（現代大衆文学全集・六頁十四〜十五行目）

『シッ、シッ、大きな声だなあ。』松村は両手で抑へつける様な恰好をして、囁く様な小声で、『大変な／お土産を持つて来たよ。』

といふのである。

（創作探偵小説集・十五頁六〜八行目）

『シッ、シッ、大きな声だなあ。』松村は両手で抑へつける様な恰好をして、囁く様な小声で、／『大変なお土産を持つて来たよ。』

といふのである。

（現代大衆文学全集・十八頁十〜十二行目）

創作探偵小説集では「支配人がこれこそ」の箇所、活字が不整で、おそらくここに一字分の余白があったのであろう。この行には句読点を一字と数えて四十四字が印刷されている。次の行には四十五字が印刷されている。現代大衆文学全集は四十五字印刷し、次の行は四十四字印刷している。このことからすれば、現代大衆文学全集は創作探偵小説集とおそらく字詰めを揃えようとしていると思われる。次の創作探偵小説集十五頁の箇所では、現代大衆文学全集が会話文を独立させている。

また、創作探偵小説集の十八頁十一行目から二十頁四行目までの箇所では、十九頁に「南無

阿弥陀仏」の暗号図が載せられている。図の下部は二十四字詰めになっているが、現代大衆文学全集も暗号図の下部の字詰めを二十四字にしている。そのため、両テキストで異なるのは、創作探偵小説集十八頁十一～十六行目の六行と、十九頁七行～二十頁五行目までの十三行のみ。

創作探偵小説集の二十二頁と二十三頁には点字と対照した図が載せられているために、一行が二十一字詰めになる。現代大衆文学全集では二十六頁と二十七頁に図が載せられているが、現代大衆文学全集もこの二頁の字詰めを二十一字詰めにしている。そのため、両テキストで字詰めが異なるのは創作探偵小説集の図の直前の三行（二十一頁十三～十五行）と図の下から次の二十四頁の二行のみになっている。

創作探偵小説集が春陽堂から、現代大衆文学全集が平凡社から出版されていることからすれば、同じ紙型を使ったというようなことではなく、後者が前者を参照しながら、新組のテキストを作成したということであろう。字詰めを同じにすることで、組版のミスを防ぐことができる。それだけ、春陽堂のテキストが重視されていたことを窺わせる。

明智小五郎と少年探偵団

大正十四年一月十日に発売になった『新青年』第六巻第二号に「D坂の殺人事件」が発表される。そこには次のようにある。

私が近頃この白梅軒で知合いになつた一人の妙な男があつて、名前は明智小五郎というのだが、話をして見るといかにも変り者で、それで頭がよさそうで、私の惚れ込んだことには、探偵小説好きなのだが、その男の幼馴染の女が今ではこの古本屋の女房になつているということを、この前、彼から聞いていたからだつた。

（春陽堂版全集1・二七八頁下段・十）

その時、先ほどちよつと名前の出た明智小五郎が、いつもの荒い棒縞の浴衣を着て、変に肩を振る歩き方で、窓の外を通りかかつた。

（春陽堂版全集1・二七九頁下段・十五）

「明智小五郎」は、以後『心理試験』『黒手組』『屋根裏の散歩者』などにも登場し、次第に乱歩の探偵キャラクターとなっていく。また昭和五年九月二十七日から昭和六年三月十二日まで一三八回にわたって『報知新聞』の夕刊に掲載された『吸血鬼』には次のようなくだりがある。

素人探偵明智小五郎は「開化アパート」の二階表側の三室を借り受け、そこを住居なり事務所なりにしていた。

三谷がドアをたたくと、十五六歳のリンゴのような頰をした、つめえり服の少年が取りつぎに出た。名探偵の小さいお弟子である。

明智小五郎をよく知つている読者諸君にも、この少年は初のお目見えであるが、そのほかに、この探偵事務所にはもう一人、妙な助手がふえていた。文代さんという、美しい娘だ。

この美人探偵助手が、どうしてここへ来ることになつたか、彼女と明智とが、どんなふうの間柄であるか、それは「魔術師」と題する探偵物語にくわしく記されているのだが、三谷は、かねて噂に聞いていたので、一と目でこれが素人探偵の有名な恋人だなと、うなずくことができた。

（春陽堂版全集6・四十八頁下段・十八）

「十五六歳のリンゴのような頬をした」「名探偵の小さいお弟子」が「小林少年探偵」（春陽堂版全集6・七十二頁下段・七）である。

さて、昭和十一（一九三六）年には雑誌『少年倶楽部』で「少年探偵団シリーズ」が企画され、一月一日に発売された『少年倶楽部』新年特大号（第二十三巻第一号）に「怪人二十面相」が発表される。「怪人二十面相」には「少年探偵団」という小見出しが附された文章がある。そこには次のようにある。

しかし、名探偵の誘拐を、世界中で一番残念に思つたのは、探偵の少年助手小林芳雄君でした。（略）その上、小林君は自分の心配の外に、先生の奥さんを慰めなければなりませんでした。さすが明智探偵の夫人ほどあつて、涙をみせるやうなことはなさいませんでしたが、不安に堪へぬ青ざめた顔に、わざと笑顔を作つていらつしやる様子を見ますと、お気の毒で、じつとしてゐられないのです。

（愛蔵復刻版少年倶楽部名作全集『怪人二十面相』講談社、昭和四十五年、一九九頁）

「先生の奥さん」が「文代さん」であるが、この「怪人二十面相」以降、明智小五郎と小林芳雄を団長とする少年探偵団という枠組みが確立していく。先に掲げた5『少年探偵江戸川乱歩全集』二十三巻（光文社、昭和二十六年十二月～昭和三十五年九月）、8『名探偵明智小五郎文庫』十七巻（ポプラ社、昭和三十二年十月～昭和三十八年十一月）、10『少年探偵団全集』五巻（光文社、昭和三十六年十二月）は「少年探偵団」物をまとめたシリーズといってよい。「少年探偵団」物は、江戸川乱歩の新たな活躍の場となったと思われる。乱歩のテキストはこのあたりからさらに複雑になっていく。

『少年探偵江戸川乱歩全集』（光文社、昭和二十六年十二月～昭和三十五年九月）は『江戸川乱歩著書目録』によれば、次のように刊行されていく。そして、1『怪人二十面相』、2『少年探偵団』、3『妖怪博士』、4『大金塊』、5『青銅の魔人』、6『虎の牙』の「初刊は単行本または別の全集」と記されている。

7『透明怪人』(昭和二十六年十二月二十日)
8『怪奇四十面相』(昭和二十七年十一月十五日)
9『宇宙怪人』(昭和二十八年十二月五日)
10『鉄塔の怪人』(昭和二十九年十二月二十日)
11『海底の魔術師』(昭和三十年十二月一日)
12『灰色の巨人』(昭和三十年十二月一日)
13『天空の魔人』(昭和三十一年九月一日)
14『魔法博士』(昭和三十一年十一月二十日)
15『黄金豹』(昭和三十一年十一月二十日)
16『妖人ゴング』(昭和三十二年十一月十五日)
17『サーカスの怪人』(昭和三十二年十一月十五日)
18『魔法人形』(昭和三十二年十一月十五日)
19『夜光人間』(昭和三十三年十二月五日)
20『奇面城の秘密』(昭和三十三年十二月五日)
21『塔上の奇術師』(昭和三十三年十二月五日)
22『仮面の恐怖王』(昭和三十四年十一月三十日)
23『鉄人Q』(昭和三十五年九月十日)

筆者は表紙に『少年探偵少年探偵団』とあり、背に「少年探偵少年探偵団　江戸川乱歩全集2」と印刷されている光文社を発行所とする一本を所持しているが、奥付には「昭和二十二年七月五日初版発行／昭和三十一年十月十五日卅二版発行」とある。昭和二十二年七月五日は光文社から単行本『少年探偵団』が出版された日にあたる。この本の末尾には「少年探偵江戸川乱歩全集　全13巻」とあって、「★ぜひ①から⑬までズラリとそろえましょう」と記されている。このことからすれば、少なくとも昭和三十一年十月十五日には「少年探偵江戸川乱歩全集」は全十三巻として企画されていたか。第十四巻の『魔法博士』が昭和三十一年十一月二十日に出版されているので、十四巻以降の出版が短時日のうちに企画されたのだろうか。

筆者は「昭和三十一年十一月二十日初版発行／昭和三十三年七月二十五日九版発行」と奥付にある『魔法博士』を所持している。この本の末尾には「少年探偵江戸川乱歩全集　全18巻」とあって、「★ぜひ①から⑱までズラリとそろえましょう」と記されている。したがって、昭和三十三年七月二十五日には全十八巻として企画されていたと思われる。これらのことからすれば、この「少年探偵江戸川乱歩全集」は当初十三巻として企画され、それが途中で十八巻として企画しなおされ、最終的には二十三巻のシリーズとして出版されたと思われる。

ここでポプラ社版『少年探偵江戸川乱歩全集』四十六巻（昭和三十九年七月〜昭和四十八年十二月）についてもふれておくことにしたい。ポプラ社版の四十六巻は二十六巻までが少年探偵団シリーズで、二十七巻以降の二十冊は、乱歩が一般向けに書いた作品をリライトした作品にあてられている。ポプラ社版をあげておこう。光文社版と作品が重なっている場合には番号の上に○を附した。27『黄金仮面』は筆者所持の一本の奥付には「昭和46年11月30日」とあるので、その年月日を記した。『江戸川乱歩著書目録』の昭和四十六（一九七一）年の条は九月までしか記事がない。江戸川乱歩は昭和四十（一九六五）年七月二十日に死去しているので、それ以降に出版されたものは、没後の刊行ということになる。8「地底の魔術王」は光文社版6「虎の牙」の改題、20「魔人ゴング」は光文社版16「妖人ゴング」の改題、23「悪魔人形」は光文社版18「魔法人形」の改題、24「鉄塔王国の恐怖」は光文社版10「鉄塔の怪人」の改題であるので、○を附した。

○1　怪人二十面相（昭和三十九年八月五日）
○2　妖怪博士（昭和三十九年七月三十日）
○3　少年探偵団（昭和三十九年八月五日）
○4　青銅の魔人（昭和三十九年七月三十日）
○5　大金塊（昭和三十九年八月五日）
○6　透明怪人（昭和三十九年九月一日）
○7　怪奇四十面相（昭和三十九年八月三十日）

○8　地底の魔術王（昭和三十九年九月一日）
9　電人M（昭和三十九年九月三十日）
○10　宇宙怪人（昭和三十九年十月十日）
○11　奇面城の秘密（昭和三十九年十月五日）
○12　黄金豹（昭和三十九年十一月五日）
○13　サーカスの怪人（昭和三十九年十月三十日）
○14　夜光人間（昭和三十九年十一月五日）
○15　塔上の奇術師（昭和三十九年十月三十日）
○16　仮面の恐怖王（昭和四十五年六月二十日）
○17　鉄人Q（昭和四十五年六月三十日）
○18　魔法博士（昭和四十五年七月三十日）
○19　灰色の巨人（昭和四十五年七月二十日）
○20　魔人ゴング（昭和四十五年八月二十日）
○21　海底の魔術師（昭和四十五年八月二十日）
22　空飛ぶ二十面相（昭和四十五年九月二十日）
○23　悪魔人形（昭和四十五年九月二十日）
○24　鉄塔王国の恐怖（昭和四十五年十月二十日）

25 黄金の怪獣（昭和四十五年十一月二十日）
26 二十面相の呪い（昭和四十五年十月二十日）
27 黄金仮面（昭和四十六年十一月三十日）
28 呪いの指紋（昭和四十五年十月三十日）
29 魔術師（昭和四十五年十月三十日）
30 大暗室（昭和四十五年十月三十日）
31 赤い妖虫（昭和四十五年八月三十日）
32 地獄の仮面（昭和四十五年十月三十日）
33 黒い魔女（昭和四十五年十一月二十五日）
34 緑衣の鬼（昭和四十五年八月三十日）
35 地獄の道化師（昭和四十六年四月二十日）
36 影男（昭和四十六年四月十五日）
37 暗黒星（昭和四十六年四月十五日）
38 白い羽根の謎（昭和四十七年五月五日）
39 死の十字路（昭和四十七年七月二十五日）
40 恐怖の魔人王（昭和四十七年八月二十日）
41 一寸法師（昭和四十八年十一月五日）

42　蜘蛛男（昭和四十八年十一月五日）
43　幽鬼の塔（昭和四十八年十一月五日）
44　人間豹（昭和四十八年十二月十日）
45　時計塔の秘密（昭和四十八年十一月三十日）
46　三角館の恐怖（昭和四十八年十一月三十日）

22「空飛ぶ二十面相」は昭和三十六年一月から十二月まで十一回にわたって、雑誌『少年』（光文社）に連載された「妖星人R」を改題したもの。25「黄金の怪獣」は昭和三十七年一月から十二月まで十二回にわたって『少年』（光文社）に連載された「超人ニコラ」を改題したもの。「超人ニコラ」は乱歩最後の作品といわれている。

28「呪いの指紋」は「悪魔の紋章」の、31「赤い妖虫」は「妖虫」の、32「地獄の仮面」は「吸血鬼」の、33「黒い魔女」は「黒蜥蜴」の、38「白い羽根の謎」は「化人幻戯」の、39「死の十字路」は「十字路」の、40「恐怖の魔人王」は「恐怖王」の、45「時計塔の秘密」は「幽霊塔」の改作である。

乱歩が、自身の作品にどのように「手入れ」をし、どのように改作したか、また乱歩以外の人が乱歩の作品をどのように改作したかについては、本書第六章で、具体的に考えてみたい。

本書は江戸川乱歩がどのような日本語を使って作品をつくっていたかということをできるだ

け具体的に検証してみることを一つのテーマとしている。それを書き手である乱歩側にひきつければ「乱歩の日本語」ということになる。乱歩が使っていた日本語を同時期の日本語の側にひきつければ「明治末から大正、昭和期にかけての日本語の観察」ということになる。本書はその二つ、すなわち「乱歩の日本語」と「明治末から大正、昭和期にかけての日本語の観察」とをいききすることになるだろう。その中心になるのが日本語だ。したがって、どのテキストを使うか、どのテキストとどのテキストとを対照するか、ということが重要になってくる。

先に述べたように、自筆原稿が新聞、雑誌に活字化されて載せられる。次には単行本や選集といったかたちで活字化される。それが全集になるというのが近代文学作品の一般的な展開である。「自筆原稿」「初出」「初版」「全集」のいずれのテキストを「よむ」かということだ。

「書き手」が存命であれば、活字化にかかわることができる。「書き手」が「手入れ」「改作」を厭わない場合は、活字化されるたびに「本文」が変わっていくことになる。乱歩はどちらかといえば、そういうタイプの「書き手」であろう。作品になんらかの意味合いで価値が認められれば「書き手」が死去した後も、テキストはつくられることがあるし、つくられ続けることもある。乱歩は没後も作品テキストがつくられ続けている。ここにもう一つ現代的なテーマがある。作品をどのようなかたちで残しておけばよいのか、ということだ。

もちろん自筆原稿が残っているのであれば、それをきちんと保管して未来に伝えるということは重要だ。場合によっては複製版をつくって出版してもよい。デジタル画像として残す、公開する、などいろいろな方法が考えられる。『江戸川乱歩著書目録』の表紙見返しには「蜘蛛男」の、裏表紙見返しには「妖虫」の自筆原稿が影印されている。明治二十七年生まれの乱歩の書いた文字は現代人にとってはよみやすくはない。「蜘蛛男」の原稿はかなりの速度で書いたと思われ、仮名同士がつながっている。乱歩の自筆原稿がきちんと保管されていても、それを「よむ」ことができる人は現在でも多くはないだろう。百年後、二百年後はどうだろうか。解読ソフトができているかもしれない。実際に「くずし字解読」ソフトやアプリは作られ始めている。しかし、こうした文字の解読でもっとも重要なことはどこからどこまでが一つの文字かということの判断で、それは案外と難しいことではないかと考える。

筆者が勤務している大学では、一年生の必修科目として「くずし字解読基礎演習」という科目を設置している。半期十五回で、いわゆる「変体仮名」を修得するというプログラムだ。筆者が学科に提案し、学科の同僚たちの合意のもとに始められた科目であるが、学生たちは楽しそうに学び、十五回でまずまず読めるようになる。興味をもつ学生も一定数おり、そうした学生は上級者向けプログラムを受講する。この基礎演習を受講すれば、おそらく乱歩の自筆原稿もほぼ読めるだろう。

さて、話題を戻そう。そもそも自筆原稿によって作品をよむということは「書き手」周辺の人以外には考えにくい。となると、「書き手」と同時代の人であれば、まずは「初出」ということになり、場合によっては「初版」「全集」をよむということになる。乱歩の場合は、先に示したように、一つの作品が何度も活字化（文字化）されているので、「初出」以外のテキストで作品を享受した人も多いと思われる。

では現代人はどうだろうか。乱歩の場合は、文庫版で「全集」あるいはかなりの数の作品を収めたものがある。そうしたもののほとんどが乱歩没後に編集されたものである。改めていうまでもなく、乱歩没後に編集されたテキストに乱歩が関与することはできない。つまり、乱歩没後に編集されたテキストはもともとの「書き手」以外の人物による文字化を経て成ったものといえよう。文庫は比較的手軽に購入することができ、読むことができる。そうしたことを目的に編集されているといってよい。「作品をどのようなかたちで残しておけばよいのか」という問いに対しての一つの答えでもある。

それでは「作品」あるいは「作品の本文」をどう考えればよいか。これは筆者にとっての大きなテーマであると同時に一般的にも大きなテーマといってよいだろう。作品を「静止画」としてとらえるのであれば、校訂がしっかりしている「全集」の「本文」で作品を読めばいいんじゃないの？　ということになりそうだ。そういう考え方はもちろんあるだろう。作品の「書き手」が作品に「手入れ」をしたり「改作」したりするということを、当該作品が「書き手」内部で完結していないからだ、ととらえれば、作品を「動画」のように動きのあるものとしてとらえることになる。あるいは「書き手」以外の人物が「改作」をした場合、作品の「声」をききながら「改作」しているかもしれない。トリビュート作品は「作品の声」に反応し、答えたものというみかたができるのではないだろうか。

「自筆原稿」を「書き手」にもっともちかい「アウトプット」とみるならば、現代出版されている文庫本は（それぞれにいろいろな編集方針のもとに編集されているので、一概にはいえないが、ごく一般的にみれば）「書き手」からある程度の「距離」をもった「アウトプット」とみることができるだろう。第一章では、肩ならしの意味合いも含めて、まず「文庫本で乱歩をよむ」ことをしてみよう。

第一章　乱歩を文庫でよむ

春陽堂『創作探偵小説集』

作品としては、『新青年』(博文館)第七巻第十二号(大正十五〈一九二六〉年十月)から第八巻第三号(昭和二〈一九二七〉年二月)まで五回にわたって連載(大正十五年十二月と昭和二年三月は休載)された「パノラマ島奇譚」を採りあげることにする。この作品は連載終了後の昭和二年三月に、春陽堂から刊行されていた創作探偵小説集第七巻『一寸法師』に「パノラマ島奇談」と改題されて収められている。

ちなみにいえば、この創作探偵小説集には次のような作品が収められている。

第一巻　江戸川乱歩『心理試験』(大正十四〈一九二五〉年七月)
第二巻　江戸川乱歩『屋根裏の散歩者』(大正十五〈一九二六〉年一月)
第三巻　甲賀三郎『琥珀のパイプ』(大正十五〈一九二六〉年七月)
第四巻　江戸川乱歩『湖畔亭事件』(大正十五〈一九二六〉年九月)
第五巻　小酒井不木『恋愛曲線』(大正十五〈一九二六〉年十一月)
第六巻　甲賀三郎『恐ろしき凝視』(昭和二〈一九二七〉年三月)
第七巻　江戸川乱歩『一寸法師』(昭和二〈一九二七〉年三月)

この創作探偵小説集七冊は、平成五（一九九三）年から平成十一（一九九九）年に、春陽堂書店から「復刻版」が出版されている。七巻のうちの、四巻が乱歩、二巻が甲賀三郎、一巻が小酒井不木という「わりふり」は大正末期から昭和初期における春陽堂の、ひいては一般的な「評価」を反映している可能性があろう。

筆者は乱歩作品を収めた四巻（第一・第二・第四・第七巻）及び第五巻『恋愛曲線』を所持している。『心理試験』は大正十四年八月一日に発行されている第三版であるので、初版が発行された七月十八日から一ヶ月も経過しないうちに第三版に至っていることになる。『屋根裏の散歩者』は大正十五年一月十日に発行されている第五版であるので、初版が発行された一月一日から十日も経たないうちに第五版に至っている。『湖畔亭事件』は大正十五年十月二十三日に発行されている第十版で、これは初版が発行された九月二十六日から一ヶ月ほどで第十版に至っている。また『一寸法師』は昭和二年四月一日に発行されている第八版であるので、これは初版が発行された三月二十日から一ヶ月も経たないうちに第八版に至っている。こうしたことをそのままうけとめれば、きわめて短期間に刷りを重ねていることになり、乱歩の人気を窺うことができる。重版には出版社側のなんらかの「ねらい」が含まれているかもしれない。しかしそうだとしても、乱歩作品が一定の読者を獲得していたことはたしかなことといえよう。

筆者が所持しているもので、外箱があるものは『屋根裏の散歩者』のみである。四十五頁に画像で示した。「江戸川乱歩著」「創作探偵小説集」などの文字が白っぽく見える紙に印刷してあり、それが箱に貼られている。

現在では著作者の検印は省略されていることがほとんどであるが、過去においてはそうではなかった。この本には「平井」という小判型の朱印がおされている。『心理試験』にも同様の印がおされているが、『湖畔亭事件』と『一寸法師』には「平井／太郎」という円形の朱印がおされている。ただし、両者では朱の色が異なる。「平井」の印がやや傾いているのは印をおした人の癖であろうか。

文庫本「パノラマ島奇譚」底本問題

さて「パノラマ島奇譚」を文庫本でよむ場合にどんな文庫が出版されているだろうか。中には現在では出版されていないものもあるが、それは措き、ここでは次の五種類の文庫本を採りあげることにする。以下それぞれを略称で、「創元社版」「講談社版」「光文社版」「春陽堂版」「岩波版」と呼ぶことにする。

○日本探偵小説全集2『江戸川乱歩集』（東京創元社、一九八四年十月十九日）
○江戸川乱歩推理文庫④『パノラマ島奇談』（講談社、一九八七年九月二十五日第一刷）
○江戸川乱歩全集第二巻『パノラマ島綺譚』（光文社、二〇〇四年八月二十日初版第一刷）
○江戸川乱歩文庫『パノラマ島奇談』（春陽堂書店、二〇一五年七月二十日初版第一刷）

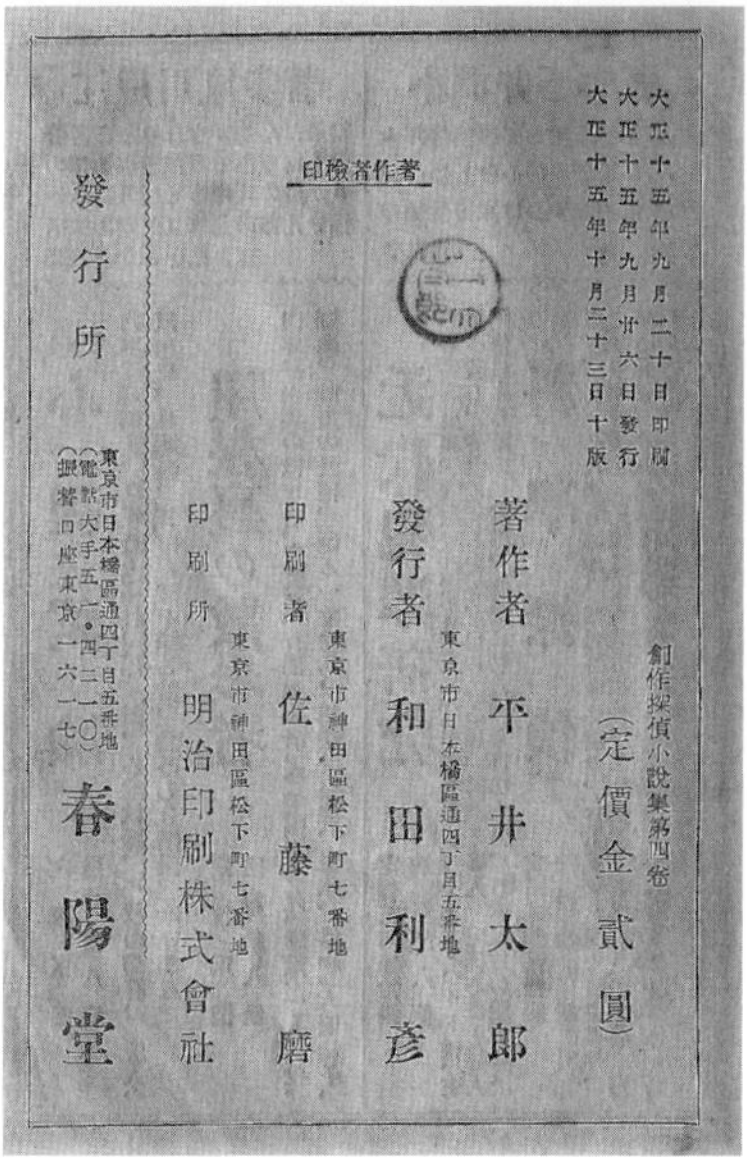
大正十五年九月二十日印刷
大正十五年九月廿六日發行
大正十五年十月二十三日十版

創作探偵小説集第四卷
（定價金貳圓）

著作者檢印

著作者 平井太郎

東京市日本橋區通四丁目五番地
發行者 和田利彦

東京市神田區松下町七番地
印刷者 佐藤磨

東京市神田區松下町七番地
印刷所 明治印刷株式會社

東京市日本橋區通四丁目五番地
（電話大手五一・四二一〇）
（振替口座東京一六一七）
發行所 春陽堂

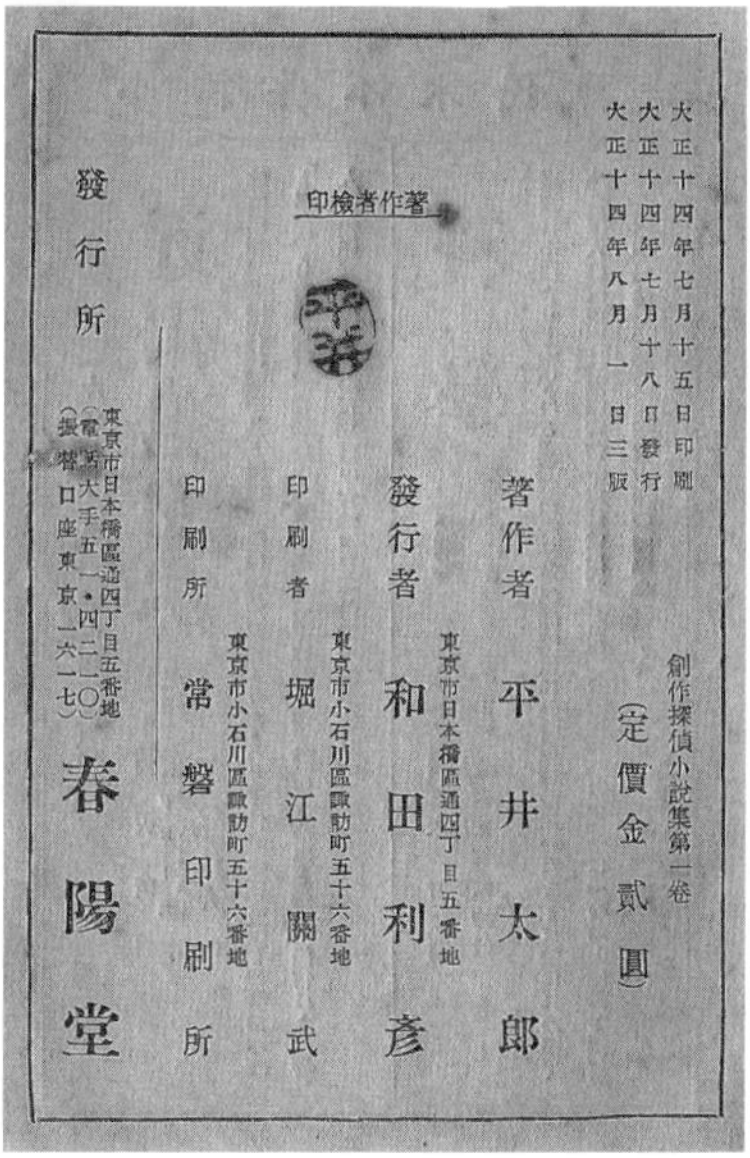
大正十四年七月十五日印刷
大正十四年七月十八日發行
大正十四年八月一日三版

創作探偵小説集第一卷
（定價金貳圓）

著作者檢印

著作者 平井太郎

東京市日本橋區通四丁目五番地
發行者 和田利彦

東京市小石川區諏訪町五十六番地
印刷者 堀江關武

東京市小石川區諏訪町五十六番地
印刷所 常磐印刷所

東京市日本橋區通四丁目五番地
（電話大手五一・四二一〇）
（振替口座東京一六一七）
發行所 春陽堂

図1（上）『屋根裏の散歩者』外箱
図2（下右）『心理試験』奥付
図3（下左）『湖畔亭事件』奥付

○江戸川乱歩作品集Ⅲ『パノラマ島奇談・偉大なる夢他』（岩波書店、二〇一八年三月十六日第一刷）

まずはそれぞれがいかなるテキストに基づいているかということを確認したい。創元社版の「編集後記」には次のように記されている。

文字遣いを、本全集の方針に従って、新字・新仮名にする上からも、本巻の底本は、昭和三十六年から刊行された、桃源社版『江戸川乱歩全集』に依り、適宜初出誌や戦前戦後の全集版、及び現在流布している文庫本等に当たることにした。まず同全集の著者あときの次の個所を読んでいただければ、その理由がお判りになろう。（以下に掲げるのは、同あとがきの二回分をつなぎ合わせたものである）

光文社版には次のように記されている。

本書は春陽堂版を底本に、新字新仮名遣いとし、初出、平凡社版『江戸川乱歩全集』第一巻（昭和六年六月［平］所収の「パノラマ島綺譚」（ハコ背では「パノラマ島奇譚」）、春陽堂版『江戸川乱歩全集』第一巻（昭和三十年二月［春2］）、および頭記の桃源社版（［桃］）にそれぞれ所収の「パノラマ島奇談」と照合した。

本文庫版全集は、これまでの配本では平凡社版全集を優先的に底本としてきたが、仔細に検討すると誤脱が多く、その修正に難渋してきたので今回は初刊本を使用した。それにしたがえば表題は「パノラマ島奇談」とすべきで、初出、平凡社版を除いて、すべてこの題名に統一されている。しかし著者初の個人全集である平凡社版ばかりでなく、昭和十六年四月序文の私家版『貼雑年譜』第一巻でも「パノラマ島綺譚」と手書きされており、少なくとも戦前まではこれが著者の意中の題名であったと忖度《そんたく》し、本書でもこちらを表題に採用した。

初出では、連載第三回が第十五章から始まるべきところ十四章と誤り、そのまま最後まで修正されずに最終回まで続いた。初刊本ではそれは改められたものの、今度は第二十三章が二度用いられ、やはり終章が第二十四章になっている。初めて整合を見たのは平凡社版現代大衆文学全集第三巻『江戸川乱歩集』である。平凡社版『江戸川乱歩全集』ではページ数を稼ぐためか改行をかなり増やしており、以降の版でもこれが踏襲された。内容的に大きな訂正は、やはり平凡社版『江戸川乱歩全集』以降、結末で北見小五郎が証拠を開示するため用いる道具が変更されたことである。それ以外は、各版を通じて細かい表現を改められているものの、内容的に大きな加筆・削除・訂正はない。

（光文社版・六九四頁上段～六九五頁上段）

春陽堂版には次のように記されている。

本書は、『江戸川乱歩全集』（春陽堂版　昭和29年〜昭和30年刊）収録作品を底本としました。旧かなづかいで書かれたものは、なるべく新仮名づかいに改め、著者の筆癖はそのままにしました。漢字は変更すると作品の雰囲気を損ねる字は正字体を採用しました。難読と思われる語句には、編集部が適宜、振り仮名を付けました。
本文中には、今日の観点からみると差別的、不適切な表現がありますが、作品発表当時の時代背景、作品自体のもつ文学性、また著者がすでに故人であるという事情を鑑み、おおむね底本のとおりとしました。
説明が必要と思われる語句には、各作品の最終頁に注釈を付しました。

（編集部）

岩波版には次のように記されている。

一　本書は、「偉大なる夢」の他は、『江戸川乱歩全集』（桃源社）を底本とした。
パノラマ島奇談（第一巻、一九六二年七月再版）（他作品については略）

各作品の初出雑誌、発表年次等については「解説」を参照されたい。

一　原則として、漢字は新字体に改めた。
一　旧仮名遣いを現代仮名遣いに改めた。
一　明らかな誤記・誤植は訂正した。
一　読みにくい語、読み誤りやすい語には、適宜、振り仮名を付した。
一　漢字語の内、使用頻度の高い語を一定の枠内で平仮名に改めた。平仮名を漢字に変えることは行わなかった。
一　本文中には、今日の人権意識からすると不適切な表現が見られるが、原文の歴史性を考慮してそのままとした。

なお、講談社版には、いかなるテキストに基づいて編集されているか、どのような方針で講談社版がつくられているか記されていないと思われるが、本書六十三頁に引用した『江戸川乱歩著書目録』においては、桃源社版に拠っていると述べられている。

依拠テキストに戻れるか？

何らかの既存テキストに基づいて文庫本がつくられる場合についていえば、既存テキストは当然文字化されているのだから、文字化されたものをさらに文字化するということになる。

「さらに文字化する」にあたって、「方針」をつくるのが一般的であろう。また一人の人がその文字化をすべて担当するのでなければ、「方針」は文字化にあたっての「マニュアル」にもなる。誰が担当しても同じ文字化が行なわれるような「マニュアル」が理想的であることはいうまでもないだろうし、「マニュアル」とはそもそものようなものであるともいえよう。そうであれば、「マニュアル」が提示されていれば、「依拠テキスト」すなわちもともとのテキストに戻れるような「マニュアル」がよいことになる。そう考えた場合、「マニュアル」は「依拠テキスト＝旧テキスト」と「文庫本＝新テキスト」とをきちんと結びつけることができるための「回路」となる。今、仮に「旧テキスト」と「新テキスト」という表現を使ったが、作者の自筆原稿と初出とをそれぞれ「旧テキスト」と「新テキスト」とみなせば、「翻字方針」が「マニュアル」であり「回路」であることになる。この「翻字方針＝マニュアル＝回路」が明瞭であることによって、テキストは姿を変えてももとの姿に戻ることができる。今後、過去に文字化されたテキストを画像というかたちではなく、電子的な文字化によって残す必要性がたかくなっていくだろう。電子的な文字化は言語データとしても使うことができるし、大規模なコーパスを構築する場合にも利用することができる。しかし、いろいろな人によって「電子的な文字化」が行なわれた場合、「翻字方針＝マニュアル＝回路」が不明瞭であっては「電子的な文字化」が意義をもちにくい。今考えるべきは共通して使っていくことができる「翻字方針＝マニュアル＝回路」を固めておくことではないだろうか。

かなづかいと漢字字体

まずささいなことともいえるが、結局は理解を安定させるためには、説明のために使っている用語が安定的なものである必要がある。光文社版の「新字新仮名遣い」はいわんとするところはもちろん理解できるが、「新字」は「常用漢字表に載せられている漢字」、「新仮名遣い」は「(昭和六十一年に内閣告示された)現代仮名遣い」ぐらいが穏当であろう。これもいう必要がないという判断かもしれないが、「常用漢字表に載せられていない漢字」についてどうするかが述べられていない。「新字/旧字」は「当用漢字表」が内閣告示された時に、表に採用された字体が「新字体」、これまで使われていた字体が「旧字体」ということであるので、すでに「当用漢字表」の後継ともいえる「常用漢字表」が使われている現在においては、その「新/旧」がまったく内実をともなっていない。

春陽堂版の「旧かなづかい」は一般には「歴史的かなづかい」、筆者が「古典かなづかい」と呼ぶかなづかいのことと思われるが、「歴史的かなづかい」ぐらいが穏当ではないか。「新仮名づかい」は先に述べたように「現代仮名遣い」と呼ぶのがよいだろう。「正字体」も定義なく使われる用語であるが、『康熙字典』が掲げる「康熙字典体」を指すと思われる。「康熙字典体」は「常用漢字表」の「表の見方及び使い方」の中でも使われている語(概念)であるし、「常用漢字表」にもそれが示されているのだから、もう少し一般的に使われてもいいのではないだろうか。
岩波版においても「新字体」という用語が使われているが、これはやはり「常用漢字表に載せられている字」がよいのではないか。「旧仮名遣い」は「歴史的かなづかい」が穏当であろう。わかりにくいのは「漢字語」である。「漢字語」は「漢字ばかりで書かれている語」を思わせる。実際そうした意味合いで「漢字語」という用語が使われることが一般的であろう。しかし、ここでいうところの「漢字語」はそうではないように思われる。これは後に実際に確認したい。

さて、右には創元社版、光文社版、春陽堂版、岩波版それぞれの、「文庫本文」構築のための「マニュアル」を掲げた。ここでは光文社版・春陽堂版・岩波版それぞれの「文庫本文」から依拠テキストに戻れるかということを検証してみよう。

光文社版が創作探偵小説集第七巻『一寸法師』(春陽堂)所収テキストを「新字新仮名遣い」に改めただけであれば、光文社版から依拠テキストに戻ることはできる。しかし、残念ながら、春陽堂版、岩波版の「文庫本文」からは依拠テキストには戻れないといわざるを得ない。

春陽堂版には「なるべく新仮名づかいに改め、著者の筆癖はそのままにしました」とある。「なるべく」は改めていない箇所があることを思わせるが、「著者の筆癖」は不分明である。一般的に「筆癖」といえば、〈文字の書き方の癖〉もしくは〈文体などの癖〉を指すが、ここでは「かなづかい」に関して乱歩に癖があるということにみえる。しかし、どれがそうした

「癖」かは文庫読者には判断できない。また漢字字体に関して、「変更すると作品の雰囲気を損ねる」場合は「正字体を採用し」たという。「作品の雰囲気を損ねる」かどうかはどうやって判断するのだろうか。その判断は万人に共通しているのだろうか。このことに関しては現代人の「心性」が大きく影響を与えていると考える。

「虫」か「蟲」か

岩波文庫『江戸川乱歩作品集Ⅰ』(二〇一七年十一月十六日第一刷)には「虫」という作品が収められている。巻末の「解説」には次のように記されている。

> 『改造』昭和四年六月—七月号に発表された作品だが、当初は『新青年』に発表の予定で、同誌昭和四年五月号に、「蟲蟲蟲蟲蟲蟲蟲蟲…」と縦二〇文字横四列に同じ文字が続く予告が載せられた。「肉体を蝕む微生物(蛆ではない。もっと小さな目に見えない肉食菌)の恐ろしさを書いて見たいと思った」(『探偵小説四十年』)というモチーフに沿ったものであろう。類似の視覚表現は本文中にもある。本書は底本に従い原則として新字体を採用しているが、右の事情に鑑み作品本文中の表記も含め「蟲」を用いた。(四九五頁)

日本近代文学館に蔵されている『新青年』第十巻第六号(昭和四年五月号)をみると、たしかに「蟲」が縦二十字横四列に印刷され、その左には「『新青年』に書かずんば、他の雑誌には絶対作品を寄せぬ、と言明した作者は、今こそ驚倒的大作をひつさげて立現はる」とある。「解説」のいわんとするところはわからないではない。しかし、昭和四年は「当用漢字表」が内閣告示される昭和二十一年よりも前である。いろいろな漢字表は大正期からつくられていたが、一般的には漢字については何も制限がなかったといってよい。昭和四年の時点で、「虫」が使われていなかったとは断言できないし、「蟲」と「虫」とがどのように使われていたかをデータに基づいて述べることも現時点の筆者には難しい。したがって、筆者の予想ということになりはするが、「蟲」がひろく使われていたと考える。そうであれば、という述べ方にしておくが、そうであれば、乱歩はひろく使われていた「蟲」をごく自然に使っただけということになる。もちろん「蟲」という字をみて、乱歩が「虫のうごめく感じがでているな」と思ったかもしれない。しかし、「虫ではだめだ。蟲でなければ」と思うためには、「蟲」と「虫」とが選択肢としてある、ということが前提になるのではないか。新幹線のない時代に、人が徒歩で東海道を歩いているのをみて、新幹線では旅の情緒が味わえないから、徒歩で歩いていたのだ、と思ったら「勘違い」になる。「徒歩か新幹線か」という選択肢があったわけではないからだ。つまり、気持ちはわかるが、「虫」に限って「原則」を離れて「蟲」を使うということは合理的かどうか、ということだ。それは、この漢字には乱歩はきっと思い入れがあったに違いないから、この漢字だけは「康熙字典体」にしておいた、ということと径庭がないのではないか。

「表記に関しての（過剰な）心理主義的解釈」にみえる。「書き手」の「気持ち」や「感覚」「意識」は書かれたものからはわからないとまずは考えるべきであろう。

しかしまた、「現代日本語を母語とする人の漢字に関しての心性」という研究テーマがあったとすれば、春陽堂版の「作品の雰囲気を損ねる」と岩波文庫の「解説」の「「蟲」を用いた」とには共通する「心性」がある。こうしたことがわかることも本書のテーマからすれば、「副産物」ということになるだろうが、現代人が乱歩作品を享受するということとは深くかかわり、興味深い。それは、凡庸なとらえ方であることを承知の上でいえば、乱歩作品が（現代人に特に、ということかどうか、そこも不分明であるが）、読者につよくはたらきかける、ということであろう。「イメージ」喚起力がつよい、といってもいいかもしれない。

また、春陽堂版が「難読と思われる語句に」「編集部が適宜、振り仮名を付け」たということに関していえば、編集部が付けた振仮名には丸括弧を附すなどの措置をすることは（版面がうるさくなるが）可能といえば可能だろう。

「依拠テキストに戻れるか」という問いのもとにいろいろと述べてきた。筆者が「依拠テキストに戻る」ということを重視するのは、今後の百年、二百年を考えた場合に、文庫本に限らず、今が「電子的な文字化」についてきちんと考えておくぎりぎりの時期だと実感しているからに他ならない。過去の日本語をきちんとしたかたちで蓄蔵しておく必要が急務のように思われる。

その一方で、そういってしまっては身も蓋もないと筆者は思うが、「依拠テキストに戻れなくてもいい。読めればいいのだ」という考え方もあろう。「読みやすければいい」。しかしこの「読みやすい」はまた陥穽を含むようにも思う。

光文社版は平凡社版全集が「仔細に検討すると誤脱が多く、その修正に難渋してきた」と述べる。一般的にみて、明治期、大正期の活字印刷された出版物には誤植が多い。しかしまた誤植か誤植ではないかを「判断」するためには「あるべきかたち」がわかっていなければならない。つまり、誤植を誤植と指摘できるということは、実は「あるべきかたち」がわかっているということになる。テキストを校訂するためには、そのテキストが成った時期の言語に精通している必要がある。

「パノラマ島奇譚」を文庫でよむ

先にふれたように、「パノラマ島奇譚」は『新青年』に連載され、その後創作探偵小説集第七巻『一寸法師』に収められた。図4は『新青年』第七巻第十三号（大正十五〈一九二六〉年十一月一日発行）の表紙であるが、この号に「パノラマ島奇譚」の第二回が載せられている。

また図5は柴田春光の挿絵が入っているページ。タイトルのページには「怪奇探偵パノラマ島奇譚（二）／江戸川乱歩」とあって、「島奇譚」には「たうきだん」と振仮名が施されている。このことからすれば、『新青年』連載時のタイトルは「パノラマ島奇譚（パノラマトウキダン）」

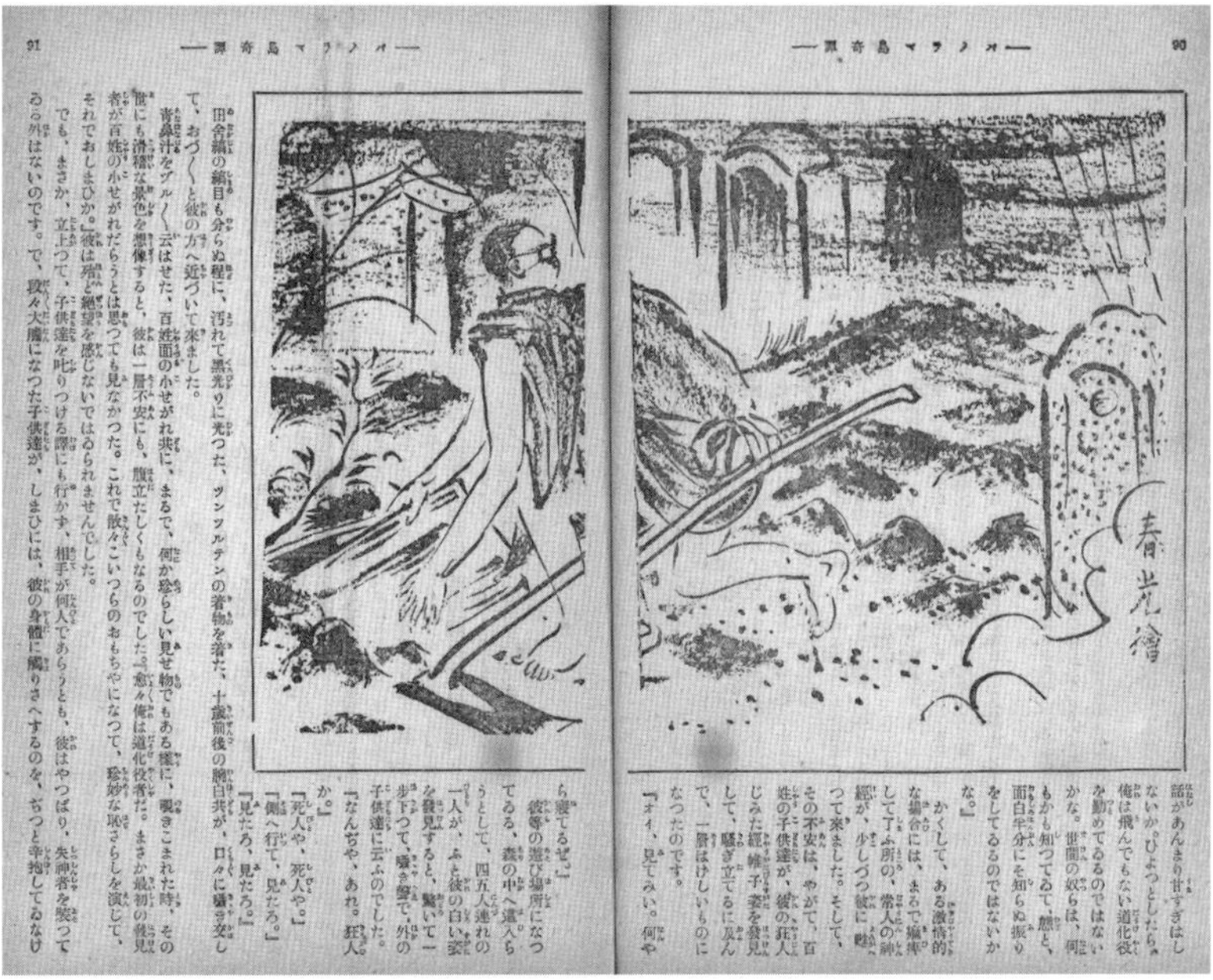
90 —パノラマ島奇譚—

話《はなし》があんまり甘すぎはしないか。ひよつとしたら、俺は飛んでもない道化役を勤めてゐるのではないかな。世間の奴らは、何もかも知つてゐて、態と、面白半分にそ知らぬ振りをしてゐるのではないかな。』

かくして、ある激情的な場合には、まるで瘋癲して了ふ所の、常人の神經が、少しづつ彼に蘇つて來ました。そして、その不安は、やがて、百姓の子供達が、彼の狂人じみた經帷子姿を發見して、騒ぎ立てるに及んで、一層はげしいものになつたのです。

『オイ、見てみい。何やら寝てるぜ。』

彼等の遊び場所になつてゐる、森の中へ這入らうとして、四五人連れの一人が、ふと彼の白い姿を發見すると、驚いて一歩下つて、囁き聲で、外の子供達に云ふのでした。

『なんぢや、あれ。狂人か。』

『死人や、死人や。』

『側へ行て、見たろ。』

『見たろ、見たろ。』

91 —パノラマ島奇譚—

田舎縞の縞目も分らぬ程に、汚れて黒光りに光つた、ツンツルテンの着物を着た、十歳前後の腕白共が、口々に囁き交して、おづおづと彼の方へ近づいて來ました。

青鼻汁をヅルヅル云はせた、百姓面の小せがれ共に、まるで、何か珍らしい見せ物でもある樣に、覗きこまれた時、その世にも滑稽な景色を想像すると、彼は一層不安にも、腹立たしくもなるのでした。『愈々俺は道化役者だ。まさか最初の發見者が百姓の小せがれだらうとは思つても見なかつた。これで散々こいつらのおもちやになつて、珍妙な恥さらしを演じて、それでおしまひか。』彼は殆ど絶望を感じないではゐられませんでした。

でも、まさか、立上つて、子供達を叱りつける譯にも行かず、相手が何人であらうとも、彼はやつぱり、失神者を裝つてゐる外はないのです。で、段々大膽になつた子供達が、しまひには、彼の身體に觸りさへするのを、ぢつと辛抱してゐなけ

図4（上）『新青年』表紙
図5（下）『新青年』「パノラマ島奇譚」第二回

であったことが確認できる。『一寸法師』に収められている作品には光文社版が指摘するように「パノラマ島奇談」とあって、「島奇談」にはやはり「たうきだん」と振仮名が施されている。したがって、タイトルの発音は「パノラマトウキダン」で同じであるが、書き方のみを「パノラマ島奇談」と変えたということになる。ここではこの第二回を観察対象としたい。五十七頁に図5として掲げた箇所は光文社版では次のようになっている。

話があんまり甘《うま》すぎはしないか。ひょっとしたら、俺は飛んでもない道化役を勤めているのではないかな。世間の奴《やつ》らは、何もかも知っていて、態《わざ》と、面白半分にそ知らぬ振りをしているのではないかな」

かくして、ある激情的な場合には、まるで麻痺して了う所の、常人の神経が、少しずつ彼に甦《よみがえ》って来ました。そして、その不安は、やがて、百姓の子供達が、彼の狂人じみた経帷子姿を発見して、騒ぎ立てるに及んで、一層はげしいものになったのです。

「オイ、見てみい、何やら寝てるぜ」

彼等の遊び場所になっている、森の中へ這入《はい》ろうとして、四五人連れの一人が、ふと彼の白い姿を発見すると、驚いて一歩下って、囁《ささや》き声で、外《ほか》の子供達に云うのでした。

「なんじゃ、あれ。狂人か」

「死人《しびと》や、死人や」

「側《そば》へ行って、見たろ」

「見たろ、見たろ」

田舎縞《いなかじま》の縞目も分らぬ程に、汚《よご》れて黒光りに光った、ツンツルテンの着物を着た、十歳前後の腕白共《わんぱくども》が、口々に囁き交して、おずおずと、彼の方へ近づいて来ました。

青鼻汁《あおばな》をズルズル云わせた、百姓面《づら》の小せがれ共に、まるで、何か珍しい見せ物でもある様に覗きこまれた時、その世にも滑稽な景色を想像すると、彼は一層不安にも、腹立たしくもなるのでした。「愈々俺は道化役者だ。まさか最初の発見者が百姓の小せがれだろうとは思ってても見なかった。これで散々《さんざん》こいつらのおもちゃになって、珍妙な恥さらしを演じて、それでおしまいか」彼は殆ど絶望を感じないではいられませんでした。

でも、まさか、立上って、子供達を叱《しか》りつける訳にも行かず、相手が何人《なんぴと》であろうとも、彼はやっぱり、失神者を装っている外《ほか》はないのです。で、段々大胆になった子供達が、しまいには、彼の身体に触りさえするのを、じっと辛抱してゐるなけ　（三九六～三九七頁）

光文社版は創作探偵小説集第七巻『一寸法師』（春陽堂）に収められたテキストを底本としている。創作探偵小説集第七巻は漢字には康熙字典体を使い、仮名遣いは「古典かなづかい」（歴史的かなづかい）、漢数字以外の漢字にはすべて振仮名を施している。

光文社版は「解題」の冒頭に次のように記している。

現代読者の読みやすさを考慮して、会話の末尾にある句点および、同一せりふ内に改行がある場合、段落の頭ごとにあるカギカッコ起こし（『、「）を削った。また「々」（「々々」とする場合を除く）以外の踊り字を廃したが、表記、送り仮名の不統一、また「無何有郷」を「無可有郷」とするのをはじめ当て字が多くとも、執筆時の気分を反映したものとして、統一・訂正を差し控えるよう努めた。

収録作品は基本的に初刊本を底本に、新字新仮名遣いとし、戦後の春陽堂版および桃源社版のそれぞれ『江戸川乱歩全集』などとも対校して誤植や句読点、不適切な記述などを改めた。春陽堂版は新仮名遣い（ただし、平仮名の拗音や促音の区別はない）、新送り仮名とし、漢字をひらいている。桃源社版はさらに多くの漢字をひらき、漢字を平易なものとし、送り仮名をさらに送り、古めかしい表現を改めたものだ。両全集とも「活動写真」を「映画」に、後者では「相違ない」を「違いない」（あるいは「ちがいない」）にといった機械的な書き直しは、各作品に共通している。とくに後者は著者自身の当時の書き換えの法則によって比較的入念に著者校訂されたものだが、「パノラマ島奇談」「一寸法師」「湖畔亭事件」はいずれも第一回配本の第一巻（昭和三十六年十月）に収録されたせいか、まだ法則が確立されきっていないようだ。

乱歩の気分をおしはかる？

右の言説は（筆者には、と言っておくが）必ずしもわかりやすくないように思われる。いろいろな「みかた」が交錯しているようにみえるからだ。

「現代読者の読みやすさを考慮し」たのは、光文社版の校訂者であろう。現代日本語の使用者が同じように現代日本語の使用者である「現代読者の読みやすさ」を推測しているのだから、自身の言語感覚を基準として推測してもおおむね妥当であるとみることができる。

その一方で、「執筆時の気分」は乱歩の「（執筆時の）気分」であろうから、明治二十七年にうまれた乱歩の作品執筆時、すなわち大正十五年、乱歩三十二歳の時の「気分」ということになる。一般的に考えても「書き手」の「気分」を「読み手」が、しかも「書き手」と同じ言語を共有しているとは思いにくい「読み手」が「書かれたもの」のみからおしはかることができるだろうかと思わざるをえない。どのような「方法」によればそれが可能になるのだろうか。

またこの場合、もう一つ難しいことがある。乱歩の日本語の複雑さだ。明治二十七年生まれの乱歩は基本的には「明治の日本語」によって自身の日本語を修得し、構築していったとみるのがもっとも自然である。「明治の日本語」というくくりかたも、筆者とすれば、ずいぶんと粗いと感じるが、今はそのようにくくっておく。その「明治の日本語」によって言語生活を送っていた乱歩が大正十五年に自身の使っている日本語について、どのように感じていたかということだ。わかりやすくいえば、時代の言語から離れた古い日本語というようなことをどの程度感じていたか、ということだ。

乱歩が江戸文学に興味をもち、さまざまな本を所持していたことは、乱歩邸二階の写真などによってもわかるし、現在は『江戸川乱歩旧蔵江戸文学作品展図録』(立教大学編集・発行、二〇〇五年六月)もある。そうであれば、江戸時代の日本語をわざと使うこともできる。そこまでではないにしても、幕末明治初期ぐらいの日本語になじんでいた可能性はたかい。そういうことも含めて「執筆時の気分」とみた場合、どうやってそれをおしはかるのだろうか。

結局は現代日本語と懸隔があった場合、それを「執筆時の気分」とみなして、保存するということだろうか。筆者などはそこに何か「ちぐはぐな」印象をもつ。漢字字体を「常用漢字表」に載せられている字体にし、かなづかいを「現代仮名遣い」にするのは、現代日本語側に「寄せた」処理だ。しかし、乱歩の「執筆時の気分」を反映しているだろうと、光文社版の編集者が想像したものはそのまま残す。これは乱歩側に「寄せた」処理だ。それを現代日本語を母語としている「読み手」が読む時には、「古めかしい」と感じる箇所で、乱歩の気分を味わえばいいのだろうか。現代日本語の使用者が、というより光文社版の編集者が、「執筆時の気分」だろうと思った箇所以外の箇所では、乱歩は何も思わず、感じずに、つまりそこには何も「気分」がなく、機械のように執筆していたのだろうか。そんなことはあるはずがない。「書き方」を保存することで、乱歩の「執筆時の気分」を味わうことができるのであれば、そして

「執筆時の気分」を味わいたいのならば、大正十五年に『新青年』に掲載されていたままの「書き方」を保存するしかない。漢字を換え、かなづかいを換えた上で、ここはきっと「執筆時の気分」があらわれている箇所だろうから、そこはそのままにしておくというのは、「恣意的な処理」ではないのだろうか。

桃源社『江戸川乱歩全集』

光文社版では「桃源社版」が話題になっている。それは、桃源社から出版された『江戸川乱歩全集』十八巻（昭和三十六年十月〜昭和三十八年七月）が乱歩存命中最後の「全集」であるからだ。『江戸川乱歩著書目録』では「死去四年前の一九六一年から二年間にわたって刊行された桃源社版江戸川乱歩全集は、著者が生前最後に入念な朱を入れた決定版として扱われ、没後刊行された講談社、角川文庫、創元推理文庫、ちくま文庫版などはすべてこれに拠っている。例外的に春陽文庫だけが、五四年の春陽堂版の全集に基いたまま（かつ漢字を少なくして）現在も版を重ねており、このためにおよそ二種類のテキストが共存しているのが現状だ（新潮文庫版だけはまた別な流れにある）」（九〜十頁）と述べられている。

乱歩が「桃源社版」において、積極的にテキストの「校訂」をしたことは次のように述べられている。江戸川乱歩全集1「パノラマ島奇談　一寸法師　湖畔亭事件」（昭和三十六年十月十日発行／昭和三十七年七月二十五日再版）の「あとがき」から引用する。

私の全集や選集は、昭和初期以来たびたび出ているが、最近のものでは、春陽堂の「江戸川乱歩全集」が完了して、もう六年になるので、私の旧作は書店から影を消してしまい、古本もなかなか手に入らなくなっている。そこで、この数年来推理小説に力を入れている桃源社に勧められて、また、第何回目かの全集を、私自身編纂することとなった。（略）

今度の全集には、従来の私の全集に見られない特徴がある。それは全作品にわたって、私自身が校訂をしたことである。私の旧作は、全集のほかにも、いろいろな形で、くり返し出版されているが、戦前の「石榴」「幻想と怪奇」戦後の「犯罪幻想」などの特別の短篇集を除いて、私はかつて自作の校訂をしたことがない。殊に旧作の長篇は、月々締切りに追われて書き流したもので、校訂しだしたら、手を入れたい箇所が多くて、際限がないだろうとおそれたからである。しかし、私も「探偵小説四十年」を経た現在では、以前のように神経質ではなくなっている。それに、ちょうど病気で引っこもっていて、時間もあるので、処女作以来四十年にして、初めて自作を校訂してみることにした。しかし、校訂によって原形をくずすことは厳にいましめた。現在の私の好みの書き方とちがった箇所も、原形のまま手をつけず、あくまで校訂であって、改作に逸脱しないことを心がけた。

私の旧作の近年の版は、なるべく漢字を少なくし（当用漢字だけに制限することは到底できないが）、新仮名遣い、新送り仮名に従っている。しかし、これは私自身で書き直したたのではなく、すべて出版社の編集部に任せたものであった。私は新仮名、新送り仮名に、原則としては不賛成でないのだが、実際に文章を書くときには、やはり自分の好みの書き方がはいるのは止むを得ない。それと、出版社編集部の字遣いとは、必ずしも一致しないので、この全集では、印刷にはいる前に、旧版を入念に通読して、漢字や仮名の遣い方を、私流儀に校訂した。

戦争中には、私の旧作は、ほとんど全部にわたって、一部削除を命じられたものだが、戦後の版には、その削除の部分が、そのまま復原されないで、印刷されているものがある。私は校訂していて、それに気づいたので、いちいち昭和初期の平凡社の「江戸川乱歩全集」と照合して、もとの形に戻すことを心がけた。

また、校訂でなく校正のほうも、出版社任せの場合が多かったから、最初の本の誤植が、そのまま、いつまでも残っている例が少なくない。それらを校訂の際に訂正したことはもちろんである。こうして、多くのこまかい誤りが正されたので、作品によっては、面目を一新したものもあるように思われる。

ただし、『江戸川乱歩著書目録』はこの桃源社版の校訂自体が「果してベストコンディションのもとに校訂がなされたものか」（十頁）と疑問を呈しているが、そのことについては今は措くことにする。

右の言説によって、乱歩が「校正」「校訂」「改作」をはっきりと分けてとらえていることがわかる。一般的には「校正」は、例えば原稿通りに文字化が行なわれているかというチェック、「校訂」は文字の使い方も含め、語句が誤りなく使われているか、というようなチェックをさす。現在であれば、後者には、いろいろな意味合いで「統一的」かどうか、さらには「事実誤認」がないかどうかというようなことも含まれるだろう。

右には「旧作の長篇」のことが述べられている。乱歩の長篇には、長い期間にわたって新聞、雑誌に発表されているものがある。例えば「一寸法師」は『東京朝日新聞』に大正十五（一九二六）年十二月八日から昭和二年二月二十日まで六十七回にわたり、休載をしながら連載されている。あるいは「吸血鬼」は『報知新聞』夕刊に昭和五（一九三〇）年九月三十日から翌六年三月十二日まで一三八回にわたって連載されている。掲載が長期にわたる場合、一般的には、いろいろな「統一」がはかりにくくなることが推測される。そうしたことも含めて、乱歩の長篇については本書第二章で詳しく述べることにしたい。

光文社文庫『江戸川乱歩全集』の振仮名

さて、創作探偵小説集第七巻『一寸法師』（春陽堂）所収のテキストを底本とした光文社文庫の「本文」と底本とはどの程度異なっているだろうか。底本は漢数字以外の漢字にはすべて振仮名が施されているので、振仮名についてすべてを話題にはしない。また底本は促音に並字の「つ」を使い、「ゝ」「ゞ」も使用するが、これらについても話題にはしないことにする。創作探偵小説集の「本文」をまずあげ、次行に光文社版の「本文」を示す。

1　まるで麻痺《まひ》して了《しま》ふ所《ところ》の、常人《じやうじん》の神経《しんけい》が、少《すこ》しづつ彼《かれ》に甦《よみがへ》つて来《き》ました。（四十五頁）
　まるで麻痺して了う所の、常人の神経が、少しずつ彼に甦《よみがえ》って来ました。（三九六頁）

2「なんぢや、あれ。狂人《きちがひ》か。」（四十六頁）
「なんじゃ、あれ。狂人か」（三九六頁）

3「オイ、父《と》つあんに云《い》うてこ。」（四十七頁）
「オイ、父《とつ》つあんに云うてこ」（三九七頁）

4「ア、菰田《こもだ》の旦那《だんな》やないか。」（四十七頁）
「ア、菰田の旦那《だんな》やないか」（三九八頁）

1は現代日本語の使用者が「了う」を「シマウ」に結びつけることができるだろうか、という筆者の危惧である。ここは振仮名を施した方が親切ではないか。「常用漢字表」に「了」字は載せられているが、訓は認められていない。4の「旦那」は「旦」「那」いずれも「常用漢字表」に載せられていて、かつ「旦」には音「ダン」、「那」には音「ナ」が認められ、両字の「例」の欄には「旦那」が載せられていることからすれば、「旦那」に振仮名は必要ないと考える。

「現代読者の読みやすさを考慮」するという編集方針はもちろん首肯できる。その「編集方針」を客観的な、つまり誰がそれを行なう場合でも同じように行なうことができるということを保証できるかたちでつくるとすれば、「常用漢字表に載せられている字はそれを使い、載せられていない字については、依拠テキストのまま、音訓も常用漢字表の音訓の範囲に従う。常用漢字表が認めていない音訓については、依拠テキストに振仮名があれば、それを保存し、なければ新たに加えた振仮名であることがわかるように丸括弧付きで振仮名を施す。かなづかいは「現代仮名遣い」に従い、促音には小書きの「つ」をあて、拗音は小書きの「や・ゆ・よ」を使う。送り仮名は「送り仮名の付け方」に従う」という方針が考えられる。しかし、光文社文庫はそうではない。「旦那」に「だんな」と振仮名が施されているのが「執筆時の気分」を反映したものとも思いにくい。これもまた「恣意的」ということにならないだろうか。2はあるいは「きちがひ」という振仮名を施すことを避けたのだろうか。しかし、光文社版は巻末に「作品中に、今日の観点から見れば考慮すべき表現・用語も含まれていますが、作品が古典的に評価されていること、執筆当時の時代を反映した乱歩独自の世界であるとの観点から、おおむね底本のままとしました」とある。「おおむね底本のままとし」たが、ここははずしたということかもしれない。しかし、振仮名のない漢字列「狂人」は「キョウジン」を書いたものとみるのが自然で、それでいいかどうか、ということだ。

さて、3はやや複雑なことがらを含む。依拠テキストの「父《と》つあん」も光文社版の「父《とっ》つあん」も、ともに「トッツァン」つまり「トッ」に「ツァン」が連続する語形を書いたものであろう。この「トッツァン」が仮名で書きにくい。「ア」を小書きして、「ツ・ア」ではなくて、「ツァ」であることを示すしかない。そうしないと、「父《と》つあん」は「トツアン」あるいは「トッアン」に対応しそうだし、「父《とっ》つあん」は「トッツアン」に対応しそうだ。光文社版は振仮名を依拠テキストとは違うかたちに変更している。それは「父《と》つあん」は「トッツァン」に対応しにくいと判断したからであろう。しかし、光文社文庫は促音には小書きの「つ」をあてているので、なおさら「父《とっ》つあん」の「つあん」は「ツアン」になってしまう。

実はこのことを指摘したかったのではない。そうではなくて、右ではそのように表示したが、「オイ」の「イ」は依拠テキストでは小書きになっているのではないかということだ。4の「ア」も同様に、依拠テキストでは小書きになっていると思われるが、こちらは小書きの表示が難しいので、そのままのかたちで示した。他にも依拠テキストには「ナアンだ」（五十二頁）の「ン」、「ヂィレンマ」（六十一頁）の「イ」、「思はずアッと声を立てないではゐられませんでした」（七十三頁）の「アッ」、「サァ」（八十三頁）の「ア」など小書きの片仮名が使われている。このような片仮名の小書きは江戸時代の草双紙などにもみられるが、当該語形の微妙な発音を示そうとして使われているようにみえる。「ア」ではなく小書きの「ア」は軽い気づきの「ア」であろうし、「オイ」ではなく「イ」を小書きにしたものは、二重母音的に一拍で発音される「オイ」だろう。そうであるならば、「執筆時の気分」があらわれている「書き方」

ということでいえば、これらの「書き方」がまさにそうしたものに該当するのではないだろうか。保存するのであれば、これらの小書きを保存するべきではないか。しかし、この小書きには今まで注意が払われたことはなかったのではないか。

図5の範囲を超えて対照すると、次のような例を見出すことができる。

5　その当主《たうしゆ》が一度葬《ひとたびはうむ》られて、十日《か》もたつてから、（四十八頁）
　その当主が一度葬られて、十日もたってから、（三九八頁）

6　遂《つひ》に一言《ごん》も物《もの》を云《い》はうとはしませんでした。（五十頁）
　遂に一言も物を云おうとはしませんでした。（四〇〇頁）

5「一度」、6「一言」は振仮名がなければ、「イチド」「ヒトコト」という語形を書いたものである可能性を排除できない。筆者としては、こういう箇所は、乱歩が使った語形をはっきりさせるために振仮名が必要であると思う。しかし、「ヒトタビ」であっても「イチド」であっても語義はほとんど変わらないという「みかた」はありそうだ。「それが作品の理解に何かかかわりますか？」と問われたら、「あまりかかわらないでしょうね」と答えるしかないかもしれない。しかし語形の異なりを気にしない、ということであれば、「執筆時の気分」を忖度する必要はないのではないか、と思う。「ヒトタビ」と「イチド」、「イチゴン」と「ヒトコト」は語形がはっきり異なる別語だ。「それは語義がだいたい同じだから気にしない。しかし「気分」は大事だ」ということは理解しにくい。くりかえしになるが、「気分」は文字のどこにあらわれているのだろうか。「乱歩の日本語」という観点からは、やはりどのような語を使ったか、というところはしっかり押さえておきたい。

岩波文庫『江戸川乱歩作品集』の振仮名

次には桃源社版の『江戸川乱歩全集』を底本としている岩波版をあげてみよう。

話があんまりうますぎはしないか。ひょっとしたら、おれはとんでもない道化役を勤めているのではないかな。世間のやつらは、何もかも知っていて、わざと面白半分に知らぬ振りをしているのではないかな」

かくして、常人の神経が少しずつ彼によみがえってきました。そしてその不安は、やがて、百姓の子供たちが彼の気ちがいじみた経帷子姿を発見してさわぎたてるに及んで、一層はげしいものになったのです。

「オイ、見てみい、何やら寝てるぜ」

子供の遊び場所になっている、森の中へはいろうとして、四、五人連れの一人が、ふと彼の白い姿を発見すると、驚いて一歩さがって、ささやき声で、ほかの子供たちにいうのでした。

「なんじゃ、あれ。気ちがいか」

「死びとや、死びとや」

「そばへ行って見たろ」

「見たろ、見たろ」

田舎縞の縞目もわからぬほどによごれて、黒光りに光ったツンツルテンの着物を着た、十歳前後の腕白どもが、口々にささやきかわして、おずおずと、彼のほうへ近づいてきました。

青鼻汁《あおばな》をズルズルいわせた百姓づらの小《こ》せがれどもに、まるで、何か珍らしい見せ物でもあるようにのぞきこまれたとき、その世にも滑稽な景色を想像すると、彼は一層不安にも、腹立たしくもなるのでした。

「いよいよおれは道化役者だ。まさか最初の発見者が百姓の小せがれだろうとは思ってもみなかった。これで散々こいつらのおもちゃになって、珍妙な恥さらしを演じて、それでおしまいか」

彼はほとんど絶望を感じないではいられませんでした。

でも、まさか、立ち上がって、子供たちを叱りつけるわけにもいかず、相手がなにびとであろうとも、彼はやっぱり失神者を装っているほかはないのです。で、だんだん大胆に

なった子供たちが、しまいには彼のからだに触りさえするのを、じっと辛抱して
（八十二〜八十三頁）

右の範囲で、桃源社版『江戸川乱歩全集』と異なる点をあげてみよう。

7　青鼻汁《あおばお》をズルズルいわせた百姓づらの小せがれどもに、（三十頁下段）
青鼻汁《あおばな》をズルズルいわせた百姓づらの小《こ》せがれどもに、（八十三頁）

8　これで散／散こいつらのおもちゃになって、（三十頁下段）
これで散々こいつらのおもちゃになって、（八十三頁）

7では桃源社版が漢字列「青鼻汁」に「あおばお」と振仮名を施しているので、それを「あおばな」としている。これは明らかな誤植を訂正した箇所といえよう。8は桃源社版が、行頭に「々」を使わないという「方針」であったことを思わせる箇所であるが、岩波版は（おそらくは同様の「方針」であろうが）当該箇所が行頭ではないために「々」を使った箇所といえよう。岩波版のかたちは理解できる。

光文社版が底本とした創作探偵小説全集巻七『一寸法師』所収テキストと、岩波版が底本とした桃源社版『江戸川乱歩全集』にはさまざまな違いがある。それは先に掲げた図5あるいは

先に示した光文社版「本文」と岩波版「本文」とを対照すればおよそのところはわかる。前者はいわば大正十五年の「乱歩テキスト」で後者は昭和三十六年の「乱歩テキスト」である。後者については、先に示したように「果してベストコンディションのもとに校訂がなされたものか」という疑問も呈されているが、そうかどうかをはっきりさせるためには、調査、分析、考察が必要になる。したがって、現時点では、両者が「乱歩テキスト」であるということを前提にする。作品成立時に乱歩が認めていたテキストということを重視すれば、前者テキストがそれに該当する。最終的に乱歩が認めていたテキストということを重視すれば、後者テキストがそれに該当する。光文社版は、前者の立場にたち、岩波版は後者の立場にたって、底本を選んだということになる。それはどちらがいいかというよりは「立場」、考え方の違いということになる。

しかし、日本語ということを注視すると、創作探偵小説全集巻七で「何人《なんぴと》であらうとも」(三十頁下段十三行目)とあった箇所を桃源社版において「なにびとであろうとも」(四十七頁一行目)とした、その「ナンピト」から「ナニビト」への乱歩による変更が、乱歩のどのような「意識」によるのか、ということが気になる。『日本国語大辞典』第二版は見出し「なんぴと」の使用例の最後に「日本国憲法」をあげている。それ以降に「ナンピト」という語形が使われなかったということにはならないので、「ナンピト」がいつ頃まで一般的に使われていたか、という「情報」を背景にして、初めてこの「乱歩による変更」を評価することができる。そうした「情報」がなければ、それは「想像」や「憶測」にとどまるといわざるをえない。また、古い語形を好んで使うということはいつでも可能なので、一般的には「ナンピト」が使われない時期に、ある特定の個人が「ナンピト」を使うということはあり得る。そうなると、「一般的に」をどのように見極めるかも単純ではない。語にかんして、「いつ頃から使われているか」を明らかにすることも難しいし、「いつ頃まで使われていたか」を明らかにすることも難しい。『江戸川乱歩小説キーワード辞典』（東京書籍、二〇〇七年）はすぐれた辞典であることはいうまでもない。しかし、「ナンピト」は「キーワード」にはならない。そうなると、むしろ江戸川乱歩の全作品を正確、精密に電子化した「電子版江戸川乱歩全作品」があってほしい。さまざまなデータベースは言語分析に有効である。正確、精密な「電子版江戸川乱歩全作品」の有用さもはかりしれない。こういう企画に科研費がほしいとつくづく思う。さて、右では二つの「乱歩テキスト」について、ごく簡略にふれた。本書第二章では、さまざまな「乱歩テキスト」の対照的観察によって、どのような知見を得られるかについてじっくりと述べてみたい。

第二章

乱歩の語り——物語を支える枠組み——

『江戸川乱歩執筆年譜』には次のように述べられている。

乱歩の長篇の章題にはある時期に劇的な変化が訪れている。ごく初期の長篇では、「闇に蠢く」であれ、「パノラマ島奇談」であれ、「一／二／三／四」と漢数字によって木で鼻をくくるように章を立ててゆくのが、「一寸法師」を除くすべての長篇における乱歩のスタイルだった。ところが「孤島の鬼」に至って、章題は大きく様変わりする。

第一回こそ「一／二／三」で始められたものの、第二回には「不思議な老人／五／六」と、何らかの事情によって校正時に「四」を「不思議な老人」に差し替えたらしい奇妙な混乱が示されたあと、第三回以降は「奇妙な老人」「七宝の花瓶」といった刊本と同じ章題が採用されてゆくのである。

この章題の変遷からは、いわゆる「通俗長篇」に向き合う乱歩の姿勢が窺えるだろう。大部数を誇る娯楽雑誌で読者の興味を繋いでゆく手法として、乱歩は章題のスタイルを改めたとおぼしい。「一寸法師」が新聞連載であったことを考えあわせれば、あるいは、みずから「私の探偵小説の代表的なもの」という「石榴」には漢数字の章題が立てられていることを考慮すれば、「大衆」を相手にした長篇における章題の狙いはすでに明らかだろう。探偵小説から大衆的娯楽小説への、けっして退嬰的ではない転身がここに示されているように見える。

（十二頁下段）

「孤島の鬼」の章題

「孤島の鬼」は森下雨村が編集長に就任していた雑誌『朝日』の創刊号(一巻一号、昭和四年一月一日発行)から連載が始まり、昭和五年二月『朝日』二巻二号まで十四回にわたって、掲載される。挿絵は竹中英太郎が担当する。この竹中英太郎の挿絵は創元推理文庫『孤島の鬼』(東京創元社、一九八七年)にすべて収められている。改めていうまでもないだろうが、森下雨村が『新青年』の編集長をつとめていた時に乱歩が「二銭銅貨」を投稿し、それを認めたのが雨村だった。

一巻一号　昭和四年一月一日　一／二／三
一巻二号　昭和四年二月一日　不思議な老人／五／六
一巻三号　昭和四年三月一日　奇妙な友人／七宝の花瓶／古道具屋の客／「明正午限り」
一巻四号　昭和四年四月一日　理外の理／鼻欠けの乃木大将／再び怪老人／意外な素人探偵
一巻五号　昭和四年五月一日　盲点の作用／魔法の壷／少年軽業師
一巻六号　昭和四年六月一日　乃木将軍の秘密／『弥陀の利益』／人外境便り
一巻七号　昭和四年七月一日　鋸と鏡／恐ろしき恋／奇妙な通信

一巻八号　昭和四年八月一日　北川刑事と一寸法師／諸戸道雄の告白
一巻九号　昭和四年九月一日　悪魔の正体／岩屋島／諸戸屋敷
一巻十号　昭和四年十月一日　三日間／影武者／殺人遠景
一巻十一号昭和四年十一月一日　屋上の怪老人／「神と仏」／片輪者の群／三角形の頂点
一巻十二号昭和四年十二月一日　古井戸の底／八幡の藪知らず／麻縄の切口／魔の淵の主
二巻一号　昭和五年一月一日　暗中の水泳／絶望／復讐鬼／生地獄
二巻二号　昭和五年二月一日　意外な人物／霊の導き／狂える悪魔／刑事来る／大団円

「孤島の鬼」は『朝日』の連載終了後、昭和五年五月十八日には単行本『孤島の鬼』として改造社から出版される。この改造社版を底本としたものが、平成二十八年に書肆盛林堂から出版されている。装幀は竹中英太郎が担当している。ちなみにいえば、昭和七年一月十五日に「日本小説文庫2」として春陽堂から出版された『孤島の鬼』の挿画も竹中英太郎のものだ。昭和六年七月には平凡社版『江戸川乱歩全集』第五巻に収められる。この平凡社版全集では「一」に「はしがき」、「二」に「思出の一夜」、「三」に「異様なる恋」、「五」に「入口のない部屋」、「六」に「恋人の灰」という章題があてられている。また「不思議な老人」は「怪老人」、「明正午限り」」「「神と仏」」は鉤括弧をはずして、それぞれ「明正午限り」、「神と仏」に改められている。「不思議な老人」を「怪老人」に改めたのは「再び怪老人」とあることにあわせたのであろうが、第十一回には「屋上の怪老人」もある。「不思議な」は〈変わっている〉ということであるが、「怪」は〈あやしい〉ということであり、よりふみこんだ章題ともいえる。ふみこみすぎると、今風にいえば、「ネタバレ」に近づく。しかし、乱歩はそのような表現を意識的につかっていたのではないか。このことについては後に詳しく述べることにしたい。

「蜘蛛男」の章題

「孤島の鬼」と並行するようにして、長篇「蜘蛛男」の連載が『講談倶楽部』で始まる。「蜘蛛男」の章題をあげてみよう。

十九巻八号　昭和四年八月一日　十三号室の借主／空っぽの邸宅／浴槽の蜘蛛／獣人
十九巻九号　昭和四年九月一日　小悪魔／義足の犯罪学者／美しき依頼人／陳列棚の蟻／石膏像の正体
十九巻十号　昭和四年十月一日　青年消失／第二の石膏細工／青髯／毒蜘蛛の糸／水族館の人魚
十九巻十一号昭和四年十一月一日　第三の犠牲者／劇場の怪異／七月五日／裏の裏
十九巻十二号昭和四年十二月一日　湧き起る黒雲／挑戦状第二／撮影中止／白髪の老医／袋の鼠

二十巻一号　昭和五年一月一日　最後の一秒まで／幽霊部屋／魔術師の怪技／意外の人物
二十巻二号　昭和五年二月一日　畔柳博士の負傷／野崎青年の危難／桁はずれの悪計／ポスター美人の眼／滴る血潮／深夜の電話
二十巻三号　昭和五年三月一日　失望した浪越警部／異国風の怪人物／刑事部長の旧友／ズバ抜けた偽瞞／偽瞞の数々／蜘蛛男対明智小五郎
二十巻四号　昭和五年四月一日　M銀行麹町支店／一足違いに／離れ業／骸骨の用途／死体の変装手術／二老人
二十巻五号　昭和五年五月一日　格闘／通り魔／奇怪な情死／パノラマ人形／蠢く触手
二十巻六号　昭和五年六月一日　非常誘拐／悪魔の美術館／探偵人形／大団円

「吸血鬼」の章題

さらに、昭和五年九月二十七日から昭和六年三月まで一三八回にわたって、『報知新聞』の夕刊に連載された「吸血鬼」の章題を、『江戸川乱歩全集』第十二巻（平凡社、昭和七年二月）によって示してみよう。

決闘／唇のない男／茂少年／悪魔の情熱／奇妙な客／妖術／名探偵／裸女群像／青白き触手／女探偵／お化人形／離れ業／飛ぶ悪魔／海火事／三つの歯型／意外な下手人／母と子／葬儀車／生地獄／墓あばき／魔の部屋／一寸法師／井戸の底／三幕目／真犯人／最後の殺人／

逃亡／執念

章題によって「枠組み」を示す

右に示した三作品の章題をみると、「北川刑事と一寸法師」（孤島の鬼）・「一寸法師」（吸血鬼）、「生地獄」（孤島の鬼・吸血鬼）のように同じ語が使われていることがわかる。「一寸法師」は「孤島の鬼」や「吸血鬼」に先立ち、大正十五年十二月八日から昭和二年二月まで六十七回にわたって、『東京朝日新聞』と『大阪朝日新聞』に連載されていた作品名である。あるいは「魔術師の怪技」（蜘蛛男）の「魔術師」も作品名になっている。

「生地獄」は一般的な語ともいえようが、章題として繰り返し使われていることには注目したい。その他にも「軽業師」や「人外境」「蜘蛛」「獣人」「水族館」「白髪」「触手」など、乱歩の作品に繰り返し使われる語がみられる。右の三作品の章題を含む乱歩作品をあげてみよう。

魔法の壷	魔法博士・魔法人形
少年軽業師	少年探偵団
鋸と鏡	鏡地獄
恐ろしき恋	恐ろしき錯誤
北川刑事と一寸法師	一寸法師・踊る一寸法師

悪魔の正体・狂える悪魔・小悪魔・悪魔の美術館・悪魔の情熱・飛ぶ悪魔	悪魔の紋章
殺人遠景	殺人迷路
生地獄	鏡地獄・地獄風景・地獄の道化師
白髪の老医	白髪鬼
幽霊部屋	幽霊塔
魔術師の怪技	魔術師・海底の魔術師
パノラマ人形	パノラマ島奇談
蠢く触手	闇に蠢く

作品の題名は当該作品を構成している言語の総量を「要約」したものではないだろう。しかし、当該作品を構成している言語とその言語が喚起している「イメージ」を集約したものとみることはできるかもしれない。長篇の作品であれば、執筆開始時に、その作品の細部までが完成しているということは、乱歩の場合、ほとんどなさそうだ。「結末」は考えてあるかもしれない。しかしまた「結末」も想定していない場合も案外とありそうに思われる。それでも題名がなければ書き始めることができない。乱歩は「余りに通俗的なものを要求する講談社の雑誌に書くことを潔しとしない風潮」の中で「書くなれば先ず『新青年』という気持ち」があったために「講談社」を「敬遠」していた。しかし、結局乱歩は「ヒョイと書く気にな」り、「少

し位むごたらしい場面があっても構わないという諒解を得て、涙香とルブランとを混ぜ合せた様なものを狙って」（『探偵小説四十年』桃源社、昭和三十六年）「蜘蛛男」を書き始める。書き始めの時には「蜘蛛男」というタイトルしかなかったとしても、そのタイトルから「イメージ」をふくらませ、「イメージ」をつなぎ、作品をかたちづくっていくのであろう。「読み手」もまた、「蜘蛛男」というタイトルから、自身の「イメージ」をふくらませながら作品を読み進めていくことになる。「読み手」の「イメージ」と「書き手」の「イメージ」とが（ある程度にしても）重なり合えば、「読み手」は読み進めやすくなるし、作品に「同調」しやすくなる。章題は、「読み手」の「イメージ」を微調整するための「仕組み」として機能しているのではないだろうか。乱歩のもつ「イメージ」の総体を言語化したものを「乱歩の言語空間」と呼ぶとすれば、「乱歩の言語空間」へ「読み手」を導き、誘い込むための「ガイド」が章題であろう。そう考えれば、章題が作品のタイトルと重なり合いをもっていることはむしろ当然ということになる。「タイトル」と章題とは、「読み手」にとっては、物語の外側＝exから「イメージ」を喚起させ、呼び起こし、気分を盛り上げていく＝exciteさせるものであろう。物語の外側からの乱歩の「煽り」といえよう。

物語の内側の「仕組み」

それに対して、物語の内側にはどのような「仕組み」が用意されているのだろうか。

月刊誌『朝日』に昭和六（一九三一）年一月から翌昭和七年三月まで連載された「盲獣」を採りあげてみよう。

1　だが、あいつは、一体全体何のために、そんな策略を弄して、わざわざ蘭子を揉みに来たのであろう。ただ、この有名なレビューの踊り子と言葉をかわし、その肌に触れたいためとしか考えられぬではないか。

道理こそ、あいつ、いやに身体を撫で廻すと思つた。もしかしたら、あれは、この間、美術館で蘭子の彫刻を愛撫していたあの薄気味のわるい男と同一人ではあるまいか。彼は、間接に大理石の肌ざわりを楽しむだけでは満足が出来ず、盲目を幸い、按摩に化けて、大胆にも、蘭子の触感を盗みに来たのではないかしら、

「きつとそうだわ。そうに違いないわ」

蘭子は按摩をすませて、床にはいつてからも、そのことばかり考えていた。何という執念深い盲人の恋であろう。恋には慣れた蘭子であつたが、こんな無気味な経験は初めてだつた。

（春陽堂版全集4・一七四頁下段）

2　車が走り出した。と、不思議なことに、ちようどその時、別の自動車が楽屋口に止まつたかと思うと、又運転手が飛び降りて、そこに居合せた番人に尋ねた。

「水木蘭子さんのお迎えです」
「蘭子さんは、たつた今帰つたばかりですよ。どこからです」
番人は不審そうに答えて、運転手をジロジロ眺めた。
運転手は困つてしまつて、「なに、いいんです」とごまかして、その場を立去つたが、この自動車こそ小村昌一からよこしたものであつた。
とすると、先の車は、一体どこらか来たのだ《(マヽ)》。なぜ小村の名を騙つて蘭子をおびき出したのであろう。何も知らぬ彼女は、それから、どこへ連れて行かれたのか。そして、どんな目にあったのか。

（同一七九頁下段）

3　オヤ、変だぞ。この女中さん何を戸惑いしているのだろう。廊下を曲らず、行きどまりの鏡に向つて、ズンズン歩いて行く。

（同一八〇頁下段）

「ホホホホホホ」不作法によく笑う女中だ。

（同一八一頁上段）

女中め、やつぱりニヤニヤ笑つている。

（同一八一頁下段）

4　もはやこれ以上の記述は差控えよう。

（同一九九頁上段）

それから、あの闇黒の地下室にどのような戦慄すべき光景がくりひろげられたか、作者はそれをここに如実に描き出すことは、遺憾ながら遠慮しなければならない。で、それは蔭の出来事とぼかしておいて、全く別の方面から、真珠夫人のその後の運命を物語ることにする。

（同二一二頁上段）

5　さて、それからどのようなことが起つたか。読者諸君は恐らくとつくに推察されたことと思うが、真珠夫人もやつぱり例の無気味な人体彫刻のある地下の密室へ連れ込まれ、そこでありとあらゆる情痴の遊戯を尽したことは、かつての水木蘭子の場合と大差はない。

（同二一八頁上段）

読者も知る通り、彼は蘭子を殺害する場合、こんなことをしたわけではなかつた。相手を怖がらす一つの手だてなのだ。何もかも蘭子の時とそつくりだと云つて聞かせることが、犠牲者をどんなに慄い上がらせるかをよく知つていて、その恐怖が眺めたかつたのだ。

（同二二〇頁上段）

6　むろん彼の悪行は、以上に尽きたわけではない。本来なれば、第二、第三の蠢を、彼が如何にむごたらしくもてあそび、殺したか。そのバラバラの死体が如何なる方法によつて、附近の都会の上空から雨と降つたか。更に、漁村をあとにした盲獣の触手はどこに延びて行つたか。そして、どのような女を、どのようにもてあそび且つ処分したか、等々について、長々と書き記すべきであるかも知れない。だがそれはもはや蛇足である。

作者も飽きた。読者諸君も恐らくは飽き果てられた事であろう。少くとも、我が醜怪なる主人公盲獣の為人《ひととなり》、その病癖、その所業は、以上の記述によつて「もうわかつた、わかつた」と顔の前で手を振らねばならぬほど、わかり過ぎるほどわかつてしまつたに違いないからである。

そこで、たつた一つ残つている事は、書き漏らしてならぬ事は、かれ盲獣の少々風変りな最期についてである。

この物語には探偵も警官も登場はしない。盲獣は最後まで巧みにその筋の網の目を逃れて逮捕されるようなことがなかつたからである。では、悪人亡びず、かくまでの悪行が何の天罰も受けずして終つたかと云うに、むろんそんな筈はない。かれ盲獣は亡びたのだ。

(同二五〇頁下段)

1では、「だが」から「来たのではないかしら」まで「語り手」のつぶやき、独白のようなことばが続く。この「語り手」は「按摩」を「あいつ」と呼び、物語内の出来事すべてを承知している。その「語り手」のことばに水木蘭子の「きっとそうだわ。そうに違いないわ」ということばがすぐに続く。水木蘭子は「語り手」のつぶやきを聞いていたかのようだ。「語り手」が物語をすべて見ているのは当然としても、その「語り手」のことばが「読み手」だけでなく、登場人物である水木蘭子にも聞こえている。不思議な言語空間ではないだろうか。

2では「語り手」は後から水木蘭子を迎えに来た自動車が「小村昌一からよこしたもの」であることを知っている。つまり、「先の車」が偽物であることを知っている。物語内の出来事すべてを承知しているのであれば、「先の車」が「どこから来た」のかも知っていてもよいし、「なぜ小村の名を騙って蘭子をおびき出したの」かを知っていてもよい。しかし、それを「読み手」に語ることはせず、疑問を投げかける。水木蘭子が乗った「先の車」が偽物であったことのみを語る。この語りは「読み手」に与えても物語の展開に支障がないぎりぎりの情報を「読み手」に与え、物語の進行を促進する機能をもっていると思われる。

3では「女中」が偽物であることを繰り返し示唆している。

4も「語り手」が「読み手」に語りかけているが「記述」という語は物語の「書き手」を思わせる。また「作者」という語が使われていることには注目しておきたい。当然のことであるが、「語り手」が「作者は」と語れば、「読み手」は少なくともその文に関しては、「語り手」と「作者」とを重ね合わせたくなるだろう。物語内の「作者」は実は現実世界に生きる江戸川乱歩ではないのだが、その境界は「作者」という語によって一気に越えられてしまうだろう。

5では「読者」という語が使われている。「読者」は今ここで作品を読んでいる「読み手」と重なり、自分に呼びかけているような気持ちになるはずだ。そしてこの作品の作者は？ と思った時、それは江戸川乱歩ということになり、現実世界に生きる自分、現実世界に生きる江戸川乱歩が「読者」「作者」という「語り手」の呼びかけによって、ともに物語の内側＝inに入り込み、駆り立てられていく＝inciteという仕組みではないか。

6ではexcite inciteを通り越して「作者も飽きた。読者諸君も恐らくは飽き果てられた事であろう」とまで述べた。大げさにいえば「語り手」の語りが物語を破壊しているとでもいえばよいだろうか。「作者も飽きた」の「作者」をそのまま生き身の江戸川乱歩に重ね合わせて理解するむきもある。

読み手の回路

乱歩は一年余り休筆をして、昭和三年八月に『新青年』に「陰獣」を発表する。昭和四年の一月からは『朝日』で「孤島の鬼」の連載が始まる。その六月には『改造』十一巻六号、七号に「虫」を発表し、同じ六月に『新青年』に「押絵と旅する男」を発表する。八月には『講談倶楽部』十九巻八号に「蜘蛛男」を発表し、昭和五年六月まで十一回にわたって連載が続く。昭和五年一月には『文藝倶楽部』三十六巻一号に「猟奇の果」が載せられ、連載が始まる。七月には『講談倶楽部』二十巻七号で「魔術師」の連載が始まり、九月には『キング』六巻九号で「黄金仮面」の連載が始まる。さらに同じ九月に『報知新聞』夕刊で「吸血鬼」の連載が始まる。そして昭和六年一月に『朝日』三巻一号で「盲獣」の連載が始まる。四月には『富士』四巻四号で「白髪鬼」の連載が始まり、六月には『講談倶楽部』二十一巻六号で「恐怖王」の連載が始まる。昭和七年三月に平凡社の『江戸川乱歩全集』を完結させ、乱歩は再び休筆宣言をする。

作品「盲獣」内に書き込まれた「作者も飽きた」の「作者」をそのまま江戸川乱歩に重ね合わせて「よむ」よみかたは乱歩の「仕掛け」に沿っているのかもしれない。それは「飽きた」ということを表明しようとしたという意味合いではなく、物語を読んでいるはずの「読み手」をしらずしらずのうちに、実世界に引き戻すような「語り」ということだ。乱歩の「語り」は「読み手」を実世界、作品世界とを自在に行き来させる。両世界を「読み手」が自在に行き来するための「回路」のようなものといってもよいだろう。この「回路」によって、「読み手」は作品世界に引き込まれ、また作品世界と実世界とをつなげる。

自作を語る乱歩

乱歩はいろいろなかたちで自身の作品について語っている。自身の作品についての過剰なまでの関心が、乱歩に作品について語らせているのであろうし、また『貼雑年譜』もそうした乱歩の「心性」がかかわっているであろう。

例えば『新青年』大正十四年一月増刊号に発表された「D坂の殺人事件」には末尾に「作者附記」が附されていた。

作者附記　僅かの時間で執筆を急いだのと、一つは余り長くなることを虞れたためとで、明智の推理の最も重要なる部分、聯想診断に関する話を詳記することが出来なかったことを残念に思う。しかし、この点はいずれ稿を改めて、他の作品に於て充分に書いてみたいと思っている。

あるいは、春陽堂版の『江戸川乱歩全集』には末尾に次の二つの註が加えられている。

［註］（1）この小説の書かれた大正時代では、メーターを取りつけない小さな家の電燈は、昼間は、電燈会社の方で、大元のスイッチを切つて消燈したものである。
（2）当時の電球はタングステンの細い線を鼓のように張つたもので、一度切れても、また偶然つながることがよくあつた。

「註」は時代を超えて読み継がれている作品を成り立たせるために必要なものといえよう。それを自身で加えているところに注目したい。乱歩が自身の作品を大事にしていたことのあらわれといえよう。「作者附記」は「いいわけ」のようにみえなくもないが、「他の作品」は「心理試験」のことと思われ、自身の作品の「つながり」を示唆する言説ともいえよう。昭和三十七年二月五日に出版された桃源社版『江戸川乱歩全集6』の「あとがき」では次のように記している。

「D坂の殺人事件」「新青年」大正十四年一月増刊に発表した。この作ではじめて明智小五郎を登場させた。別にこれをきまった主人公にするつもりはなかったのだが、方々から「いい主人公を思いつきましたねえ」と言われるものだから、ついその気になって、引きつづき明智小五郎を登場させることになった。「D坂」のころの明智はまだタバコ屋の二階に下宿して、本の中に埋まっている貧乏青年にすぎなかった。

「D坂」を一月増刊に発表してから毎月、この年の夏まで「新青年」に短篇を書きつづけた。これは「新青年」がその後よく催した六ヶ月連続短篇というものの最初の試みであった。私は「D坂」の次に「心理試験」を書いて、いよいよ専業の作家になる決心をしたので、「新青年」編集長の森下雨村さんが、この機会に六ヶ月連続短編を催して、私を激励してくれたのである。その連続短篇というのは、

心理試験（二月号）、黒手組（三月号）、赤い部屋（四月号）、幽霊（五月号）、（六月号は休載）、白昼夢、指環（七月号）、屋根裏の散歩者（八月増刊）

であった。中途で一回休んでいるが、ともかく六ヶ月つづけたわけである。その中には「黒手組」や「幽霊」のような駄作もあるが、「D坂」「心理試験」「赤い部屋」「屋根裏の散歩者」などは、私の短篇の代表的なものに属するわけで、この連続短篇はまずまず成功であった。この年には、「新青年」の七篇のほかに「苦楽」（二篇発表、その一篇は「人間椅

子」であった）「新小説」「写真報知」「映画と探偵」などに九篇の短篇を書いているから、合せて十六篇となる。私としてはよく書いた年であり、私の初期の代表的な短篇の半分近くは、この年に発表したといってもいいようである。

「心理試験」「新青年」大正十四年二月号に発表。この作を森下さんと小酒井不木博士に見せて、作家として立てるだろうかと相談し、両氏の賛同を得たので、大阪から東京へ引越しをして、いよいよ作家専業となったのである。

この作にも明智小五郎を出したが、これは「D坂」から数年後の事件で、明智はもう二階借りの貧乏青年ではなくなっている。「D坂」に連想診断による心理試験のことが出てくるが、その方法を具体的に示してはいない。それを補う意味で、「心理試験」には、試験のやり方を詳しく書いた。だから、「D坂」と「心理試験」とは一対の作といってもよいので、ここにならべてのせるわけである。これは倒叙探偵小説の形式だが、やはり本格ものの一種といってよい。

作品の末尾に「作者附記」を附し、何らかの機会をとらえて自身の作品について語る。右では自身の作品「黒手組」「幽霊」を「駄作」とみなしている。「ことば溢れる人」は自作に手を入れ続け、自作を語る。その点において、乱歩は北原白秋と似る。筆者は拙書『北原白秋』

（岩波新書、二〇一七年）に「言葉の魔術師」という副題を付けたが、乱歩もまた「言葉の魔術師」と呼ぶにふさわしい。

タイトル、章題、作品内部の言説、作品に附した「作者附記」や作品について語る乱歩の言説、それらは作品の外側から作品の内部へ、作品を外部へと結びつける「回路」の役割をもつと考える。それが「物語を支える枠組み」である。次章では、「乱歩の語り」を作品内部から探ってみることにしたい。まずは初出のかたちで幾つかの作品をよんでみよう。

第三章

初出でよむ乱歩

本章では、初出誌の誌面を示しながら、初出によって乱歩をよんでみたい。乱歩作品が載せられている号に、他にどのような記事が載せられているかなどにも適宜ふれながら、どのような「言語空間」に乱歩の作品が発表されていたかをみていきたい。

初出でよむ「赤い部屋」

「赤い部屋」は『新青年』第六巻第五号（大正十四年四月一日発行）に「連続短篇探偵小説三」として発表されている。*註 その後、「創作探偵小説集」第一巻『心理試験』（春陽堂、大正十四年七月十八日発行）に収録されている。図6を翻字してみよう（以下、掲載した図版の翻字はその冒頭に【図6】などとナンバーを示す）。図6でわかるように、『新青年』に発表されたテキストには数字を除く漢字に振仮名が施されている。それは創作探偵小説集第一巻所収テキストも同様である。ここでは振仮名を省いて翻字する。

【図6】異常な興奮を求めて集つた、七人のしかつめらしい男が（私もその中の一人だつた）態々其為にしつらへた『赤い部屋』の、緋色の天鵞絨で張つた深い肘掛椅子に凭れ込んで、今晩の話手が、何事か怪異な物語を話し出すのを、今か〳〵と待構へてゐた。

七人の真中には、これも緋色の天鵞絨で覆はれた一つの大きな円卓子の上に、古風な彫刻のある燭台にさゝれた、三挺の太い蠟燭がユラ〳〵と幽かに揺れながら燃えてゐた。

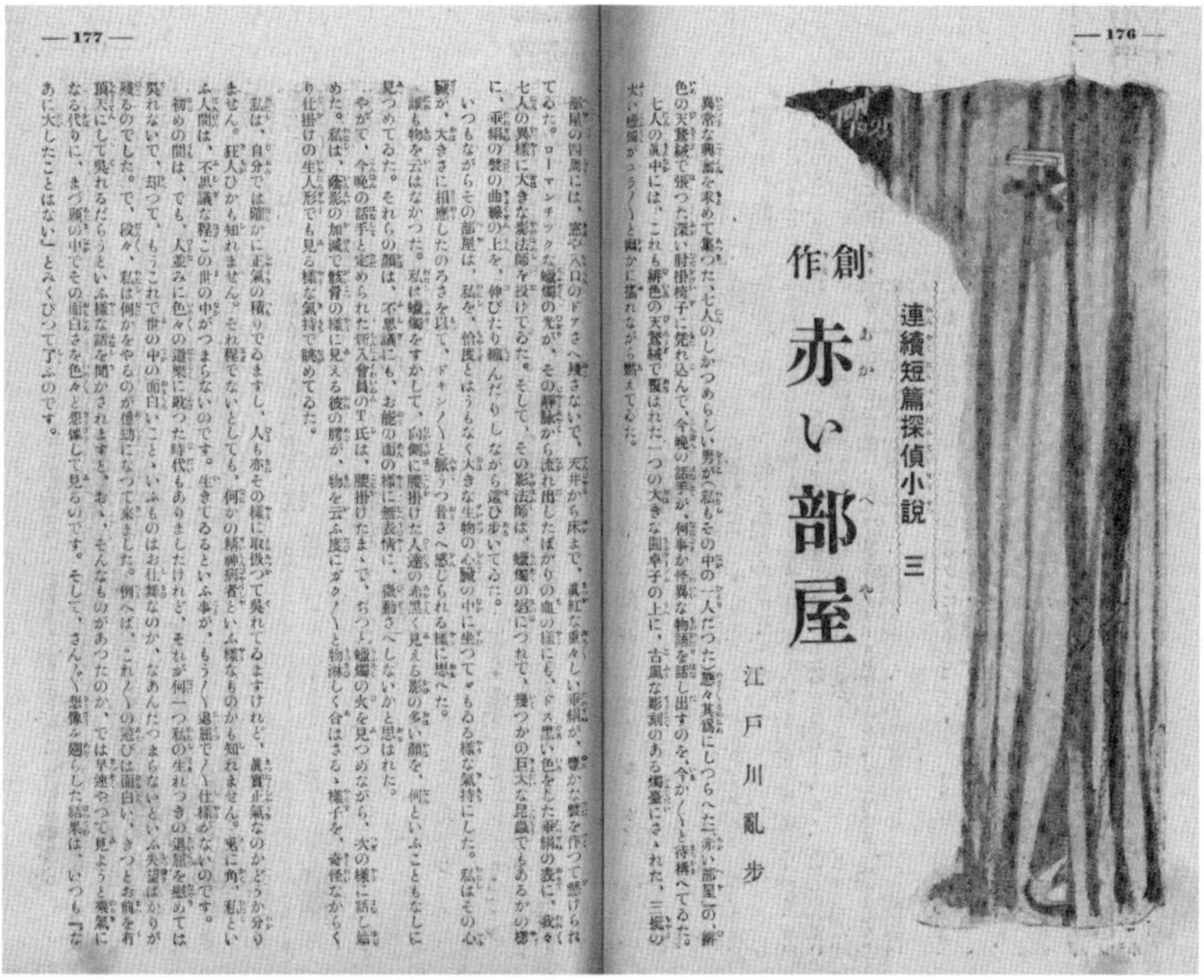

— 176 —

連續短篇探偵小說　三

創作

赤《あか》い部《へ》屋《や》

江戸川亂歩

異常な興奮を求めて集つた、七人のしかつめらしい男が（私もその中の一人だつた）態々其爲にしつらへた「赤い部屋」の、緋色の天鵞絨で張つた深い肘掛椅子に凭れ込んで、今晩の話手が、何事か怪異な物語を話し出すのを、今か〳〵と待構へてゐた。

七人の眞中には、これも緋色の天鵞絨で覆はれた一つの大きな圓卓子の上に、古風な彫刻のある燭臺にさゝれた、三挺の太い蠟燭がユラ〳〵と幽かに搖れながら燃えてゐた。

— 177 —

部屋の四周には、窓や入口のドアさへ殘さないで、天井から床まで、眞紅な重々しい垂絹が、豐かな襞を作つて懸けられてゐた。ローマンチックな蠟燭の光が、その靜脈から流れ出したばかりの血の樣にも、ドス黑い色をした垂絹の表に、我々七人の異樣に大きな影法師を投げてゐた。そして、その影法師は、蠟燭の焰につれて、幾つかの巨大な昆蟲でもあるかの樣に、垂絹の襞の曲線の上を、伸びたり縮んだりしながら這ひ歩いてゐた。

いつもながらその部屋は、私を、恰度とはうもなく大きな生物の心臟の中に坐つてゞもゐる樣な氣持にした。私はその心臟が、大きさに相應したのろさを以て、ドキン〳〵と脈うつ音さへ感じられる樣に思へた。

誰も物を云はなかつた。私は蠟燭をすかして、向側に腰掛けた人達の赤黑く見える影の多い顏を、何といふこともなしに見つめてゐた。それらの顏は、不思議にも、お能の面の樣に無表情に、微動さへしないかと思はれた。

やがて、今晩の話手と定められた新入會員のT氏は、腰掛けたまゝで、ぢつと蠟燭の火を見つめながら、次の樣に話し始めた。私は、陰影の加減で骸骨の樣に見える彼の顎が、物を云ふ度にガク〳〵と物淋しく合はさる樣子を、奇怪なからくり仕掛けの生人形でも見る樣な氣持で眺めてゐた。

「私は、自分では確かに正氣の積りでゐますし、人も亦その樣に取扱つて呉れてゐますけれど、眞實正氣なのかどうか分りません。狂人かも知れません。それ程でないとしても、何かの精神病者といふ樣なものかも知れません。兎に角、私といふ人間は、不思議な程この世の中がつまらないのです。生きてゐるといふ事が、もう〳〵退屈で〳〵仕樣がないのです。

初めの間は、でも、人並みに色々の道樂に耽つた時代もありましたけれど、それが何一つ私の生れつきの退屈を慰めては呉れないで、却つて、もうこれで世の中の面白いことゝいふものはお仕舞なのか、なあんだつまらないといふ失望ばかりが殘るのでした。で、段々、私は何かをやるのが億劫になつて來ました。例へば、これ〳〵の遊びは面白い、きつとお前を有頂天にして呉れるだらうといふ樣な話を聞かされますと、おゝ、そんなものがあつたのか、では早速やつて見ようと乘氣になる代りに、まづ頭の中でその面白さを色々と想像して見るのです。そして、さん〴〵想像を廻らした結果は、いつも「なあに大したことはない」とみくびつて了ふのです。

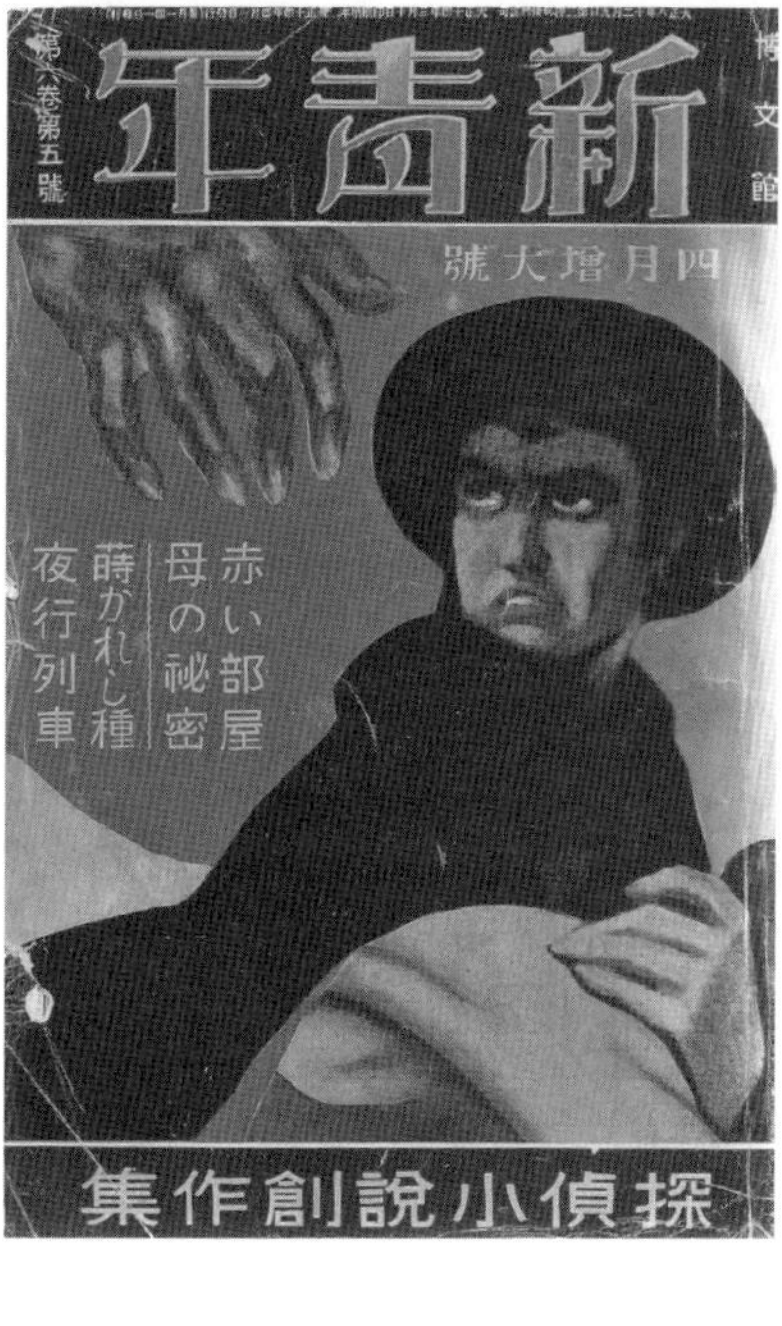

図6（上）『新青年』「赤い部屋」
図7（下）『新青年』表紙

部屋の四周には、窓や入口のドアさへ残さないで、天井から床まで、真紅な重々しい垂絹が、豊かな襞を作つて懸けられてゐた。ローマンチックな蠟燭の光が、その静脈から流れ出したばかりの血の様にも、ドス黒い色をした垂絹の表に、我々七人の異様に大きな影法師を投げてゐた。そして、その影法師は、蠟燭の焔につれて、幾つかの巨大な昆虫でもあるかの様に、垂絹の襞の曲線の上を、伸びたり縮んだりしながら這ひ歩いてゐた。

　いつもながらその部屋は、私を、恰度とはうもなく大きな生物の心臓の中に坐つてゞもゐる様な気持にした。私はその心臓が、大きさに相応したのろさを以て、ドキン〳〵と脈うつ音さへ感じられる様に思へた。

　誰も物を云はなかつた。私は蠟燭をすかして、向側に腰掛けた人達の赤黒く見える影の多い顔を、何といふこともなしに見つめてゐた。それらの顔は、不思議にも、お能の面の様に無表情に、微動さへしないかと思はれた。

やがて、今晩の話手と定められた新入会員のT氏は、腰掛けたまゝで、ぢつと蠟燭の火を見つめながら、次の様に話し始めた。私は、蔭影の加減で骸骨の様に見える彼の腭が、物を云ふ度にガク〳〵と物淋しく合はさるゝ様子を、奇怪なからくり仕掛けの生人形でも見る様な気持で眺めてゐた。

　私は、自分では確かに正気の積りでゐますし、人も亦その様に取扱つて呉れてゐますけれど、真実正気なのかどうか分りません。狂人ひかも知れません。それ程でないとしても、何かの精神病者といふ様なものかも知れません。兎に角、私といふ人間は、不思議な程この世の中がつまらないのです。生きてゐるといふ事が、もう〳〵退屈で〳〵仕様がないのです。
初めの間は、でも、人並みに色々の道楽に耽つた時代もありましたけれど、それが何一つ私の生れつきの退屈を慰めては呉れないので、却つて、もうこれで世の中の面白いことゝいふものはお仕舞なのか、なあんだつまらないといふ失望ばかりが残るのでした。で、段々、私は何かをやるのが億劫になつて来ました。例へば、これ〳〵の遊びは面白い、きつとお前を有頂天にして呉れるだらうといふ様な話を聞かされますと、おゝ、そんなものがあつたのか、では早速やつて見ようと乗気になる代りに、まづ頭の中でその面白さを色々と想像して見るのです。そして、さん〴〵想像を廻らした結果は、いつも『なあに大したことはない』とみくびつて了ふのです。

さて、『江戸川乱歩全集』第一巻（光文社文庫、二〇〇四年七月二十日）「解題」は「初出、初刊本、平凡社版全集に大きな異同はない」（六七三頁上段）と述べる。しかし、異同はある。ここでは振仮名も含めて話題にしたい。上段が『新青年』、中段が「初刊本」すなわち創作探偵小説集第一巻『心理試験』所収テキストである。桃源社版の『江戸川乱歩全集』については本書第一章で詳しく述べているが、本章においても「本文」がどのようになっているかを少し示しておきたいので、「初出」（『新青年』）と「初刊本」との間で異なっている1～7の箇所が桃源社版『江戸川乱歩全集14』でどうなっているかについて併せて示しておくことにする。

	〈初出〉	〈初刊本〉	〈桃源社版全集〉
1	円卓子《まるテーブル》	円卓子《まるテエブル》	丸いテーブル
2	静脉・脈	静脈・脈	静脈・脈
3	恰度《ちやうど》	丁度《ちょうど》	ちょうど
4	蔭影	陰影	陰影
5	腭	顎	顎
6	生人形《いきにんぎょう》	生人形《いきにんげやう》	人形
7	狂人《きちが》ひ	狂人《きちがひ》	狂人（振仮名なし）

2「ミャク」にあてる漢字としては、現在では「脈」が一般的であろう。中国の明末に張自烈によって編纂された漢字辞典『正字通』（十二巻）は「脉」を「脈」の「俗字」と記している。日本における最大規模の漢和辞典である『大漢和辞典』（大修館書店、十三巻+補巻一）はこの『正字通』の「判断」に従って、「脉」を「脈の俗字」と位置づけている。『新青年』においても、いったんは「静脉」としながら、「脈うつ音」の箇所では、「脈」字を使っており、「脉」「脈」が同じように使われていたと思われる。

3「チョウド」は来歴がはっきりしない語で、漢字列「丁度」をあてることが多い。「恰」の音は、「カッ」「カツ」「コウ」で、「アタカモ／アダカモ」を和訓とする。和語「アタカモ」と「チョウド」の語義が重なるので、「チョウド」を「恰」一字で書くことも行なわれていた。その場合は「恰」に「チョウド」をあらわす振仮名を施すことになるが、「チョウド」の「ド」を漢字「度」であらわし、「恰」と組み合わせた書き方が「恰度」であろう。そういうことからすれば、「丁度」よりは「変化球」であるといえようか。

4漢語「インエイ(陰影)」の「イン(陰)」は〈光のあたらない部分〉、「エイ(影)」は〈光によってうつしだされた明暗の暗の部分〉である。「蔭」の字義は〈草かげ・木かげ〉であり、「蔭影」はあるいは「蔭」も「陰」も和訓「カゲ」とむすびついていることによる誤植の可能性がある。

5「腭」は〈歯茎〉という字義をもつ「齶」と同じ字と考えられているので、和語「アゴ」にはあてることができないと思われる。「顎」も「腭」も「ガク」という音をもつため、あるいは字形がやや似寄っているために、誤植した可能性がある。

6「イキニンギョウ」をあらわしている振仮名のかなづかいが両テキストで異なる。「ギョー」という発音に結びつく字音かなづかいは幾つかあるが、それは「ギヤウ」「ゲウ」「ゲフ」で、「げやう」はない。この箇所では創作探偵小説集第一巻が誤植したと思われる。

3「チョウド」に漢字列「恰度」をあてるか「丁度」をあてるかということは「書き方」に

かかわることがらで、桃源社版のように「ちょうど」をあてるということも漢字ではなく仮名で書くという「書き方」にかかわることがらである。この場合は文を構成するために使われる語の選択が変わったわけではない。

一方、1「マルテーブル」という語を「丸いテーブル」に変えるということは語の選択そのものを変えるということで、「書き方」ではなく、「語の選択」にかかわることがらである。これは通常は作品の書き手にしか許されない変更になる。

『新青年』に掲載された作家たち

図7でわかるように、『新青年』のこの号は「探偵小説創作集」を謳っている。「懸賞当選作品として「あわぢ生」の「蒔かれし種」、「成田尚」の「夜行列車」が載せられている。「あわぢ生」は本田（本多）緒生（おせい／しょせい）（一九〇〇～一九八三）のことである。江戸川乱歩は『日本探偵小説傑作集』（春秋社、一九三五年九月二十二日）の「序」の中で「情操派」として大下宇陀児や夢野久作、松本泰、葛山二郎、瀬下耽、橋本五郎、延原謙などとともに本田緒生にも次のように言及している。

本田緒生も山下利三郎と共に探偵小説界先駆者の一人であった。名古屋に定住して、その地方の探偵小説の為に力をいたしたことも、両者相似た所がある。初期の「蒔かれし種」を代表作と見るべきであろう。

「蒔かれし種」は鮎川哲也編『鉄道推理ベスト集成』第一集（徳間書店、一九七六年）、その文庫版にあたる『トラベル・ミステリー1／シグナルは消えた』（徳間文庫、一九八三年）、ミステリー文学資料館編『幻の名探偵』（光文社文庫、二〇一三年）、論創ミステリ叢書『本田緒生探偵小説選Ⅰ』（論創社、二〇一四年）などに収められている。

『新青年』のこの号には、「創作」としては大下宇陀児「金口の巻煙草」、水谷準「盲画家」、谷譲次「上海された男」、甲賀三郎「母の秘密」、久山秀子「浮かれてゐる「隼」」、そして江戸川乱歩「赤い部屋」が載せられている。

また、平井初之輔「日本の近代的探偵小説―特に江戸川乱歩氏に就て―」、加藤武雄「江戸川乱歩氏に就いて」、あわぢ生「日本の探偵作家」が載せられている。あわぢ生は「江戸川乱歩氏の諸作」という見出しのもと、「新味のある純な、そして又かなり芸術的な（文学的と云ってもいゝ）探偵小説を書く人としては氏は全く日本唯一の作家である。探偵小説家と云ふものが、わが文壇に認められるなら、氏はその第一人者であると云っていゝと思ふ。氏の作は新青年誌上に発表された物は全部読んだ。矢張「二銭銅貨」を氏の第一の傑作であると私は思ふ。構想なり、暗号なり作全体の気分なりが実によく書かれてゐた。バタ臭い所も無く人間味もあり、奇智もあり、探偵小説としては日本に於ける傑作だと思ふ。殊に暗号は大変面白いと思った」と述べている。

初出でよむ「黄金仮面」

「黄金仮面」は月刊誌『キング』第六巻第九号（昭和五年九月一日発行）から翌六年十月一日に発行された第七巻第十号まで、十二回にわたって連載されたのち、『江戸川乱歩全集』第十巻（平凡社、昭和六年九月十日）に収められた。それにさきだつ昭和六年八月十五日には『Ora Masko Volumo 1』（日本エスペラント会）が出版されている。ただし、この本に収められているのは「怪賊現る」の章まで。『キング』は昭和六年二月と同年八月は休載している。

図8と図9は、『キング』第六巻第九号つまり初回の誌面である。図8でわかるように、挿絵は吉邨二郎が担当している。乱歩の『貼雑年譜』には「新聞広告ノ一部」「『キング』予告頁」が貼られているが、そこでは図10の挿絵が使われている。図10は『キング』第七巻第五号の二五二〜二五三頁である。貼られている『キング』の「予告頁」には次のように記されている。振仮名を省いて引用する。

作者―江戸川乱歩氏曰く

私は、最近、従来の『小探偵小説』を脱して、もつと舞台の広い『大探偵小説』へ進出したいと思つてゐる。今回の『黄金仮面』は実にその第一歩である。本篇活躍の主人公は、例のお馴染の素人探偵明智小五郎であるが、彼も段々に成長しつゝある。今度の小説では相当大きい活躍が出来る筈だ。相手役の悪魔は恐らく読者を驚かせるに足る人物だと信じてゐる。作者はその驚くべき人物を、果してよく扱ひこなせるかどうかを自ら危む程であるが、そこがまた本篇執筆について作者が一層興味を感じてゐる所以でもある……

相手役の驚くべき人物とは果して何物ぞ！　其の大構想大波瀾推して知るべく明智敏腕なる明智小五郎の活躍は息をつぐ暇もなからしめるであらう

【図8】金色の恐怖

この世には、五十年に一度、或は百年に一度、天変地異とか、大戦争とか、大流行病などと同じに、非常な奇怪事が、どんな悪夢よりも、どんな小説家の空想よりも、もつと途方もない事柄が、ヒヨイと起ることがあるものだ。

人間社会といふ一匹の巨大な生物が、何かしらえたいの知れぬ急性の奇病にとりつかれ、一寸の間、気が変になるのかも知れない。それ程常識はづれな、変てこな事柄が、突拍子もなく起ることがある。

で、あのひどく荒唐無稽な『黄金仮面』の風説も、やつぱりその、五十年百年に一度の、社会的狂気の類であつたかも知れないのだ。

ある年の春、まだ冬外套が手離せぬ、三月初めのことであつたが、どこからともなく、金製の仮面をつけた怪人物の風評が起り、それが人から人へと伝はり、日一日と力強くなつて、遂には各新聞の社会面を賑はす程の大評判になつてしまつた。

風評は非常にまち〲で、謂はゞ取りとめもない怪談に類したものであつたが、併しその風評に含まれた、一種異様の妖怪味が、人々の好奇心を刺戟した。随つて、この新時代の幽霊は、東京市民の間に、非常な人気を博したのである。

ある若い娘さんは、銀座のショウウインドウの前で、その男を見たと云つた。真鍮の手すりにもたれて、一人の背の高い男が、ガラス窓の中を覗き込んでゐたが、ソフト帽のひさしを鼻の頭まで下げ、オーヴァコートの襟を耳の上まで立てゝ、顔をすつかり包んでゐる様子が、何となく変だつたので、娘さんは窓の中の陳列品に気をとられてゐる様な風をして、首を延ばして、不意にヒヨイと男の顔を覗いてやつたといふ。すると、帽子のひさしと、外套の襟との僅か一寸ばかりの隙間から、目を射る様にギラギラと光つたものがある。ハツとして、青くなつて、娘さんは男の側を離れてしまつたが、男の顔は、金網の仏像みたいに、確かに確かに、無表情な黄金で出来てゐたといふことだ。

胸をドキ〲させて、遠くの方から眺めてゐると、男は、正体を見顕された妖怪の様に、非常に慌てて、まるで風にさらはれでもした様に、向ふの闇と群集の中にまぎれ込んでしまつた。男の覗いてゐたのはある有名な古物商の陳列窓で、そこの中央には由ありげな邯鄲男の能面が鉄漿の口を半開にして、細い目で正面を睨んでゐたといふ。この不気味な能

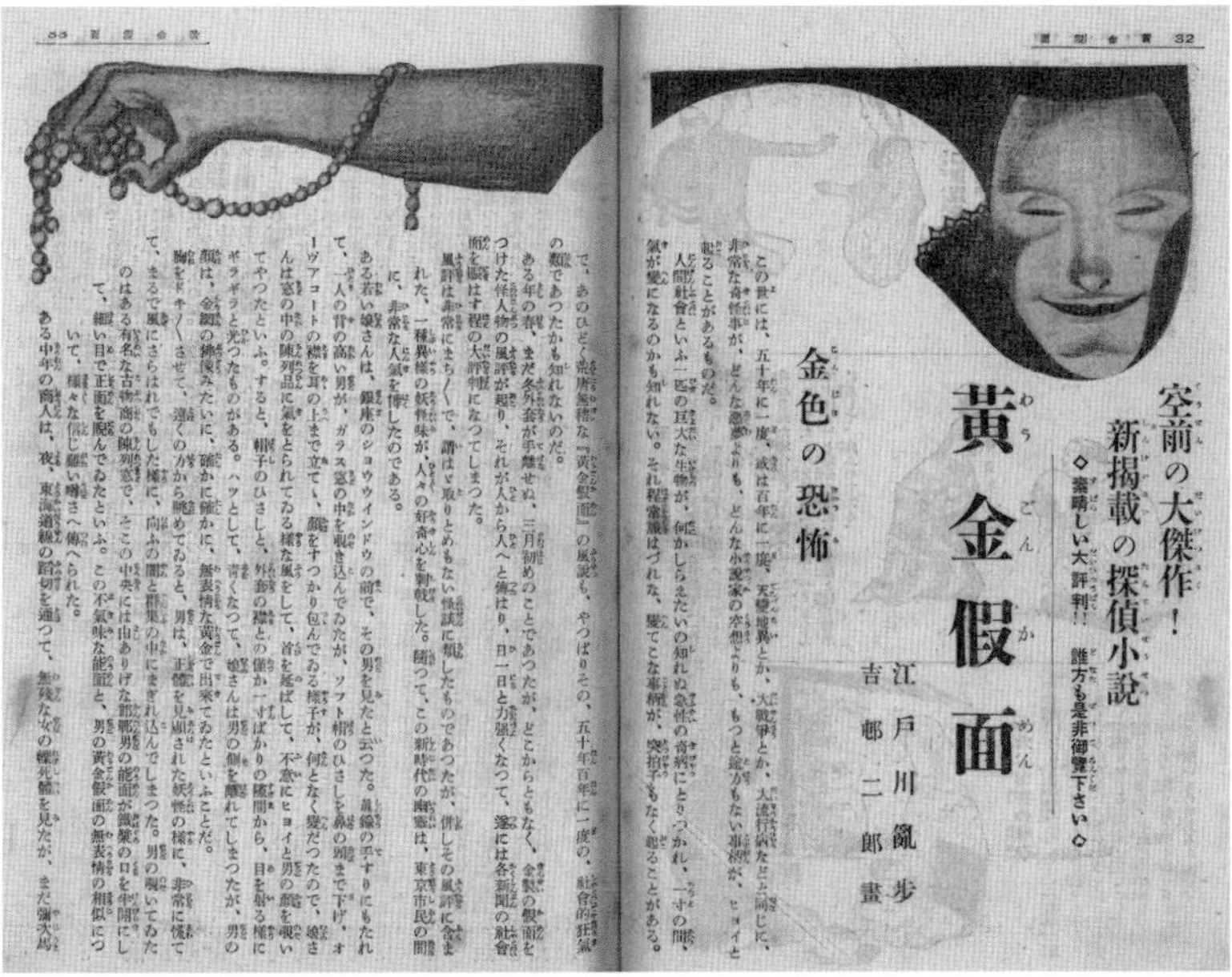

黄金假面　32

空前の大傑作！
新掲載の探偵小説
◇素晴しい大評判!! 誰方も是非御覽下さい◇

黄《わう》金《ごん》假《か》面《めん》

江戸川亂歩
吉邨二郎畫

金色の恐怖

この世には、五十年に一度、或は百年に一度、天變地異とか、大戰爭とか、大流行病などと同じに、非常な奇怪事が、どんな惡夢よりも、どんな小説家の空想よりも、もつと途方もない事柄が、ヒョイと起ることがあるものだ。

人間社會といふ一匹の巨大な生物が、何かしらえたいの知れぬ奇怪の奇病にとりつかれ、一寸の間、氣が變になるのかも知れない。それ程常識はづれな、變てこな事柄が、突拍子もなく起ることがある。

黄金假面　33

で、あのひどく荒唐無稽な『黄金假面』の風説も、やつぱりその、五十年百年に一度の、社會的狂氣の類であつたかも知れないのだ。

ある年の春、まだ冬外套が手離せぬ、三月初めのことであつたが、どこからともなく、金製の假面をつけた怪人物の風評が起り、それが人から人へと傳はり、日一日と力強くなつて、遂には各新聞の社會面を賑はす程の大評判になつてしまつた。

風評は非常にまち〳〵で、謂はゞ取りとめもない怪談に類したものであつたが、併しその風評に含まれた、一種異樣の妖怪味が、人々の好奇心を刺戟した。随つて、この新時代の幽靈は、東京市民の間に、非常な人氣を博したのである。

ある若い娘さんは、銀座のショウウインドウの前で、その男を見たと云つた。鐵線の手すりにもたれて、一人の背の高い男が、ガラス窓の中を覗き込んでゐたが、ソフト帽のひさしを鼻の頭まで下げ、オーヴアコートの襟を耳の上まで立てゝ、顔をすつかり包んでゐる樣子が、何となく變だつたので、娘さんは窓の中の陳列品に氣をとられてゐる樣な風をして、首を延ばして、不意にヒョイと男の顔を覗いてやつたといふ。すると、帽子のひさしと、外套の襟との僅か一寸ばかりの隙間から、目を射る樣にギラギラと光つたものがある。ハツとして、青くなつて、娘さんは男の側を離れてしまつたが、男の顔は、金網の佛像みたいに、確かに確かに、無表情な黄金で出來てゐたといふことだ。

胸をドキ〳〵させて、遠くの方から眺めてゐると、男は、正體を見顯された妖怪の樣に、非常に慌てて、まるで風にさらはれでもした樣に、向ふの闇と群集の中にまぎれ込んでしまつた。男の覗いてゐたのはある有名な古物商の陳列窓で、そこの中央には由ありげな能面の能面が鐵漿の口を半開にして、細い目で正面を睨んでゐたといふ。この不氣味な能面と、男の黄金假面の無表情の相似について、種々な信じ難い噂さへ傳へられた。

ある中年の商人は、夜、東海道線の踏切を通つて、無殘な女の轢死體を見たが、まだ彌次馬

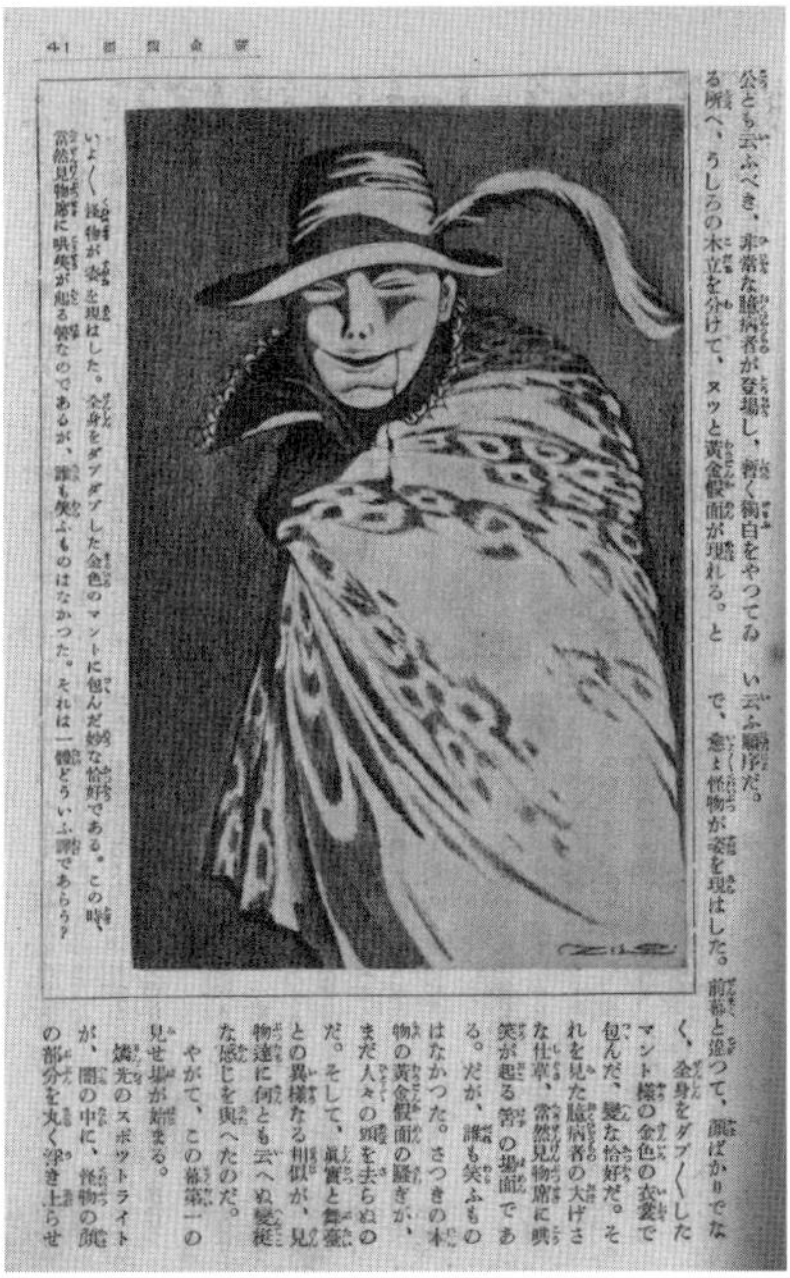

黄金假面　41

公とも云ふべき、非常な臆病者が登場し、習く獨白をやつてゐる所へ、うしろの木立を分けて、ヌッと黄金假面が現れる。と

いよ〳〵怪物が姿を現はした。全身をダブダブした金色のマントに包んだ妙な恰好である。この時、當然見物席に哄笑が起る筈なのであるが、誰も笑ふものはなかつた。それは一體どういふ譯であらう？

い云ふ順序だ。

で、愈々怪物が姿を現はした。前幕と違つて、顔ばかりでなく、全身をダブ〳〵したマント樣の金色の衣裳で包んだ、變な恰好だ。それを見た臆病者の大げさな仕草、當然見物席に哄笑が起る筈の場面である。だが、誰も笑ふものはなかつた。さつきの本物の黄金假面の騷ぎが、まだ人々の頭を去らぬのだ。そして、眞實と舞臺との異樣なる相似が、見物達に何とも云へぬ變梃な感じを與へたのだ。

やがて、この幕第一の見せ場が始まる。

燐光のスポットライトが、闇の中に、怪物の顔の部分を丸く浮き上らせ

図8（上）『キング』「黄金仮面」初回1
図9（下）『キング』「黄金仮面」初回2

次馬

面と、男の黄金仮面の無表情の相似について、様々な信じ難い噂さへ伝へられた。

ある中年の商人は、夜、東海道線の踏切を通つて、無残な女の轢死体を見たが、まだ弥

【図9】公とも云ふべき、非常な臆病者が登場し、暫く独白をやつてゐる所へ、うしろの木立を分けて、ヌッと黄金仮面が現れる。と云ふ順序だ。

で、愈々怪物が姿を現はした。前幕と違つて、顔ばかりでなく、全身をダブ〳〵したマント様の金色の衣裳で包んだ、変な恰好だ。それを見た臆病者の大げさな仕草、当然見物席に哄笑が起る筈の場面である。だが、誰も笑ふものはなかつた。さつきの本物の黄金仮面の騒ぎが、まだ人々の頭を去らぬのだ。そして、真実と舞台との異様なる相似が、見物達に何とも云へぬ変梃な感じを与へたのだ。

やがて、この幕第一の見せ場が始まる。

燐光のスポットライトが、闇の中に、怪物の顔の部分を丸く浮き上らせ

『キング』に掲載された初出テキストと、『江戸川乱歩全集』(平凡社)とを対照し、三段目にはさきほどと同様に桃源社版『江戸川乱歩全集』を示す。

〈初出〉　〈平凡社版全集〉　〈桃源社版全集〉

1	『黄金仮面』	「黄金仮面」	「黄金仮面」
2	側《そ》	側《そば》	そば
3	金網の仏像	古い鍍金仏	古い鍍金仏《ときんぶつ》
4	眺《なが》めてゐると	眺《ながめ》てゐると	眺めていると
5	半開《はんびらき》	半開《はんかい》	半開
6	蹈切《ふみきり》	踏切《ふみきり》	踏切
7	前幕《ぜんまく》	前幕《まへまく》	前幕

1は鉤括弧と二重鉤括弧の使い方なので、措くとして、2は初出テキストにおける誤植であろう。3は「金網の仏像」がわかりにくいので表現を改めたのであろう。4はどこまでを振仮名にして、どこからを送り仮名にするかということで、これは振仮名と送り仮名とをセットで考えれば、いろいろなやりかたがあることになる。5と7は同じ漢字列が和語と漢語とに対応する場合である。すべてが乱歩の意志であるとすれば、5は和語から漢語に使用する語を変え、7では漢語から和語に変えたことになる。そういうことはもちろんあり得るが、振仮名を施した人物が、漢字列から自身が思い浮かべた振仮名を施していたという可能性が完全に排除できなければ、乱歩による変更とみなすことはできない。

図10に対応する「本文」は『江戸川乱歩全集』第十巻（平凡社）にはみられない。

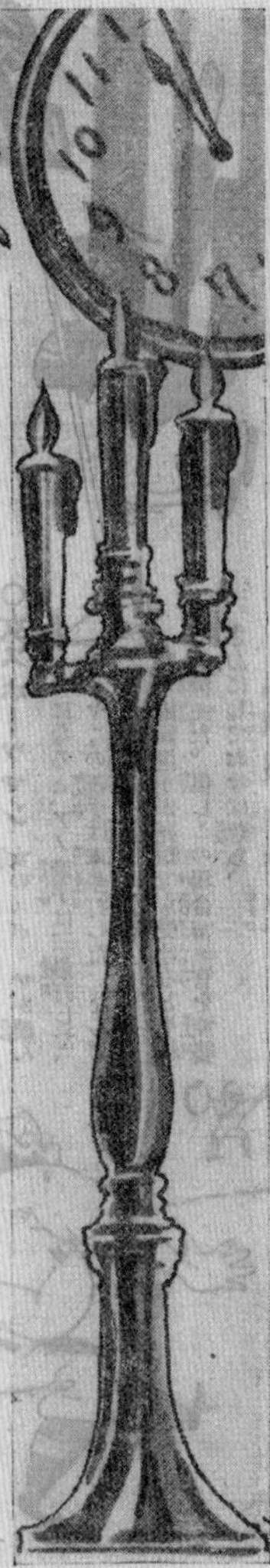

探偵《たんてい》小說《せうせつ》 黃《わう》金《ごん》假《か》面《めん》

江戸川亂歩

吉邨二郎畫

ルパン對《たい》明智《あけち》小五郎《こごろう》

×國大使《こくたいし》ルージエール伯主催《はくしゆさい》の大夜會《だいやくわい》に、怪賊黃金假面《くわいぞくわうごんかめん》が、招《まね》かれざる客《きやく》として出席《しゆつせき》する。

この驚《おどろ》くべき豫告狀《よこくじやう》を受取《うけと》つた、當《たう》の大使館《たいしくわん》は勿論《もちろん》、我《わ》が外務省《ぐわいむしやう》も、警察當局《けいさつたうきよく》も、色《いろ》を

失《うしな》つて狼狽《らうばい》した。

だが、大夜會《だいやくわい》は、賓客《ひんきやく》の日程《にってい》の都合上《つがふじやう》、延期《えんき》することは出來《でき》ない。假令延期《たとへえんき》したところで、黄金假面《わうごんかめん》が襲撃《しふげき》を中止《ちうし》する筈《はず》もないのだ。そこで、極度《きよくど》に周到《しうたう》な大警戒裡《だいけいかいり》に、豫定通《よていどほ》り夜會《やくわい》は開《ひら》かれた。

警戒《けいかい》の刑事軍《けいじぐん》の指揮官《しきくわん》は、警視廳《けいしちやう》の鬼《おに》とうたはれた波越警部《なみこしけいぶ》であつた。警視總監自身《けいしそうかんじしん》も、當夜《たうや》の客《きやく》に混《まじ》つて、それとなく警戒總指揮者《けいかいそうしきしや》の役《やく》を勤《つと》めてゐた。

晩餐後《ばんさんご》ルージエール伯《はく》の珍趣向《ちんしゆかう》、怪奇《くわいき》なる七つの部屋《へや》の覆面大舞踏會《ふくめんだいぶたふくわい》が始《はじ》まつた。世界《せかい》各國《かくこく》の男女《だんぢよ》を集《あつ》めた、人種展覧會《じんしゆてんらんくわい》の如《ごと》き賓客達《ひんきやくたち》は、シャンパン酒《しゆ》の微醺《びくん》に踊《をど》り狂《くる》うて、更け行《ゆ》く夜《よ》を忘《わす》れてゐた。

やがて、七つの部屋《へや》の最《もつと》も奥《おく》に位《くらゐ》する、黒天鵞絨《くろびらうど》の部屋《へや》の、黒檀製《こくたんせい》の大時計《おほどけい》が、十二點鐘《てんしよう》を報《はう》じた時《とき》、それを合圖《あひづ》の様《やう》に、突然《とつぜん》として、舞踏者《ぶたふしや》の群《むれ》の間《あひだ》に、金色《きんいろ》まばゆき黄金假面《わうごんかめん》の姿《すがた》が現《あら》はれた。

勇敢《ゆうかん》なるルージエール伯《はく》は、この怪物《くわいぶつ》を黒天鵞絨《くろびらうど》の部屋《へや》に追《お》ひつめて、ピストルを發射《はつしや》した。怪物《くわいぶつ》は傷《きず》つき倒《たふ》れた。

駈《か》けつけた波越警部《なみこしけいぶ》が、黄金《わうごん》の假面《かめん》をとれば、その下《した》から現《あら》はれたのは、意外《いぐわい》にも、大使《たいし》の邦人秘書官浦瀬《はうじんひしよくわんうらせ》といふものであつた。

あの様《やう》に世《よ》を騒《さわ》がせた黄金假面《わうごんかめん》の正體《しやうたい》は、この大使館秘書官《たいしくわんひしよくわん》であつたのかと、人々が茫然《ばうぜん》として佇《たゝず》んでゐた時《とき》、西洋悪魔《せいやうあくま》に假装《かさう》してゐた

図 10 『キング』「黄金仮面」第八回

初出でよむ「妖虫」

「妖虫」は月刊誌『キング』第九巻第十二号（昭和八年十二月一日発行）から第十巻第十号（昭和九年十月一日）まで十回にわたって連載された。単行本としては、『黒蜥蜴・妖虫』（新潮社、昭和九年十二月二十四日）に収められた。雑誌『少年』第九巻第一号（光文社、昭和二十九年一月一日）から第九巻第十三号（同年十二月一日）まで十二回にわたって連載された「鉄塔の怪人」は「妖虫」の、乱歩自身による改作である。ポプラ社から刊行された「少年探偵江戸川乱歩全集」では「鉄塔王国の恐怖」と改題されている。「鉄塔の怪人」では「妖虫」は「カブトムシを万倍も大きくしたような、見るもおそろしいばけもの」「カブトムシのキングコング」になっている。「日本名探偵文庫12」として昭和三十一年二月二十五日にポプラ社から刊行された『赤い妖虫』は「妖虫」を子供向けに改作したもので、「少年探偵江戸川乱歩全集31」『赤い妖虫』として昭和四十五年八月三十日にポプラ社から刊行されている。乱歩自身の改作、乱歩以外の人物による改作については本書第六章で採りあげることにする。

図11は『キング』連載第二回、図12は最終回の誌面である。

【図11】毒虫の餌食

彼が並々ならぬ猟奇徒であつたばかりに、相川守青年は、あの恐怖の一夜を経験しなけ

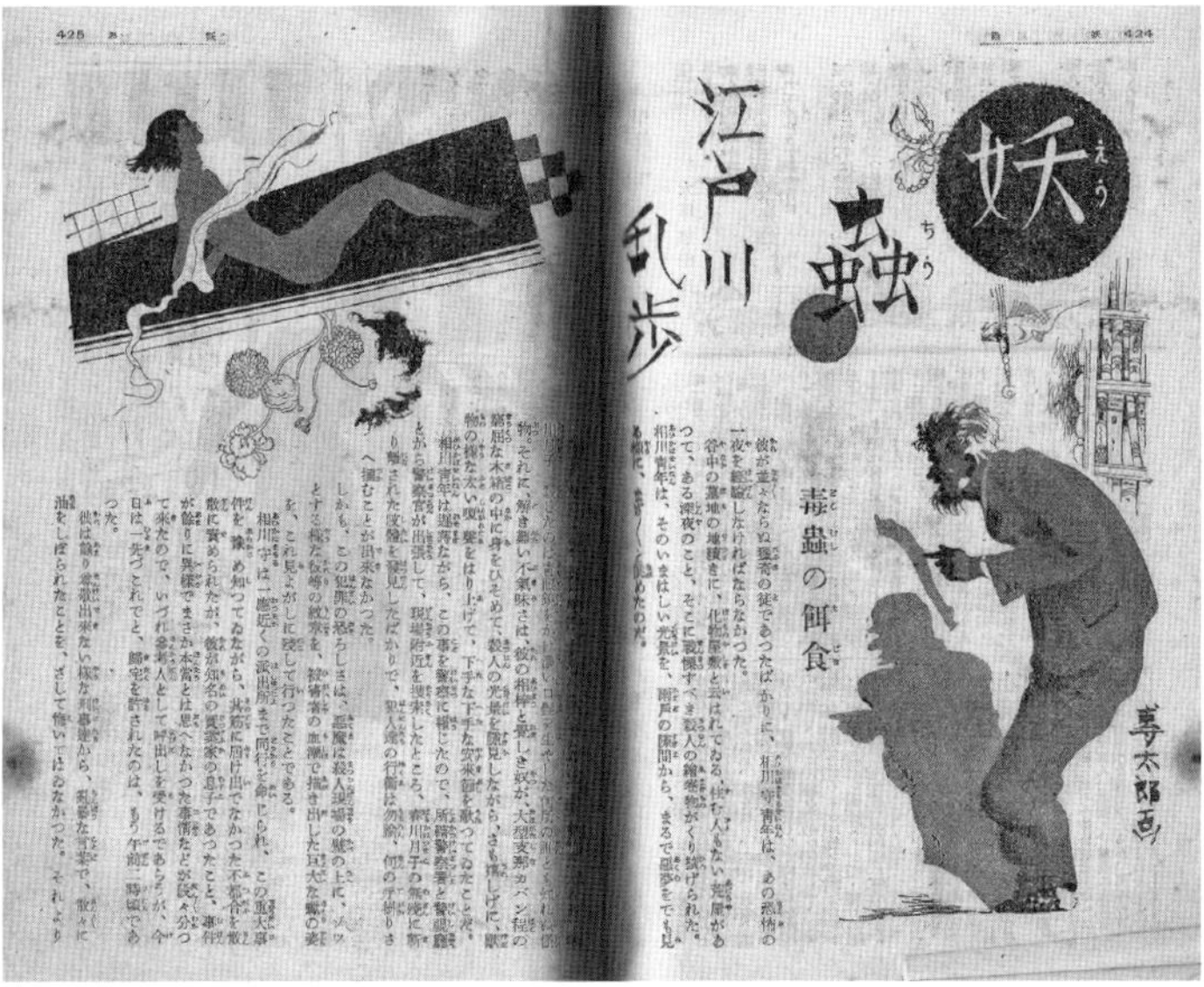

図11　『キング』「妖虫」第二回

ればならなかつた。

　谷中の墓地の地続きに、化物屋敷と云はれてゐる、住む人もない荒屋があつて、ある深夜のこと、そこに戦慄すべき殺人の絵巻物がくり拡げられた。相川青年は、そのいまはしい光景を、雨戸の隙間から、まるで悪夢をでも見る様に、まざ〳〵と眺めたのだ。

　殺されたのは、数日来行衛不明を伝へられてゐたM映画会社の大スター春川月子。殺したのは青眼鏡をかけ濃い口髭を生やした何所の誰とも知れぬ怪物。それに、解き難い不気味さは、彼の相棒と覚しき奴が、大型支那カバン程の窮屈な木箱の中に身をひそめて、殺人の光景を隙見しながら、さも嬉しげに、獣物の様な太い嗄声をはり上げて、下手な下手な安来節を歌つてゐたことだ。

相川青年は遅蒔ながら、この事を警察に報じたので、所轄警察署と警視庁とから警察官が出張して、現場附近を捜索したところ、春川月子の無残に斬り離された肢体を発見したばかりで、犯人達の行衛は勿論、何の手掛りさへ摑むことが出来なかつた。

しかも、この犯罪の恐ろしさは、悪魔は殺人現場の壁の上に、ゾツとする様な彼等の紋章を、被害者の血潮で描き出した巨大な蠍の姿を、これ見よがしに残して行つたことである。

相川守は一応近くの派出所まで同行を命じられ、この重大事件を予め知つてゐながら、其筋に届け出でなかつた不都合を散散に責められたが、彼が知名の実業家の息子であつたこと、事件が余りに異様でまさか本当とは思へなかつた事情などが段々分つて来たので、いづれ参考人として呼出しを受けるであらうが、今日は一先づこれでと、帰宅を許されたのは、もう午前二時頃であつた。

彼は余り尊敬出来ない様な刑事達から、乱暴な言葉で、散々に油をしぼられたことを、さして悔いてはゐなかつた。それより

ここでは右の初出テキストと『江戸川乱歩全集』第十三巻（春陽堂、昭和三十年八月十日）と

を対照してみよう。二回目冒頭の「彼が」から五つ目の段落「残して行つたことである」まで、最終回冒頭の「遂に」から二つ目の段落「集中された」までは、それぞれ雑誌連載のための梗概なので、春陽堂版全集には対応する箇所がない。三段目には桃源社版全集（昭和三十六年十月～昭和三十八年七月）の「本文」を示す。

	〈初出〉	〈春陽堂版全集〉	〈桃源社版全集〉
1	予《あらかじ》め	あらかじめ	あらかじめ
2	其筋《そのすじ》	その筋	その筋
3	散散《さんざん》に	さんざんに	さんざんに
4	責められたが、	責めれたが、	責められた
5	異様で	異様で、	異様で、
6	まさか本当とは	まさかほんとうとは	まさかほんとうとは
7	事情などが	事情などが、	事情などが、
8	段々分つて来た	だんだんわかつて来た	だんだんわかってきた
9	一先《ひとま》づこれでと、	一と先ずこれでと、	一と先ずこれでと、
10	尊敬出来ない様な	尊敬出来ないような	尊敬できないような
11	刑事達	刑事たち	刑事たち

連載長篇探偵小説

妖蟲

江戸川乱歩
小林秀恒畫

惡魔《あくま》の正體《しやうたい》

遂《つひ》に惡魔《あくま》の正體《しやうたい》があばかれる時《とき》が來《き》た。帝都《ていと》幾《いく》百萬《まん》の人々《ひと〴〵》を震《ふる》へ上《あが》らせてゐた、妖蟲《えうちう》殺人團《さつじんだん》『赤《あか》い蠍《さそり》』の首魁《しゆくわい》が逮捕《たいほ》される時《とき》が來《き》た。

異樣《いやう》な法被姿《はつぴすがた》の老探偵《らうたんてい》三笠龍介《みかさりうすけ》が、櫻井邸《さくらゐてい》の應接室《おうせつしつ》へ持込《もちこ》んだ大《おほ》トランクの中《なか》には、銀杏返《いてふがへ》しに振袖《ふりそで》の娘《むすめ》一寸法《すんぼふ》

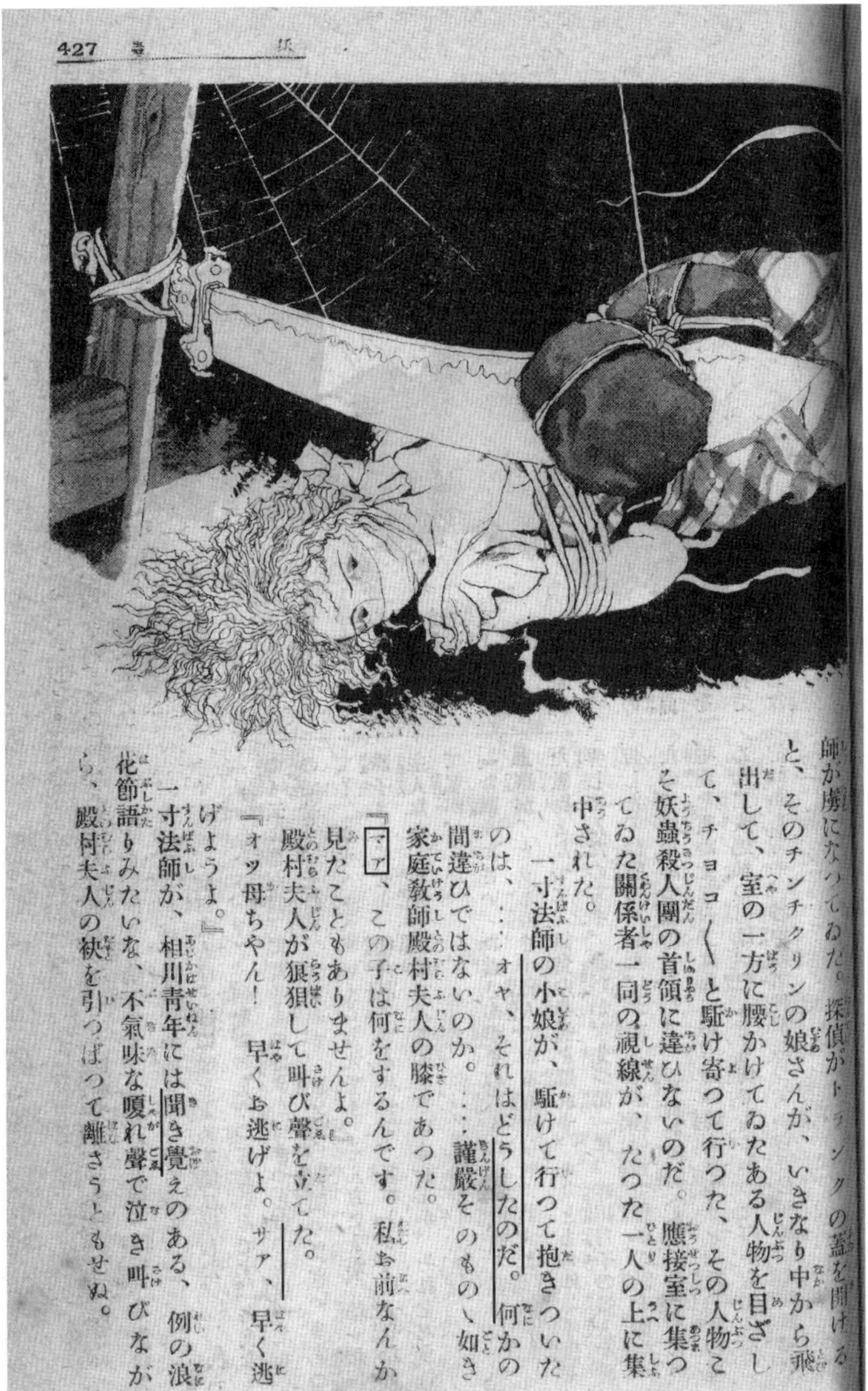

427 妖蟲

師《し》か虜になつてゐた。探偵《たんてい》がトランクの蓋を開けると、そのチンチクリンの娘《むすめ》さんが、いきなり中《なか》から飛《と》び出《だ》して、室《へや》の一方《ぱう》に腰《こし》かけてゐたある人物《じんぶつ》を目《め》ざして、チョコ〳〵と駈《か》け寄《よ》つて行《い》つた、その人物《じんぶつ》こそ妖蟲殺人團《ようちうさつじんだん》の首領《しゆりやう》に違《ちが》ひないのだ。應接室《おうせつしつ》に集《あつま》つてゐた關係者《くわんけいしや》一同《どう》の視線《しせん》が、たつた一人《ひとり》の上《うへ》に集《しふ》中《ちう》された。

一寸法師《すんぽふし》の小娘《こむすめ》が、駈《か》けて行《い》つて抱《だ》きついたのは、……オヤ、それはどうしたのだ。何《なに》かの間違《まちが》ひではないのか。……謹嚴《きんげん》そのもの、如《ごと》き家庭教師《かていけうし》殿村夫人《とのむらふじん》の膝《ひざ》であつた。

『マア、この子《こ》は何《なに》をするんです。私《わたし》お前《まへ》なんか見《み》たこともありませんよ。』

殿村夫人《とのむらふじん》が狼狽《らうばい》して叫《さけ》び聲《ごゑ》を立《た》てた。

『オツ母《か》ちやん！ 早《はや》くお逃《に》げよ。サア、早《はや》く逃《に》げようよ。』

一寸法師《すんぽふし》が、相川青年《あひかはせいねん》には聞《き》き覺《おぼ》えのある、例《れい》の浪《なに》花節語《はぶしかた》りみたいな、不氣味《ぶきみ》な嗄《しやが》れ聲《ごゑ》で泣《な》き叫《さけ》びながら、殿村夫人《とのむらふじん》の袂《たもと》を引《ひ》つぱつて離《はな》さうともせぬ。

図 12 『キング』「妖虫」最終回

12　散々に	さんざんに	さんざんに
13　オヤ、それはどうしたのだ	おやこれはどうしたのだ	おやこれはどうしたのだ
14　謹厳そのものゝ	謹厳そのものの	謹厳そのものの
15　サア、	さア、	さあ、
16　嗄《しやが》れ声《ごゑ》	しわがれ声	しわがれ声

春陽堂版『江戸川乱歩全集』全十六巻は昭和二十九年十二月から昭和三十年十二月にかけて刊行されている。「当用漢字表」が内閣訓令第七号、内閣告示三十二号として公布されたのが、昭和二十一年十一月十六日、「当用漢字別表」と「当用漢字音訓表」が内閣訓令、内閣告示として公布されたのが、昭和二十三年二月十六日である。また、「現代かなづかい」が内閣告示第三十三号として示されたのは昭和二十一年である。序章でも述べたように、春陽堂版『江戸川乱歩全集』はこの「当用漢字表（当用漢字別表・当用漢字音訓表も含む）」と「現代かなづかい」とに従っている。

1「アラカジメ」3「サンザンニ」などの副詞を漢字ではなく仮名で書くということも現在に通じる「現代表記」といってよいだろう。2「ソノ」のような連体詞や11「タチ」のような接尾辞も同様だ。「ゝ」などの繰り返し符号にも春陽堂版では文字があてられている。

13感動詞「オヤ」は春陽堂版、桃源社版では平仮名で文字化されているが、初出においては

「オヤ」と片仮名で文字化されている。それは、初出時の乱歩の「感覚」としては、片仮名で書いて平仮名部分とは区別しておきたかったということであろう。

16は初出で使った「シャガレゴエ」を「シワガレゴエ」に改めたもの。「シャガレゴエ」は「シワガレゴエ」の変異語形とみることができるので、標準的な語形に改めたとみることができる。

◆〝マァ〟〝サァ〟

15は興味深い。初出誌は「マァ」「サァ」の「ァ」には小さめの活字を使っていると筆者は判断した。図12でわかるかと思うが、比較のために、同じ最終回の図13、図14を示す。

図13の一行目冒頭に「マア」があるが、この「ア」は通常の大きさの活字で印刷されている。しかし、図12の「マア」の「ア」には小さめの活字が使われているようにみえる。このことからすれば、「マァ」「マア」が両用されていることになる。しかし、乱歩が「マァ」「マア」に何らかの差異を認めてそれを使い分けていたとは考えにくく、原稿には「マァ」と書かれており、それが「マァ」と印刷されたり「マア」と印刷されたりしていたということではないかと憶測する。図14「アッ」が二箇所あるが、いずれの「ア」も通常の大きさの活字であるので、これらと比べると図12が「マァ」であることがわかる。やはり、「アア」は「ア・ア」であるにしても、「マァ」は「マ・ア」ではなく、「ア」が軽く添えられていると思われる。その「軽

『マア、いやだ。この人《ひと》は何《なに》を感違《かんちが》ひしてゐるんでせう。お離《はな》しなさいつたら。』殿《との》村夫人《むらふじん》がなほも白を切らうとするのを見《み》ると、三笠《みかさ》老探偵《らうたんてい》は、憤然《ふんぜん》として立上《たちあが》るや、ニューッと腕《うで》を伸ばして、夫人《ふじん》の顔《かほ》の眞《まつ》正面《しやうめん》を指《ゆび》さしながら、力強《ちからづよ》い聲《こゑ》で云ひ放つた。

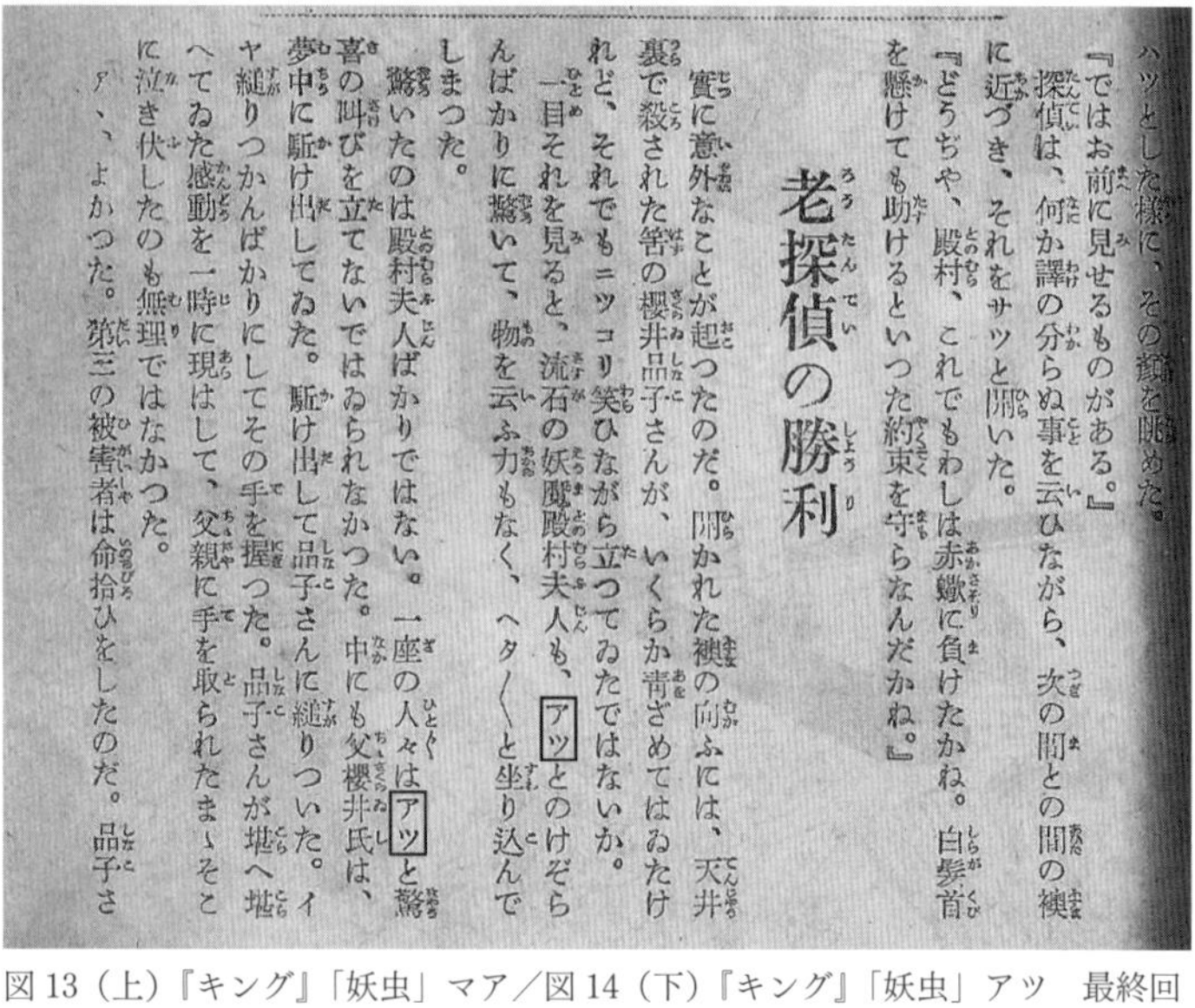

ハツとした様に、その顔を眺めた。

『ではお前《まへ》に見《み》せるものがある。』探偵《たんてい》は、何《なに》か譯《わけ》の分らぬ事《こと》を云《い》ひながら、次《つぎ》の間《ま》との間《あひだ》の襖《ふすま》に近《ちか》づき、それをサツと開《ひら》いた。

『どうぢや、殿村《とのむら》、これでもわしは赤蠍《あかさそり》に負《ま》けたかね。白髪首《しらがくび》を懸《か》けても助《たす》けるといつた約束《やくそく》を守《まも》らなんだかね。』

老探偵《らうたんてい》の勝利《しようり》

實《じつ》に意外《いぐわい》なことが起《おこ》つたのだ。開《ひら》かれた襖《ふすま》の向《むか》ふには、天井《てんじやう》裏《うら》で殺《ころ》された筈《はず》の櫻井品子《さくらゐしなこ》さんが、いくらか青《あを》ざめてはゐたけれど、それでもニツコリ笑《わら》ひながら立《た》つてゐたではないか。

一目《ひとめ》それを見《み》ると、流石《さすが》の妖魔《えうま》殿村夫人《とのむらふじん》も、アツとのけぞらんばかりに驚《おどろ》いて、物《もの》を云《い》ふ力《ちから》もなく、ヘタヘタと坐《すわ》り込んでしまつた。

驚《おどろ》いたのは殿村夫人《とのむらふじん》ばかりではない。一座《ざ》の人々《ひとびと》はアツと驚《おどろ》喜《き》の叫《さけ》びを立《た》てないではゐられなかつた。中《なか》にも父《ちゝ》櫻井氏《さくらゐし》は、夢中《むちゆう》に馳《か》け出《だ》してゐた。馳《か》け出《だ》して品子《しなこ》さんに縋《すが》りついた。イヤ縋《すが》りつかんばかりにしてその手《て》を握《にぎ》つた。品子《しなこ》さんが堪《こら》へ堪《こら》へてゐた感動《かんどう》を一時《じ》に現《あら》はして、父親《ちゝおや》に手《て》を取《と》られたまゝそこに泣《な》き伏《ふ》したのも無理《むり》ではなかつた。

アヽ、よかつた。第三《だいさん》の被害者《ひがいしや》は命拾《いのちびろ》ひをしたのだ。品子《しなこ》さ

図 13（上）『キング』「妖虫」マア／図 14（下）『キング』「妖虫」アツ　最終回

く添える」を小さめの活字であらわしている。

筆者がそのように思うのは、15「サァ」が春陽堂版全集で「さア」と印刷されているからだ。春陽堂版全集は乱歩が積極的に編集にかかわっており、その気持ちは序章（十五頁）に引いた「自序」によくあらわれている。乱歩にとって「サア」の「サ」と「ア」とは別のものであることが春陽堂版全集の「さア」に明瞭にあらわれている。その「別のもの」であることを初出では活字の大きさを変えて「サァ」とあらわしていたと考えることができる。ささいなことといえばささいなことであろうが、これが「乱歩の日本語」であるともいえよう。

「サア」を感動詞一語とみると、「さア」は一語を平仮名と片仮名とで「混ぜ書き」したことになる。こうした「混ぜ書き」を春陽堂版全集所収「妖虫」から拾い出すと「肩をぶッける と」（十四頁上段五行目）、「ばかッ、命が惜しくはないのか」（二十一頁上段六行目）、「稀代の犯罪者にぶッつかつた嬉しさにか」（四十頁上段十七行目）、「おやッ」（四十四頁上段四行目）、「さア、ご遠慮なく」（四十五頁下段八行目）、「ヒョイと目と目がぶッつかる」（五十二頁下段一行目）、「手を挙げろッ」（五十七頁下段十四行目）、「足もとにくッつくほど接近していた」（六十一頁下段九行目）、「それッ！」（六十二頁上段五行目）、「ワア、大変だア」（六十四頁下段十四行目）、「飛んだものを掬ひ上げちまつたなア。だが捨てるわけにも行くめエ」（六十四頁下段十八行目）、「肩にくッついたのか」（七十八頁下段十九行目）、「むろん最初からあの虫はくッついていたのですわ」（七十九頁上段八行目）、「おやツ」（八十頁上段五行目）、「やツつける時には」（八十六頁上段十七行目）、「おもちやのビックリ函」（八十八頁上段七行目）、「美しさでズバ抜けていたけれど」（八十九頁上段二十一行目）、「ええ、やツつけろ！」（九十五頁下段十八行目）、「おやツ、この声はどつかで一度聞いたことがあるぞ」（九十六頁上段十七行目）、「なあンだ、拵えもんですぜ。こいつあ」（九十九頁下段十四行目）、「オロオロ声」（一〇五頁下段十一行目）、「外から帰つて来た書生たちとぶツつかつた」（一〇六頁下段二行目）、「そして殿村夫人と女中とをやツつけておいて」（一〇七頁下段十四行目）、「忽然として一枚の紙片を現わしてお目にかけまアす」（一一五頁上段十九行目）、「ノロマ探偵」（一一五頁下段十四行目）、「ノロマ振り」（一一五頁下段二十一行目）、「ズバ抜けたえら物か」（一一九頁上段六行目）、「オッ母ちゃん」（一二三頁下段十三行目）などを拾い出すことができる。

「ばかツ」「それツ」は「バカ」「ソレ」とは発音が異なるということだろう。「なあンだ」は「ナアンダ」を書いたものであろうが、この場合は標準語形「ナンダ」を一方に意識した時に、「ナ」を少し長く発音する「ナアンダ」に対応する書き方であろう。「オロオロ声」「ノロマ探偵」「ノロマ振り」「ズバ抜けた」の場合は、オノマトペ、俗語・口語的な要素に片仮名をあてていると覚しい。乱歩のオノマトペについては本書第七章で詳しく述べる。「クッツク」「ヤッツケル」は「現代仮名遣い」では「くっつく」「やっつける」と書くことになるが、小書きの「つ／ッ」を使わないと「つ／ッ」が連続するので、それを避けている可能性もある。

初出でよむ「暗黒星」

「暗黒星」は月刊誌『講談倶楽部』第二十九巻第一号(昭和十四年一月一日)から第二十九巻第十五号まで十一回にわたって連載されている。その後、「新作大衆小説全集」第五巻『地獄の道化師・暗黒星』(非凡閣)として昭和十四年十二月十六日に刊行された。

乱歩は江戸川乱歩全集8『白髪鬼・暗黒星』(桃源社、昭和三十七年五月三十日)の「あとがき」で「暗黒星」について次のように述べている。

「講談倶楽部」昭和十四年一月号から十二月号まで連載したもの。昭和十四年といえば、戦前の私の作家活動の末期に属する。この年に書いたこれと、「地獄の道化師」(富士)と「幽鬼の塔」(日の出)の三つが戦前連載ものの最後であった。翌昭和十五年あたりから探偵小説が書けなくなった。十五年六月にはドイツ軍のパリ占領、九月には日独伊三国同盟の成立、そして十六年十二月には真珠湾急襲と進展したのである。戦争中探偵小説がいかに禁圧を受けたか、そのあいだ私が何をしていたかは、「探偵小説四十年」に詳しい。

図15と図16は『講談倶楽部』連載初回の誌面である。

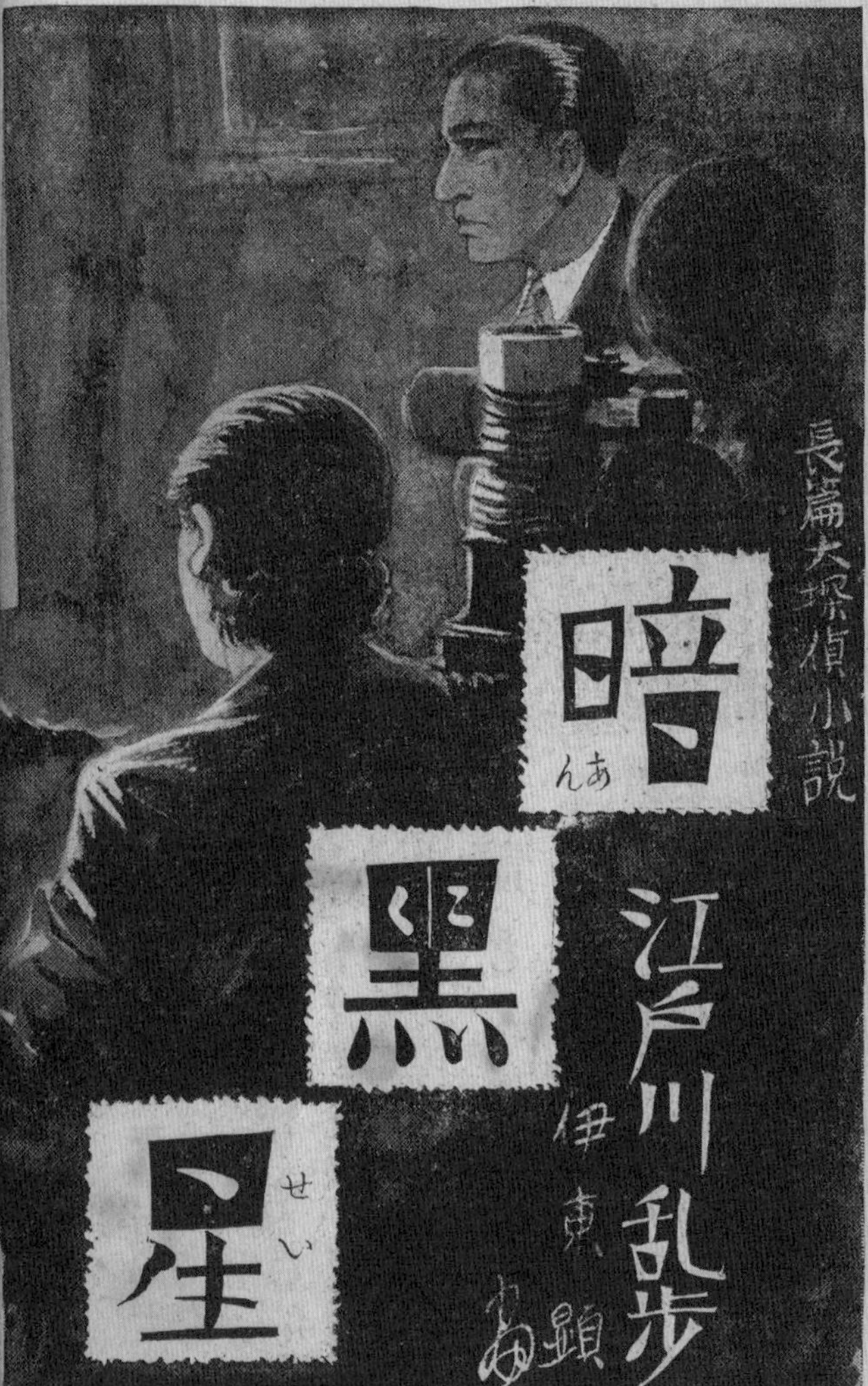
長篇大探偵小説
暗《あん》黒星《せい》
江戸川乱歩
伊東顕 画

恐《おそろ》しき前兆《ぜんちよう》

東京舊市内《とうきやうきうしない》の、大震災《だいしんさい》の大火《たいか》にあはなかつた地域《ちゐき》には、その後發展《ごはつてん》した新《あたら》しい大東京《だいとうきやう》の場末《はずゑ》などよりも、遙《はる》かに淋《さび》しい場所《ばしよ》が幾《いく》つもある。東京《とうきやう》の眞中《まんなか》に、荒《あ》れ果《は》てた原《はら》つぱ、倒《たほ》れた塀《へい》、明治時代《めいちじだい》の赤煉瓦《あかれんが》の建築《けんちく》が、廢墟《はいきよ》のやうに取《と》り殘《のこ》されてゐるのだ。

麻布區《あざぶく》K《ケー》町《まち》もさういふ大都會《だいとかい》の廢墟《はいきよ》の一つであつた。自然《しぜん》に朽《く》ち果《は》てゝ取毀《とりこは》された數十軒の借家《しやくや》のあとが、一面《めん》の草原《くさはら》になつてゐて、その草原《くさはら》に取圍《とりかこ》まれるやうにして、青苔《あをごけ》の生《は》えた煉瓦塀《れんがべい》がつゞき、その中《なか》の廣《ひろ》い地所《ちしよ》に、時代《じだい》の爲《ため》に黒《くろ》くくすんだ奇妙《きみやう》な赤煉瓦《あかれんが》の西洋館《せいやうかん》が建《た》つてゐる。

明治時代《めいちじだい》、物好《ものず》きな西洋人《せいやうじん》が住宅《ちうたく》として建《た》てたものであらう。普通《ふつう》の西洋館《せいやうかん》ではなくて、建物《たてもの》の一方《ぱう》に、やはり赤煉瓦《あかれんが》の圓塔《ゑんとう》のやうなものが聳《そび》えてゐるし、建物全體《たてものぜんたい》の感《かん》じが、明治時《めいちじ》代《だい》の、つまり十九世紀末《せいきまつ》のものではなくて、それよりも一世紀《せいき》も昔《むかし》の、西洋畫《せいやうぐわ》などでよく見《み》る、マアお城《しろ》といつた方《はう》がふさは

図 15　『講談倶楽部』「暗黒星」初回 1

図16　『講談倶楽部』「暗黒星」初回2

【図16】『ぢや、お姉さまの部屋にもかい。僕の部屋では、ホラ、あのベートーヴエンのデスマスクね、あれが壁の上を独りで歩き廻るんだよ。ずつと右側の壁にかけてあつたのが、朝部屋に入つてみると左側の壁に懸つてゐるんだ。元の場所へ直して置くと、又その翌日は反対側へ移つてゐるんだ。誰に聞いても知らないつていふんだよ。第一、僕は部屋へ誰も入らせない癖だらう。夜寝る時にはちやんとドアに鍵を掛けて置くんだ。それにそんな妙な事が起るんだからね。それだけなら、まだいゝんだよ。今朝そのデスマスクを見るとね、こちらの目に』と彼は自分の右の目を指し示して『ポツカリと黒い穴があいてゐるんだよ』

人々はさい前の映画の恐怖を思ひ起して、背筋が寒くなつた。あの映画でも、一郎の美しい右の目にゾッとするやうな異変が起つたのではないか。

『あたしの部屋では、机の抽斗がいつもあべこべに差してあるのよ。右の抽斗が左に、左の抽斗が右に、別に中のものはなくならないの。鞠ちやんのいたづらかと思つたけれど、聞いて見るとさうぢやないといふし、他の人も誰も知らないつていふのよ。あたし、一郎さんのやうに、気になんかしてゐなかつたのだけれど、あなたの部屋もさうだつていふと、をかしいわね』

『お父さま、これでも僕の読書のせゐだつておつしやるのですか』

『成程。それは妙だね。お前達の思ひ違ひぢやないのかい。自分で物の位置を変へて置いて、ヒヨツと胴忘れしてしまふといふやうなこともあるもんだよ。化物屋敷ぢやあるまいし、独りで物が動くなんて、馬鹿なことがあるもんか。ハハハ……』

鉄造氏は態と気軽に笑つて見せたが、誰もそれに応じて笑顔を見せるものはなかつた。人々の顔は前にもまして青ざめて行くやうに見えた。

『無論独りで動く筈はありません。誰かゞ動かすの』

ここでは初出と『江戸川乱歩全集』第八巻（春陽堂、昭和三十年五月三十日）所収テキスト、桃源社版『江戸川乱歩全集』第八巻（昭和三十七年五月三十日）と対照してみることにしたい。

	〈初出〉	〈春陽堂版全集〉	〈桃源社版全集〉
1	大震災の大火	戦災の大火	震災の大火
2	新《あたら》しい	新らしい	新らしい
3	幾つもある	いくつもある	いくつもある
4	東京の真中《まんなか》に	東京のまん中に	東京のまん中に
5	麻布区K町	麻布のK町	麻布のK町
6	自然に朽ち果てゝ取毀された	戦災に焼きはらわれた	震災に焼きはらわれた
7	数十軒の借家のあとが	数十軒の家屋のあとが	数十軒の家屋のあとが
8	取囲まれるやうにして	取り囲まれるようにして	取り囲まれるようにして
9	青苔《あをごけ》	青苔《あおこけ》	青苔
10	煉瓦塀がつゞき	煉瓦塀がつづき	煉瓦塀がつづき
11	時代の為に	時代のために	時代のために
12	対応する表現なし	化けもの屋敷のように	化けもの屋敷のように
		建っている	建つている
13	マア	まあ	まあ

14	ホラ	ほら	ホラ
15	ベートーヴエン	ベートーヴェン	ベートーヴェン
16	歩き廻るんだよ	歩きまわるんだよ	歩きまわるんだよ
17	入《はい》つてみると	はいつてみると	はいってみると
18	懸《かゝ》つてゐるんだ	かかつているんだ	かかっているんだ
19	入《はい》らせない癖だらう	はいらせない癖だろう	はいらせない癖だろう
20	掛けて置くんだ	掛けておくんだ	掛けておくんだ
21	まだいゝんだよ	まだいいんだよ	まだいいんだよ
22	さい前《ぜん》の	さいぜんの	さいぜんの
23	ゾツとするやうな	ゾッとするような	ゾッとするような
24	成程《なるほど》	なるほど	なるほど
25	お前達	お前たち	お前たち
26	変へて置いて	変えておいて	変えておいて
27	ヒヨツと	ヒヨッと	ヒョッと
28	馬鹿なこと	ばかなこと	ばかなこと
29	ハハハ……	ハハハハハ	ハハハハハ
30	鉄造氏は態と	主人はわざと	主人はわざと

31	青ざめて行くやうに	青ざめてゆくように	青ざめて行くように
32	無論	むろん	むろん
33	独りで動く筈は	独りで動くはずは	独りで動くはずは
34	誰かゞ	誰かが	誰かが

◆〝麻布区K町〟

初出が発表された昭和十四（一九三九）年は、関東大震災が起こった大正十二（一九二三）年の十六年後であるが、まだ関東大震災が一つの区切りとして意識されていたのであろう。昭和七（一九三二）年に東京市が周辺の町村を合併して東京市の区が三十五区となり、いわゆる「大東京市」を構成する。この時点以降に、それまでの十五区（麴町区、神田区、日本橋区、京橋区、芝区、麻布区、赤坂区、四谷区、牛込区、小石川区、本郷区、下谷区、浅草区、本所区、深川区）を旧市域と呼ぶことがあった。

「暗黒星」は『江戸川乱歩全集』第十三巻（光文社、二〇〇五年八月二十日）に収められているが、その「註釈＊3」では「麻布区K町」について次のように述べている。

　麻布区は明治十一年発足、昭和二十二年赤坂区《あかさかく》、芝区《しばく》と合併して港区《みなとく》となる。人口八万八千四百人（昭和十二）。江戸時代は大名屋敷が、明治になってからは上流階級の邸宅や外国の大使館が集中した。K町に相当する地名としては、霞町《かすみちょう》（現在の西麻布一、三丁目付近）、笄町《こうがいちょう》（同じく二、四丁目付近）、北日ヶ窪町《きたひがくぼちょう》（六本木三、五、六丁目付近）、北新門前町《きたしんもんぜんちょう》（虎ノ門三丁目付近）がある。

この時代は交通渋滞もなかったが、明智も自家用車を持っていなかったので、ガレージから車を呼ばなくてはならなかった。その手間を考えれば、明智の住む龍士町《りゅうどちょう》から「自動車で十分とかからぬ」（29ページ）K町というのは、北新門前町のことか（霞町、北日ヶ窪町、笄町は一キロ以内だから近すぎて自動車を呼ぶまでもない）。

（七二六頁下段〜七二七頁上段）

「暗黒星」と同時期に月刊誌『富士』で連載されていた「地獄の道化師」にも「麻布区K町」がでてくる。「暗黒星」と同じ昭和十四年一月一日から『富士』では「地獄の道化師」の、『少年倶楽部』では「大金塊」の連載が始まる。「地獄の道化師」は次のように始まる。

東京市を一周する環状国鉄には、今もなお昔ながらの田舎めいた踏切が数ヵ所ある。踏切番の小屋があつて、電車の通過するごとに、白黒だんだら染めにした遮断《しゃだん》の棒がおり、番人が旗を振るのだ。豊島区I駅の大踏切《おおふみきり》といわれている箇所も、その骨董的《こっとうてき》踏切の一つであつた。

（春陽堂版全集5・一四四頁上段）

「道化師」の「かくれが」は次のように記されている。

道化師は、とんがり帽子をふりながら、深夜の町を、さびしい方へさびしい方へと歩いて行く。麻布区《あざぶく》というところは、久しく大火事にあつていないのと、昔からの大邸宅が多いために、どの町もひどく古めかしくて、なんだか大東京の進歩にとり残されているような感じである。神社なども昔ながらの森のある神社があるし、思いもよらぬところに、もつたいないような草ぼうぼうの広い空地《あきち》があつたりする。

今、道化師《どうけし》の行手《ゆくて》にはそういう廃墟《はいきよ》のような空地《あきち》の一つが横たわつていた。まつ暗である。空地《あきち》を取りかこんで家が建つてはいるのだが、空家《あきや》になつた小工場や、もうとりこわすばかりの、人の住めない貸家などが、軒《のき》もいびつに立つていて、明りのもれる窓もなく、まるで郊外へ行つたようなものさびしい感じである。

道化師はその空地《あきち》を横切つて、とある一軒の空家《あきや》の前に立つと、用心深くあたりを見廻していたが、誰も見ているものがないと思つたのか、そのまま破れた塀《へい》の扉《とびら》もない門の中へはいつていつた。

（同二〇六頁下段）

「ア、先生ですか。僕、あいつのあとをつけて、とうとうかくれがを見つけました」

電話の向うに明智が出ると、小林少年は、押えきれぬ興奮に声を震わせて叫んだ。

「えッ。見つけた。それはどこだ。君は今どこにいるんだ」

明智の声が飛びつくようにもどつて来た。

「麻布区《あざぶ》のK町の空家《あきや》です。小さい荒れはてた空家《あきや》の中へはいつてしまつたのです。僕その近くの公衆電話からかけているんです」

（同二〇七頁下段）


冨田均は『乱歩「東京地図」』（作品社、一九九七年六月二十五日）において、「乱歩は麻布区K町の記号がお気に入りでしばしば使用しているが、これも笄町を念頭に置いたKであることは明らかだ」（一四〇頁）と述べ、「K町」を笄町に比定する。『江戸川乱歩全集』（光文社、二〇〇五年八月二十日）の「註釈」は明智の住む龍土町から「自動車で十分とかからぬ」という記述をリアルなものとみて、「笄町は一キロ以内だから近すぎて自動車を呼ぶまでもない」と述べる。それが探偵小説の「読み方」だろう。書いてあることからさまざまなことを想像していく。それはそれで楽しい。しかし、その一方で、作品のすみずみにわたるまですべてリアルに書いてあるかどうかはわからないのではないか、とも思う。ここはリアルに書いた、しかしここはそうではない。作品はそのように成り立っているとみるのがむしろ自然ではないだろうか。

おさえておくべきことは、乱歩が作品内に「麻布区K町」という町名を複数回使い、その架空の町をここまでに引いたように描写しているということである。「暗黒星」の「麻布区K

町」の描写と「地獄の道化師」の「麻布区K町」の描写とは明らかに通っており、乱歩が同じ「イメージ」に基づいて「麻布区K町」を描写している可能性がたかい。ここまでが作品から確実におさえられることで、その「麻布区K町」が実際にどの町にあたるかを推定するためには、さまざまな推測を重ねなければならない。乱歩が一定の「イメージ」をもって作品に書き込んでいる「麻布区K町」を「読み手」にも同じような「イメージ」をもってうけとめてもらうための「手入れ」をしていると推測する。

1関東「大震災」を「戦災」に変えることはごく一般的な変更といえなくもない。しかし、それはそういう時期のことを描いた作品だから、変えない、という選択肢もあるはずで、乱歩がそこに手入れをしたのは、あくまでも「現在」と結びつけて読んでほしかったからではないか。つまり「関東大震災」では「読み手」がいわばリアルな「イメージ」をもつことができないと乱歩が判断したからではないか。乱歩は「読み手」の「イメージ」を重視していたのではないだろうか。

さて、『江戸川乱歩全集』第十三巻（光文社）は「麻布区K町」には「註釈」を施しているが、「東京旧市内」には「註釈」を施さない。「東京旧市内」は調べれば誰でもわかるということだろうか。あるいはそうかもしれない。むしろその「調べれば誰でもわかる」「確実な情報」を「読み手」に提供することには一定の意義があると考える。

また、図15には、「明治時代、物好きな西洋人が住宅として建てたものであらう。普通の西洋館ではなくて、建物の一方に、やはり赤煉瓦の円塔のやうなものが聳えてゐる」と記されている。関東大震災後の東京を想定しながら、そこになぜ「十九世紀末のものではなくて、それよりも一世紀も昔の」「西洋館」が描かれているのか。そのことには留意しておきたい。現実世界から醸成される「リアルなイメージ」と乱歩個人がもつ特異な「イメージ」との二つによって「乱歩の言語空間」つまり「乱歩の作品空間」が構成されているのではないだろうか。関東大震災と十八世紀末との「ちぐはぐさ」は乱歩作品をよむためのキーになるように思われる。「西洋館」は乱歩個人が持つ特異な「イメージ」と結びついていると思うが、そうしたことについては本書第五章で改めて詳しく述べることにしたい。

◆その他の対照語句

9は春陽堂版全集が振仮名を「あおこけ」としている。初出は「あをごけ」で、『日本国語大辞典』第二版も「あおごけ」を見出しとしていることからすれば、春陽堂版全集は積極的に「あおこけ」という非連濁語形を示したのではない可能性がある。20「掛けて置くんだ」26「変へて置いて」のように補助動詞として使われる「〜オク」に漢字をあてないことは理解できる。

春陽堂版全集は27を「ヒヨッと」とする。この表記形と対応する発音は「現代かなづかい」からすれば「ヒヨット」であって「ヒョット」ではないと思われる。初出の「ヒヨツと」と対応する発音は「ヒヨツト」「ヒヨット」「ヒョット」の三通りの可能性がある。おそらく初出の

「ヒヨット」は「ヒョット」という語形を書いたものであると思われるが、春陽堂版全集は誤まったのではないか。現代日本語も「ヒョット」であり、「ヒヨット」は不自然であるために、そう書いてあっても日本語母語話者は「ヒョット」と理解する可能性もたかい。

初出でよむ「大金塊」

「大金塊」は、月刊誌『少年倶楽部』第二十六巻第一号（昭和十四年一月一日発行）から第二十七巻第二号（昭和十五年二月一日発行）まで十二回にわたって連載され、単行本『大金塊』（大日本雄弁会講談社）として昭和十五年二月二十三日に出版されている。また、『少年探偵 大金塊』（痛快文庫、光文社）として、昭和二十四年六月二十日に出版され、さらに昭和三十六年十二月十五日には『少年探偵団全集４』（光文社）として出版されている。

図17と図18は『少年倶楽部』第二十六巻第五号、連載第五回の誌面である。

【図17】魔法の長椅子

宮瀬不二夫君のおうちには、先祖から、ふしぎな暗号の書きつけがつたはつてゐました。なんでも今のお金にして一千万円もする、昔の金貨や金のかたまりが、どこかの山の中にかくしてあつて、そのかくし場所をしるした暗号なのですが、不二夫君のおうちでは、たれもその暗号を、とくことができなかつたものですから、せつかくの宝ものが、世の中

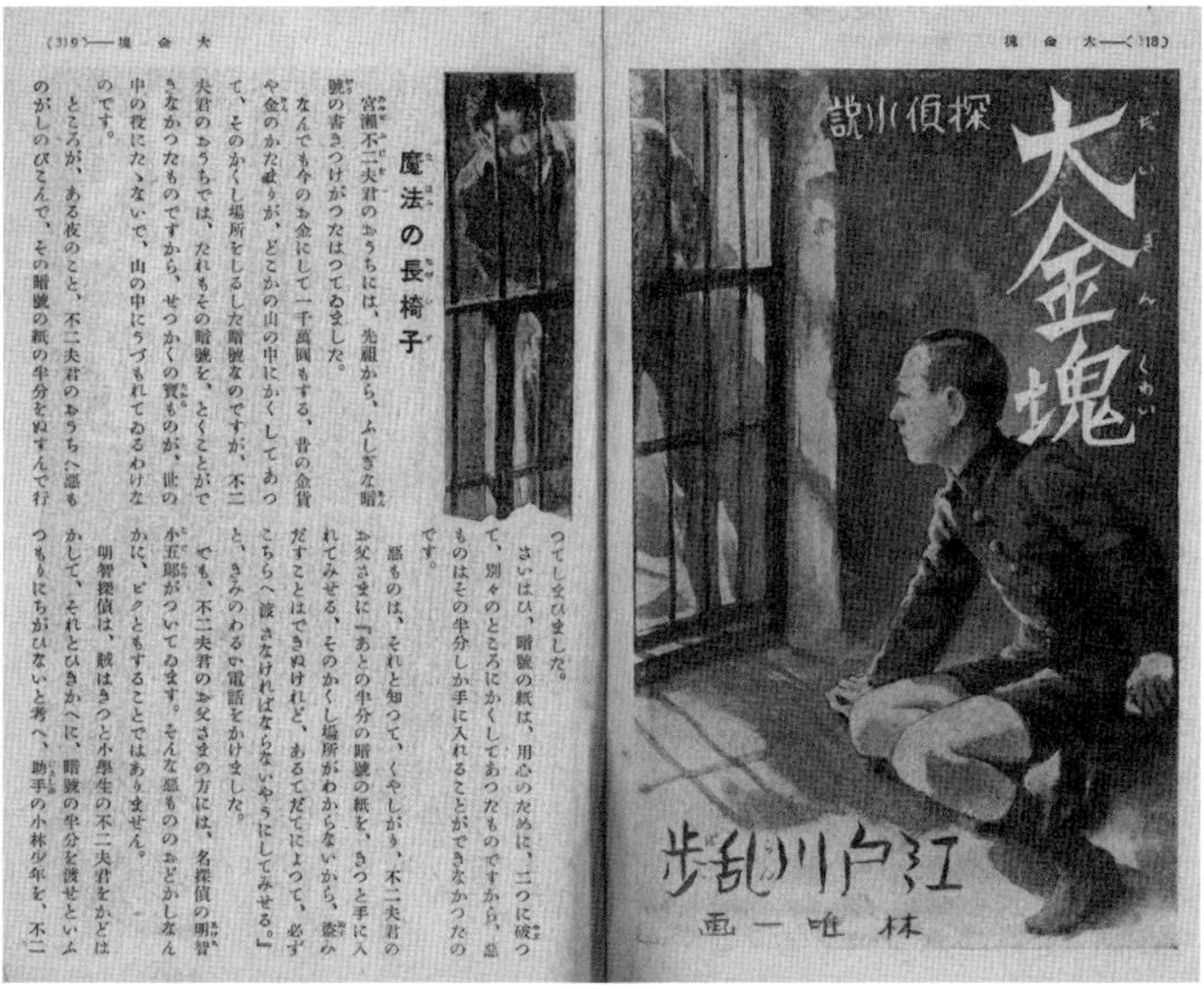

(118)—大 金 塊

探偵小説

大金塊《だいきんくわい》

江戸川乱歩

林唯一画

大 金 塊—(119)

魔法の長椅子

宮瀬不二夫君のおうちには、先祖から、ふしぎな暗號の書きつけがつたはつてゐました。

なんでも今のお金にして一千萬圓もする、昔の金貨や金のかたまりが、どこかの山の中にかくしてあつて、そのかくし場所をしるした暗號なのですが、不二夫君のおうちでは、たれもその暗號を、とくことができなかつたものですから、せつかくの寶ものが、世の中の役にたゝないで、山の中にうづもれてゐるわけなのです。

ところが、ある夜のこと、不二夫君のおうちへ悪ものがしのびこんで、その暗號の紙の半分をぬすんで行つてしまひました。

さいはひ、暗號の紙は、用心のために、二つに破つて、別々のところにかくしてあつたものですから、悪ものはその半分しか手に入れることができなかつたのです。

悪ものは、それと知つて、くやしがり、不二夫君のお父さまに『あとの半分の暗號の紙を、きつと手に入れてみせる、そのかくし場所がわからないから、盗みだすことはできぬけれど、あるてだてによつて、必ずこちらへ渡さなければならないやうにしてみせる。』と、きみのわるい電話をかけました。

でも、不二夫君のお父さまの方には、名探偵の明智小五郎がついてゐます。そんな悪もののおどかしなんかに、ビクともすることではありません。

明智探偵は、賊はきつと小學生の不二夫君をかどはかして、それとひきかへに、暗號の半分を渡せといふつもりにちがひないと考へ、助手の小林少年を、不二

図 17　『少年倶楽部』「大金塊」第五回 1

の役にたゝないで、山の中にうづもれてゐるわけなのです。

　ところが、ある夜のこと、不二夫君のおうちへ悪ものがしのびこんで、その暗号の紙の半分をぬすんで行つてしまひました。

　さいはひ、暗号の紙は、用心のために、二つに破つて、別々のところにかくしてあつたものですから、悪ものはその半分しか手に入れることができなかつたのです。

　悪ものは、それと知つて、くやしがり、不二夫君のお父さまに『あとの半分の暗号の紙を、きつと手に入れてみせる、そのかくし場所がわからないから、盗みだすことはできぬけれど、あるてだてによつて、必ず

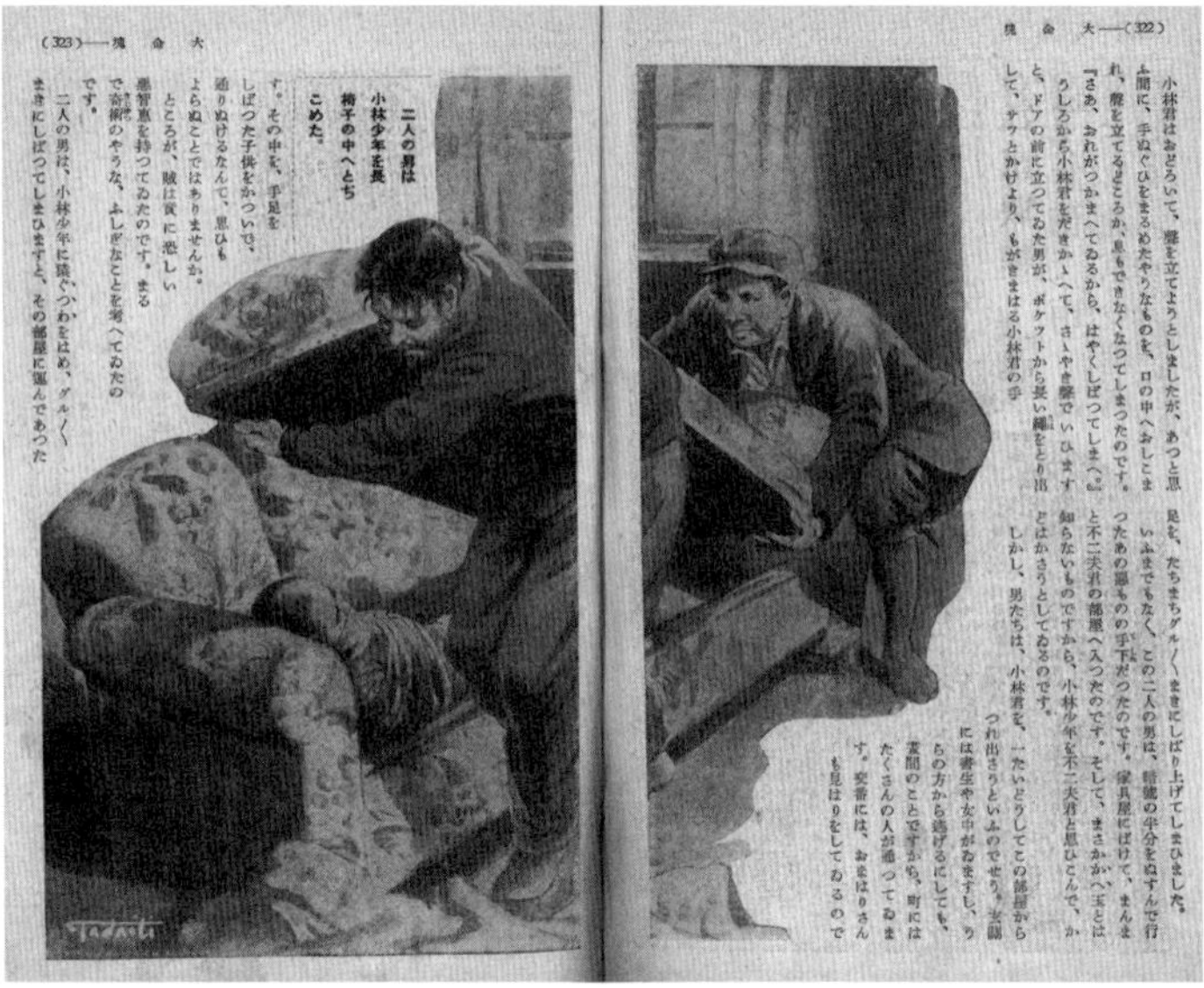

図 18 『少年倶楽部』「大金塊」第五回 2

こちらへ渡さなければならないやうにしてみせる。』と、きみのわるい電話をかけました。

でも、不二夫君のお父さまの方には、名探偵の明智小五郎がついてゐます。そんな悪もののおどかしなんかに、ビクともすることではありません。

明智探偵は、賊はきつと小学生の不二夫君をかどはかして、それとひきかへに、暗号の半分を渡せといふつもりにちがひないと考へ、助手の小林少年を、不二

【図18】小林君はおどろいて、声を立てようとしましたが、あつと思ふ間に、手ぬぐひをまるめたやうなも

のを、口の中へおしこまれ、声を立てるどころか、息もできなくなつてしまつたのです。

『さあ、おれがつかまへてゐるから、はやくしばつてしまへ。』

うしろから小林君をだきかゝへて、さゝやき声でいひますと、ドアの前に立つてゐた男が、ポケットから長い縄をとり出して、サッとかけより、もがきまはる小林君の手足を、たちまちグル〳〵まきにしばり上げてしまひました。

いふまでもなく、この二人の男は、暗号の半分をぬすんで行つたあの悪ものの手下だつたのです。家具屋にばけて、まんまと不二夫君の部屋へ入つたのです。そして、まさかかへ玉とは知らないものですから、小林少年を不二夫君と思ひこんで、かどはかさうとしてゐるのです。

しかし、男たちは、小林君を、一たいどうしてこの部屋からつれ出さうといふのでせう。玄関には書生や女中がゐますし、うらの方から逃げるにしても、昼間のことですから、町にはたくさんの人が通つてゐます。交番には、おまはりさんも見はりをしてゐるのです。その中を、手足をしばつた子供をかついで、通りぬけるなんて、思ひもよらぬことではありませんか。

ところが、賊は実に恐しい悪知恵を持つてゐたのです。まるで奇術のやうな、ふしぎなことを考へてゐたのです。

二人の男は、小林少年に猿ぐつわをはめ、グル〳〵まきにしばつてしまひますと、その

部屋に運んであつた

ここでは『少年探偵江戸川乱歩全集4』（光文社、昭和二十四年六月二十日、昭和二十九年七月十日十二版）と対照してみよう。図17の箇所は雑誌連載にあたって書かれていると思われ、対応箇所がない。

	〈初出〉	〈少年探偵江戸川乱歩全集4〉
1	声を立てようとしましたが、	声をたてようとしましたが、
2	あつと思ふ間に、	あッと思うまに、
3	おしこまれ	押しこまれ
4	声を立てるどころか	声をたてるどころか
5	はやくしばつてしまへ	早くしばつてしまえ
6	だきかゝへて	だきかかえて
7	長い縄《なわ》をとり出して	長いなわをとり出して
8	サツとかけより	さッとかけより
9	グル〳〵まきに	ぐるぐるまきに
10	しばり上げてしまひました	しばりあげてしまいました

11　部屋へ入つたのです　　部屋へはいつたのです
12　一たいどうして　　いつたいどうして
13　昼間のことですから　　ひるまのことですから
14　子供をかついで　　子どもをかついで
15　実に恐しい　　じつにおそろしい
16　グル〱まきに　　ぐるぐるまきに
17　運んであつた　　はこんであつた

『江戸川乱歩全集』第十三巻（光文社、二〇〇五年八月二十日）「解題」は「光文社版『少年探偵江戸川乱歩全集』は新仮名とし（ただし拗音や促音の区別はない）、漢字を大幅にひらき、送り仮名を送り、読点を増やしたほか、結末で終戦による社会状況の変化に対応した訂正がなされた」（七二一頁下段）と述べているが、この記述は正確ではない。まず用語、表現のことからいえば、「新仮名」は「現代かなづかい」とすべきであろうし、「拗音や促音の区別はない」はいわんとしていることは理解できるが、いかにも粗い。「拗音をあらわす「や／ヤ・ゆ／ユ・よ／ヨ」及び促音をあらわす「つ／ツ」を小書きにはしていない」ぐらいが正確な表現であろう。それはそれとする。『少年探偵江戸川乱歩全集』が全体として漢字使用を抑えていることはわかるが、3や5のようにもともと仮名で書かれていた箇所に漢字をあてている場合もあり、

「漢字を大幅にひらき」とのみはいえない。またさきほども述べたが、2「あつと」が「あッと」、8「サツと」が「さツと」になっていることは、乱歩の(潜在的にもっている)「感覚」をあらわしているともいえ、そうした点には注目すべきであろう。

初出でよむ「偉大なる夢」

「偉大なる夢」は月刊誌『日の出』第十二巻第十一号(昭和十八年十一月一日発行)から第十三巻第十二号(昭和十九年十二月一日発行)まで、十四回にわたって連載された。図19は第十三巻第一号(昭和十九年一月一日発行)の表紙であるが、タイトル『日の出』の右側には「国民奉公雑誌」とあり、左側には「増産に全力揚げよ今年こそ!」とある。

乱歩は『探偵小説四十年』においてこの「偉大なる夢」について次のように記している。

ただ一つ、この年(引用者補:昭和十八年のこと)に連載をはじめた長篇小説のことだけは、ちょっと記録しておきたい。

それは戦前、新潮社で発行していた大衆雑誌「日の出」に、昭和十八年十一月号から、十九年十二月号まで、十四回連載して完結した長篇小説「偉大なる夢」というので、この小説はアメリカを敵として描いているので、敗戦後は本にすることを遠慮して今日に至っている。雑誌にのった私の小説で、本になっていないものは、あとにも先にも、これ一つである。一回分二十五枚ぐらいだったと思うから、全体で三百五十枚ぐらいの長篇である。さしえは玉井徳太郎氏であった。
私の娯楽雑誌の小説は、昭和十四年の「暗黒星」「地獄の道化師」「幽鬼の塔」の三つの連載が最後で、十五年には少年もの連載一つだけ、十六年には小松竜之介の変名で短い少年科学読物の連載一つだけ、十八年には、この「偉大なる夢」一つだけ、それから敗戦の二十年まで、全く何も書いていない。だから、少年ものを除くと、十五年から二十年までの六年間に、この小説たった一つしか書かなかったわけである。（略）
「日の出」編集部としては、その筋のブラックリストにのっている私に小説を書かせるためには、いろいろの工作を必要としたようである。貼雑帳には、「偉大なる夢」の第一回がのった号の新聞広告と、その前月号の「日の出」の

図19『日の出』表紙

予告頁とが貼ってあるが、予告頁の方に、編集部の心遣いが現われている。
「十一月号より防諜長篇小説を新連載」と肩書きして、題名をしるし、そのあとに、こういう文句がついている。
「思想戦に勝つか敗けるかが国家存亡の重大なる岐路をなす秋、科学力を利用して宣伝謀略に挑みくる敵を、どう打ち破るか？　防諜指導界の権威者と屢々会合をとげ、数十旬臥薪の構想を練った筆者が、大いなる自信をもって、いよいよ次号から世紀の国策小説ともいうべき大作を発表することになりました。云々」（三〇四〜三〇五頁）
表紙見返しには宮本三郎の「海上日出《かいじやうにひいづ》」というタイトルの絵と蔵原伸二郎の詩が載せられている。蔵原伸二郎は戦争中に戦争をテーマとした作品を発表していた。絵の横には「海検乙第一五二七号」とあって、

雲飛ぶあたり
東の
大わだつみに
日は昇る

聞け凜冽の
元旦に
鋲打つ音の
はげしさよ

決戦の年
今ぞ明く
撃つべきものは
敵なるぞ

また「大東亜会議に列席のため参集した共栄圏各国代表」というキャプションがつけられた写真が折り込まれている。その裏面には「石炭増産に闘ふ地底の戦士」というキャプションが付けられ三井鉱山での作業の様子を撮影した写真が印刷されている。

巻末の「編輯後記」は「戦雲たゞならぬこの事態は、雑誌の上にも寸刻を許さぬ緊迫感をたぎらせ、記事に編輯企画に、ひたすら敵打倒の士気と生産力の振起をめざす、極めて重い国民奉公の使命をもつて、出版の職域決戦に臨み、新たに陣を布いてゆくことを年改まるに際し、われ〳〵はこゝに誓ふものである」と結ばれている。このような時期に、このような状況下において、乱歩の「偉大なる夢」が雑誌に掲載されていたことは知っておいてよいだろう。図20はその誌面である。

先に乱歩自身が述べているように、「偉大なる夢」は乱歩生前に単行本として刊行されていない。昭和四十五年一月十日に刊行された江戸川乱歩全集10『暗黒星』(講談社)に収められた。

【図20】敵国の触手

『新一さん、どうかされたんですか。何かあつたのですか。』新一が息せききつて、門を入り、母屋へと走つてゐる横手から、体格のよい背広服の若者が、大声に呼びかけた。五十嵐博士一行を護衛するために出張してゐる私服憲兵下士官の一人である。

『アヽ、あなたは気づきませんでしたか。今し方怪しい男が屋根から逃げたのです。見晴し台からそれが見えたのです。』

『え、屋根から……』

『そいつは煙突から這ひ出して、屋根伝ひに逃げたのです。設計室の暖炉の煙突です。』

『アッ、暖炉の煙突。で、そいつはどちらへ逃げました。』

憲兵は警視庁外事課出身の新一を信用してゐた。この青年がこれほど顔色を変へてゐるのは唯事でない。若しや……

『スパイの疑ひ十分です。裏口の方へ逃げたらしいのです。こちらへ来て見て下さい。』

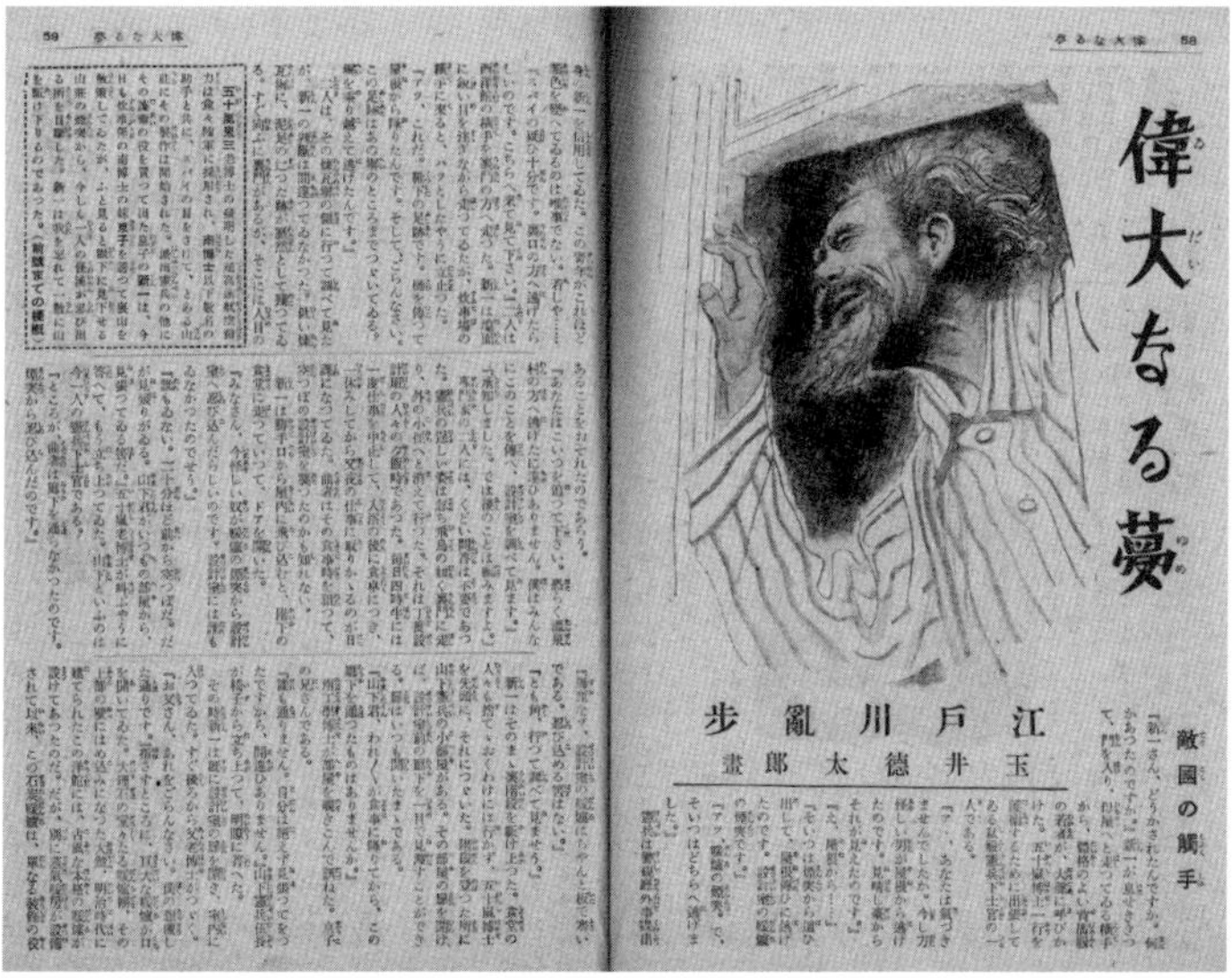

図 20 『日の出』「偉大なる夢」第三回

二人は西洋館の横手の裏門の方へ走つた。新一は地面に鋭い目を注ぎながら走つてゐたが、炊事場の横手に来ると、ハッとしたやうに立止つた。

『アッ、これだ。靴下の足跡です。樋を伝つて屋根から降りたんです。そして、ごらんなさい。この足跡はあの塀のところまでつゞいてゐる。塀を乗り越えて逃げたんです。』

二人は、その煉瓦塀の側に行つて調べて見たが、新一の判断は間違つてゐなかつた。低い煉瓦塀に、泥足の辷つた跡が歴然として残つてゐる。すぐ向ふに裏門があるが、そこには人目のあることをおそれたのであらう。

『あなたはこいつを追つて下さい。恐らく温泉村の方へ逃げたに違ひありません。僕はみんなにこのことを伝へ、設計室を調べて見ます。』

『承知しました。では後のことは頼みますよ。』

専門家の二人には、くどい問答は不要であつた。憲兵の逞しい姿は忽ち飛鳥の如く裏門に走り、外の小径へと消えて行つた。それは丁度設計班の人々の夕飯時であつた。毎日四時半には一度仕事を中止して、入浴の後に食卓につき、一休みしてから又夜の仕事に取りかゝるのが日課になつてゐた。曲者はその食事時を狙つて、空つぽの設計室を襲つたのかも知れない。

新一は勝手口から屋内に飛び込むと、階下の食堂に走つていつて、ドアを開いた。

『みなさん、今怪しい奴が暖炉の煙突から設計室へ忍び込んだらしいのです。設計室には誰もゐなかつたのでせう。』

『誰もゐない。二十分ほど前から空つぽだ。だが見張りがゐる。山下君がいつもの部屋から、見張つてゐる筈だ。』五十嵐老博士が叫ぶやうに答へて、もう立ち上つてゐた。山下といふのは今一人の憲兵下士官である。

『ところが、曲者は廊下を通らなかつたのです。煙突から忍び込んだのです。』

『馬鹿なッ、設計室の暖炉はちやんと板で塞いである。忍び込める筈はない。』

『とも角、行つて調べて見ませう。』

新一はそのまゝ裏階段を駈け上つた。食堂の人々も捨てゝおくわけには行かず、五十嵐博士を先頭に、それにつゞいた。階段を登つた所に山下憲兵の小部屋がある。その部屋の扉を開けば、設計室前の廊下を一目で見渡すことができる。扉はいつも開いたまゝである。

『山下君、われ〳〵が食事に降りてから、この廊下を通つたものはありませんか。』

南工学博士が部屋を覗きこんで訊ねた。京子の兄さんである。

『誰も通りません。自分は絶えず見張つてをつたですから、間違ひありません。』山下憲兵伍長が椅子から立ち上つて、明瞭に答へた。

その時新一は既に設計室の扉を開き、室内に入つてゐた。すぐ後ろから父老博士がつゞく。

『お父さん、あれをごらんなさい。僕の想像した通りです。』指さすところに、巨大な暖炉が口を開いてゐた。大理石の堂々たる暖炉棚、その上部の壁にはめ込みになつた大鏡、明治時代に建てられたこの洋館には、古風な本格の暖炉が設けてあつたのだ。だが、別に蒸気暖房が設備されて以来、この石炭暖炉は、単なる装飾の役

ここでは江戸川乱歩全集10『暗黒星』（講談社）に収められたテキストと対照してみることにする。

	〈初出〉	〈江戸川乱歩全集10〉
1	アヽ	アア
2	つゞいてゐる	つづいている
3	取りかゝる	取りかかる
4	走つていつて	走って
5	馬鹿なッ	馬鹿なっ
6	そのまゝ	そのまま
7	捨てゝおく	捨てておく
8	つゞいた	つづいた
9	開いたまゝである	開いたままである
10	われ〳〵が	われわれが
11	老博士がつゞく	老博士が続く

4は表現の変更であるが、乱歩没後の活字化であるので、あるいは誤りか。5は片仮名から平仮名への変更であるが、やはり「バカナ」に軽い促音が下接した語形を書いたものであろう。11はなぜか漢字があてられている。これも誤りか。

筆者が勤務している清泉女子大学の「本館」は明治三十九（一九〇六）年にジョサイア・コ

ンドルに設計を委嘱し、大正四（一九一五）年に竣工が始まり、大正六年に落成した西洋館であるが、各部屋には暖炉がある。現在では暖炉は使っていないので、ふさがれ、「装飾の役」目を務めているので、なんとなく「イメージ」を重ね合わせることができる。先に述べたように、「偉大なる夢」は昭和十八年に執筆されている。その「偉大なる夢」にも、「明治時代に建てられた」洋館が描かれていることには注目しておきたい。

初出でよむ「三角館の恐怖」

「三角館の恐怖」は月刊誌『面白倶楽部』第四巻第一号（昭和二十六年一月一日発行）から第四巻第十二号（同年十二月一日発行）まで、十二回にわたって連載された。図21と図22に第四号の誌面を掲げた。後に『三角館の恐怖』（文芸図書出版社、昭和二十七年九月三十日）として単行本が刊行される。

連載の第一回には「この物語の原作はアメリカのロージャー・スカーレットの『エンジェル家の殺人』である。飜案ではないが、普通の飜訳とも違う。舞台を日本に移した上、筋の妙味は原作のままを採り、文章は原作によらず、私流の書き方をしたものである。そういうやり方について予め原作者、著作権者の承諾を得たことは云うまでもない」という断り書きがある。

連載探偵小説

三《さん》角《かく》館《かん》の恐《きょう》怖《ふ》

一二

江戸川乱歩

富永謙太郎画

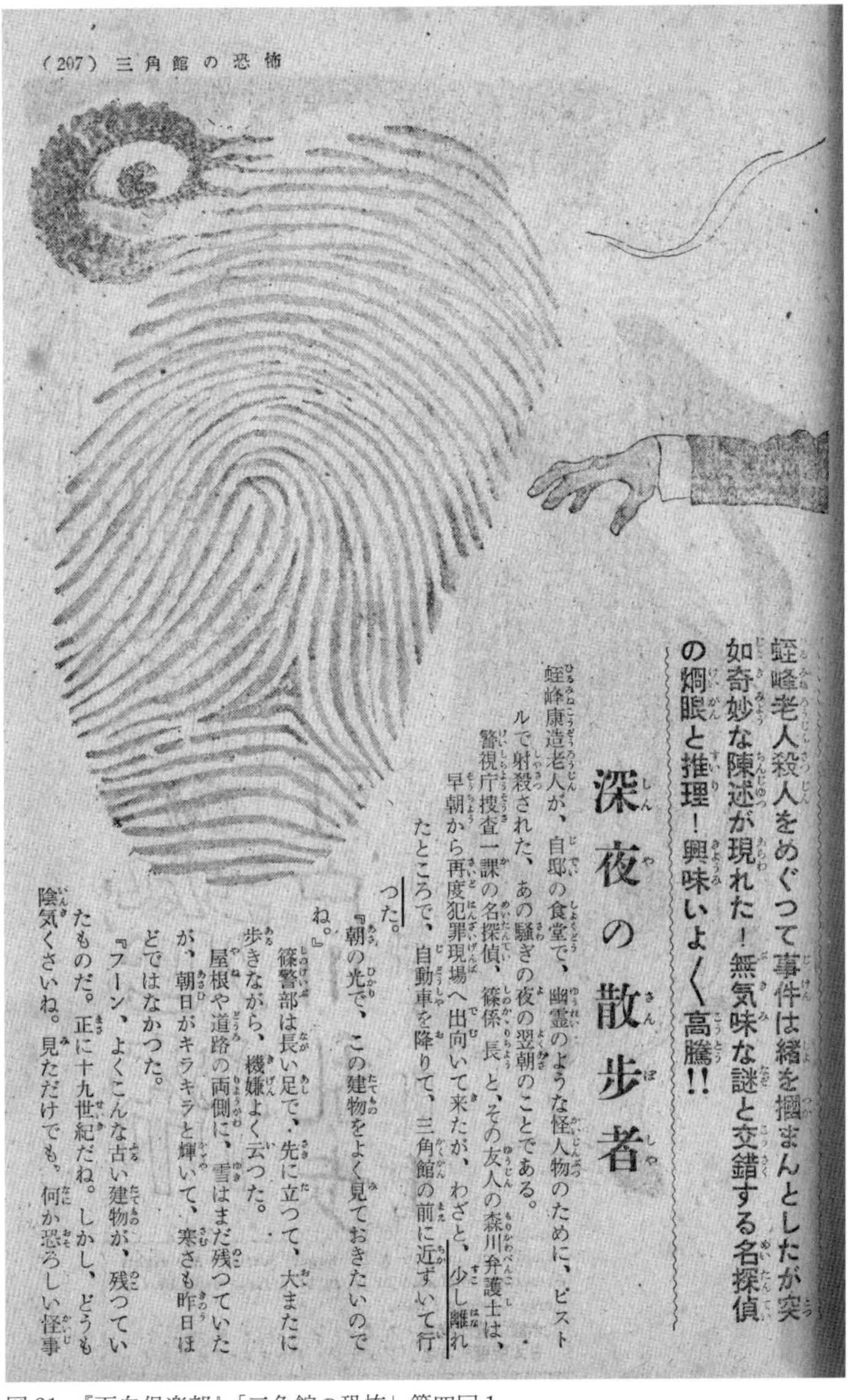

(207) 三角館の恐怖

蛭峰《ひるみね》老人殺人《ろうじんさつじん》をめぐつて事件《じけん》は緒《しよ》を摑《つか》まんとしたが突如奇妙《とつじよきみよう》な陳述《ちんじゆつ》が現《あらわ》れた！無気味《ぶきみ》な謎《なぞ》と交錯《こうさく》する名探偵《めいたんてい》の烱眼《けいがん》と推理《すいり》！興味《きようみ》いよ〳〵高騰《こうとう》!!

深《しん》夜《や》の散《さん》歩《ぽ》者《しや》

蛭峰康造老人《ひるみねこうぞうろうじん》が、自邸《じてい》の食堂《しよくどう》で、幽霊《ゆうれい》のような怪人物《かいじんぶつ》のために、ピストルで射殺《しやさつ》された、あの騒《さわ》ぎの夜《よ》の翌朝《よくあさ》のことである。

警視庁捜査一課《けいしちようそうさいつか》の名探偵《めいたんてい》、篠係長《しのかかりちよう》と、その友人《ゆうじん》の森川弁護士《もりかわべんごし》は、早朝《そうちよう》から再度犯罪現場《さいどはんざいげんば》へ出向《でむ》いて来《き》たが、わざと、少《すこ》し離《はな》れたところで、自動車《じどうしや》を降《お》りて、三角館《かくかん》の前《まえ》に近《ちか》ずいて行《い》つた。

『朝《あさ》の光《ひかり》で、この建物《たてもの》をよく見《み》ておきたいのでね。』

篠警部《しのけいぶ》は長《なが》い足《あし》で、先《さき》に立《た》つて、大《おお》またに歩《ある》きながら、機嫌《きげん》よく云《い》つた。

屋根《やね》や道路《どうろ》の両側《りようがわ》に、雪《ゆき》はまだ残《のこ》つていたが、朝日《あさひ》がキラキラと輝《かゞや》いて、寒《さむ》さも昨日《きのう》ほどではなかつた。

『フーン、よくこんな古《ふる》い建物《たてもの》が、残《のこ》つていたものだ。正《まさ》に十九世紀《せいき》だね。しかし、どうも陰気《いんき》くさいね。見《み》ただけでも、何《なに》か恐《おそ》ろしい怪事《かいじ》

図 21 『面白倶楽部』「三角館の恐怖」第四回 1

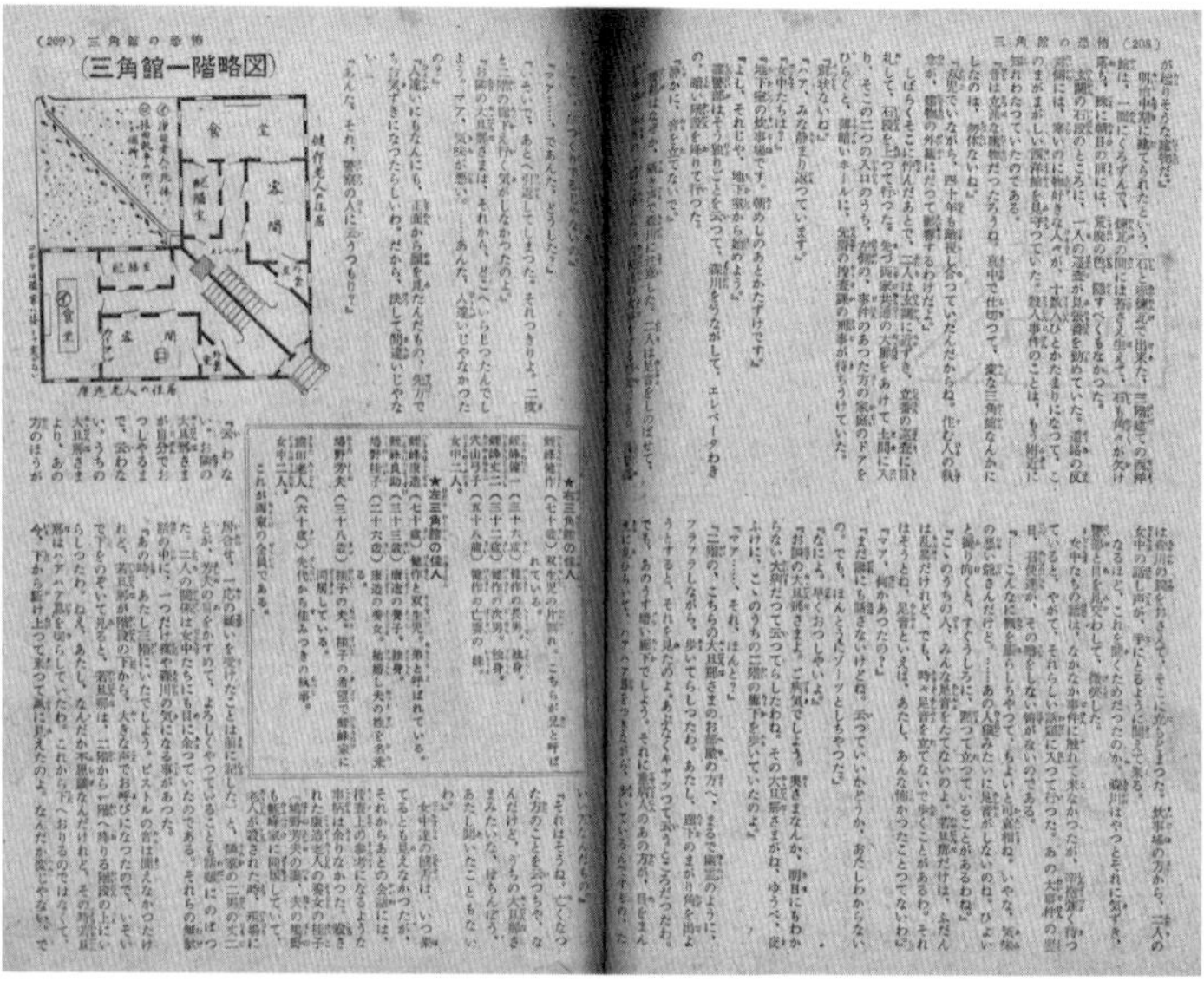

図 22 『面白倶楽部』「三角館の恐怖」第四回 2

【図22】が起りそうな建物だ。』

明治中期に建てられたという、石と赤煉瓦で出来た、三階建ての西洋館は、一面にくろずんで、煉瓦の間には苔さえ生えて、石も角々が欠け落ち、殊に朝日の前には、荒廃の色、隠すべくもなかつた。

玄関の石段のところに、一人の巡査が見張番を勤めていた。道路の反対側には、寒いのに物好きな人々が、十数人ひとかたまりになつて、このまがまがしい西洋館を見守つていた。殺人事件のことは、もう附近に知れわたつていたのである。

『昔は立派な建物だつたろうね。真中で仕切つて、変な三角館なんかにしたのは、勿体ないね。』

『双児でいながら、四十年も敵視し合つていたんだからね。住む人の執念が、建物の外観にだつて影響するわけだよ。』

しばらくそこに佇んだあとで、二人は玄関に近ずき、立番の巡査に目礼して、石段を上つて行つた。先づ両家共通の大扉をあけて土間に入り、そこの二つの入口のうち、左側の、事件のあつた方の家庭のドアをひらくと、薄暗いホールに、先着の捜査課の刑事が待ちうけていた。

『別状ないね。』

『ハア、みな静まり返つています。』

『女中たちは?』

『地下室の炊事場です。朝めしのあとかたずけです。』

『よし、それじや、地下室から始めよう。』

篠警部はそう独りごとを云つて、森川をうながして、エレベータわきの、暗い階段を降りて行つた。

『静かに、音を立てないで。』

警部はなぜか、囁き声で森川に注意した。二人は足音をしのばせて、炊事場の手前の一郭に達した。召使達の食事をする部屋である。篠警部は森川の腕をおさえて、そこに立ちどまつた。炊事場の方から、二人の女中の話し声が、手にとるように聞えて来る。

なるほど、これを聞くためだつたのか。森川はやつとそれに気ずき、警部と目を見交わして、微笑した。

女中たちの話は、なかなか事件に触れて来なかつたが、辛抱強く待つていると、やがて、それらしい話題に入つて行つた。あの大事件の翌日、召使達が、その噂をしない筈がないのである。

『……こんなに顎を脹らしちやつて、ちよいと可哀相ね。いやな、気味の悪い爺さんだけど。……あの人猫みたいに足音がしないのね。ひよいと振り向くと、すぐうしろに、黙つて立つていることがあるわね。』

『こゝのうちの人、みんな足音をたてないのよ。若旦那だけは、ふだんは乱暴だけれど、でも、時々足音を立てないで歩くことがあるわ。それはそうとね、足音といえば、あたし、あんな怖かつたことつてないわ。』

『マア、何かあつたの？』

『まだ誰にも話さないけどね。云つていいかどうか、あたしわからないの。でも、ほんとうにゾーッとしちやつた。』

『なによ。早くおつしやいよ。』

『お隣の大旦那さまよ。ご病気でしよう。奥さまなんか、明日にもわからない大病だつて云つてらしたわね。その大旦那さまがね、ゆうべ、夜ふけに、こゝのうちの二階の廊下を歩いていたのよ。』

『マア……それ、ほんと？』

『二階の、こちらの大旦那さまのお部屋の方へ、まるで幽霊のように、フラフラしながら、歩いてらしつたわ。あたし、廊下のまがり角を出ようとすると、それを見たのよ。あぶなくキヤツつて云うところだつたわ。でも、あのうす暗い廊下でしよう。それに重病人のあの方が、目をまん丸に見ひらいて、ハアハア息をつきながら、歩いているんですもの、たいてい、びつくりするじやないの。』

『マア……、であんた、どうした？』

『いそいで、あとへ引返してしまつた。それつきりよ。二度と二階の廊下え行く気がしなかつたのよ。』

『お隣の大旦那さまは、それから、どこへいらしつたんでしよう。マア、気味が悪い。……あんた、人違いじやなかつたの？』

『人違いにもなんにも、正面から顔を見たんだもの、先方でもお気ずきになつたらしいわ。だから、決して間違いじやない。』

『あんた、それ、警察の人に云うつもり？』

『云わない。お隣の大旦那さまが自分でおつしやるまで、云わない。うちの大旦那さまより、あの方のほうがいい方なんだもの。』

『それはそうね。亡くなつた方のことを云つちや、なんだけど、うちの大旦那さまみたいな、けちんぼう、あたし聞いたこともないわ。』

女中達の饒舌は、いつ果てるとも見えなかつたが、それからあとの会話には、捜査上の参考になるような事柄は余りなかつた。殺された康造老人の養女の桂子〔鳩野芳夫の妻、夫の鳩野も蛭峰家に同居していて、老人が殺された時、現場に居合せ、一応の疑いを受けたことは前に記した〕と、隣家の二男の丈二とが、芳夫の目をかすめて、よろしくやつていることも話題にのぼつた。二人の関係は女中たちにも目に余つていたのである。それらの無駄話の中に、一つだけ篠や森川の気になる事があつた。

『あの時、あたし三階にいたでしよう。ピストルの音は聞えなかつたけれど、若旦那が階段の下から、大きな声でお呼びになつたので、いそいで下をのぞいて見ると、若旦那は、二階から一階へ降りる階段の上にいらしつたわ。ねえ、あたし、なんだか不思議なんだけれど、その時若旦那はハアハア息を切らしていたわ。これから下へおりるのではなくて、今、下から駈け上つて来つて風に見えたのよ。なんだか変じやない。で

ここでは『江戸川乱歩全集14』（春陽堂、昭和三十年九月十日）と桃源社版全集と対照してみることにする。

	〈初出〉	〈春陽堂版〉	〈桃源社版〉
1	近ずいて行つた	近づいて行つた	近づいて行った
2	見張番	見張り番	見張り番
3	真中《まんなか》	まん中	まん中
4	双児《ふたご》	双生児《ふたご》	双生児《ふたご》
5	佇《たゝず》んだあとで	たたずんだあとで	たたずんだあとで
6	近ずき	近づき	近づき
7	立番	立ち番	立ち番
8	先づ	先ず	先ず
9	エレベータ	エレベーター	エレベーター
10	囁《さゝや》き声	ささやき声	ささやき声
11	召使達	召使たち	召使いたち
12	聞えて来る	聞こえて来る	聞こえてくる
13	気ずき	気づき	気づき
14	見交わして	見かわして	見かわして
15	入《はい》つて行つた	はいつて行つた	はいって行った
16	召使達	召使たち	召使いたち

17	しない筈がない	しないはずがない	しないはずがない
18	脹《は》らしちやつて	腫らしちやつて	腫らしちゃって
19	可哀相	可哀そう	可哀そう
20	いやな、気味の悪い	いやな気味のわるい	いやな気味のわるい
21	こゝのうちの人	ここのうちの人	ここのうちの人
22	マア	まあ	まあ
23	何かあつたの？	何かあつたの	何かあったの
24	話さないけどね	話さないけれどね	話さないけれどね
25	こゝのうちの	ここのうちの	ここのうちの
26	マア	まあ	まあ
27	歩いてらしつたわ	歩いていらしつたわ	歩いていらしったわ
28	あたし、	あたし	あたし
29	マア	まあ	まあ
30	廊下え	廊下へ	廊下へ
31	マア	まあ	まあ
32	お気ずき	お気づき	お気づき
33	養女の桂子	養女桂子	養女桂子

34	鴫野芳夫の妻、	鴫野芳夫の妻である	鴫野芳夫の妻である
35	夫の鴫野も	その夫の鴫野は	その夫の鴫野は
36	蛭峰家に同居していて	対応する表現なし	対応する表現なし
37	事があつた	事柄がまじつていた	事柄がまじっていた
38	聞え	聞こえ	聞こえ
39	風に見えたのよ	ふうに見えたのよ	ふうに見えたのよ

春陽堂版全集と桃源社版全集とは、後者が拗音、促音にあてる仮名を小書きにする点などほとんど違いがない。1・6は初出が古典かなづかいでも「現代かなづかい」でも「ちかづく」と書く語を「近ず〜」と印刷している。13・32も同様の例で古典かなづかいでも「現代かなづかい」でも「気ずき」を「きづき」と印刷している。これらは乱歩の書き方であるのか、あるいは『面白倶楽部』の校正が不十分であるのか。9は初出が「エレベータ」で春陽堂版全集が「エレベーター」と語末に長音をつけた語形になっている。ただし、「三角館一階略図」中には「エレベーター」と記入されている。18では「ハラス」にあてる漢字が「脹」から「腫」に変わっている。

27について。尊敬の助動詞「シャル」の連用形に完了の助動詞「タ」が下接した「シャッタ」という連語がある。その「シャッタ」が変化して「シッタ」という語形がうまれたというみかたがある。「シャル」が四段活用動詞の未然形に接続するので、「シッタ」も同様に四段活用動詞の未然形に接続することになる。「タノム」であれば、「タノマシャル」「タノマシッタ」というかたちになる。「イル・ヰル（入・居）」であれば未然形「イラ」に「シッタ」が下接して「イ（ヰ）ラシッタ」という語形になる。春陽堂版の「いらしつた」はそうした語形であるが、初出の「歩いてらしつた」は「イラシッタ」のような語形から「ラシッタ」を誤って析出してしまったかたちである。誤りであるが、興味深い誤りといえよう。

ここでも「明治中期に建てられたという、石と赤煉瓦で出来た、三階建ての西洋館」が作品の舞台となっている。

＊註『江戸川乱歩全集』第一巻（光文社文庫、二〇〇四年七月二十日）「解題」は「連続短篇探偵小説（三）として発表された」（六七二頁下段）と述べるが、図6でわかるように「三」に丸括弧は附されていない。

第四章

乱歩の固有名詞

乱歩の二重回路

◆「黄金仮面」

前章で「黄金仮面」を採りあげ、図10として初出の「ルパン対明智小五郎」の冒頭を示した。江戸川乱歩全集6『黄金仮面・何者』（桃源社、昭和三十七年二月五日）の「あとがき」において乱歩は「黄金仮面」について次のように記している。

「キング」昭和五年九月号から六年十月号まで連載したもの。はじめて「講談社倶楽部」に書いた「蜘蛛男」が好評だったので、同誌には引きつづいて昭和五年正月号から「魔術師」の連載をはじめたが、一方、同じ講談社の代表雑誌「キング」からも懇請されて、その年の夏からこの「黄金仮面」を書きだしたのである。そのころの「キング」は日本一の発行部数を持つ大雑誌で、百万部を越していたと思う。したがって、老幼男女だれにも向くようにという講談社的条件が、この雑誌にはことに強くあてはまるわけであった。だから、私もその気持になって、ルパンふうの明るいものをと心がけ、変態心理などは持ち出さないことにした。別の巻の解説にも書いたように、大部数の娯楽雑誌の連載ものは、涙香とルパンとを混ぜ合わせた味でというのが、私の心構えだったが、この「黄金仮面」にはルパンの方が強く出ているようである。いや、それどころか、この小説にはアルセーヌ・ルパンその人が登場して、明智小五郎と一騎討ちをやるという思いきった筋になっている。そういうわけで、この作は私の長篇小説の中でも、最も不健全性の少ない、明かるい作といえるのではないかと思う。
「黄金仮面」という題は、その後流行した「黄金何々」とか、「何々仮面」とかいう少年読みものの題名の先駆をつとめたわけだが、私にこの題名を教えてくれたのは、そのころ愛読したフランス作家マルセル・シュウォブの「黄金仮面の王」であった。

右で、乱歩はいわば「あけすけ」に「黄金仮面」というタイトルをマルセル・シュウォブ（一八六七〜一九〇五）の「黄金仮面の王」（「*Le Roi au Masque d'Or*」）から得たことを述べる。「黄金仮面の王」を収めたマルセル・シュウォブの短篇集『海外文学新選　吸血鬼』（新潮社、矢野目源一訳）が大正十三（一九二四）年に出版されている。これを底本にした盛林堂ミステリアス文庫『吸血鬼　マルセル・シュオブ作品集』（書肆盛林堂、二〇一三年十一月四日）も出版されている。さらにフランス世紀末文学叢書②『黄金仮面の王』（国書刊行会、一九八四年八月二十五日）によって読むこともできる。「黄金仮面の王」と「黄金仮面」とは「内容」にはかかわりがなく、タイトルだけを得たということと思われる。しかし、原作のもつ「イメージ」や「黄金仮面」という語から醸成される「イメージ」が乱歩に、作品を支えるはっきりとした「イメージ」を与えたのだろう。

◆「幽霊塔」

乱歩の「幽霊塔」は月刊誌『講談倶楽部』第二十七巻第三号（昭和十二年三月一日発行）から第二十八巻第五号（昭和十三年四月一日発行）まで十四回にわたって連載された後、単行本『幽霊塔』（新潮社、昭和十三年四月二十二日）として刊行された。単行本巻頭には次のように記されていた（引用は江戸川乱歩全集第十一巻『緑衣の鬼』光文社、二〇〇四年五月二十日、による）。

この物語は、早くから黒岩涙香の名訳が世に流布してゐるが、その文体、現代の読者には、やゝ縁遠いものがあるといふので、雑誌『講談倶楽部』の委嘱により、黒岩家の諒解を得て、同じ物語をわたし流に翻案したものである。

文学作品の「翻案」は〈他者の作った詩や文章をもとにして作りかえること〉であるので、黒岩涙香の『幽霊塔』を乱歩がつくりかえたということだ。黒岩涙香の『幽霊塔』は、アリス・ミュリエル・ウィリアムスン（一八六九〜一九三三）の「A Woman in Grey」（灰色の女）という作品をもとにしたもので、『萬朝報』に明治三十二（一八九九）年八月九日から翌三十三年の三月九日まで新聞小説として連載された。黒岩涙香の『幽霊塔』がすでに翻案小説であるので、乱歩の「幽霊塔」は翻案の翻案ということになる。乱歩は「涙香心酔」のくだりで次のように記している。

涙香では何を最初に読んだか記憶にないが、私が小学校に入ってから後は、母も涙香もの の話をやや詳しくしてくれるようになったであろうし、それの引きつづきで、いつとはなく自分で読むようになり、今度は近所の子供達を集めて、私が涙香小説の話をする番になっていた。それから、中学に入って間もなくだったと思う。近所の同年の親友が私より早く「巌窟王」と「噫無情」を読み、感激して君も読めと勧めてくれたことを覚えている。私はこの二つの大作をまだ読んでいなかったので、早速借り出して来たが、無論非常に面白かった。しかし、それよりも、もっと鮮かに私の記憶に残っているのは「幽霊塔」である。それを読んだ環境と結びついて、特別に印象が強かったのであろう。

中学一年の夏休み、母方の祖母が熱海温泉へ保養に行っていて、私を誘ってくれたので、私は父方の祖母といっしょに、生れて初めての長い旅をして、熱海へ出かけて行った。（略）

ある雨の日の退屈まぎれに、熱海にも数軒あった貸本屋の一軒から、菊判三冊本の「幽霊塔」を借り出して来て読みはじめたが、その怖さと面白さに憑かれたようになってしまって、雨がはれても海へ行くどころではなく、部屋に寝ころんだまま二日間、食事の時間も惜しんで読みふけった。そして、熱海から帰って来て、一番深く残っていた感銘は何かと考えて見ると、温泉でもなく、海でもなく、軽便鉄道でもなく、新鮮な魚類などではさらさらなく、熱海へ行かなくても読み得たであろう「幽霊塔」の、お話の世界の面白さであった。私は少年のころからすでに、現実の歓楽よりは、架空の世界に生甲斐を感じる性格であった。

（『探偵小説四十年』桃源社、昭和三十六年七月五日、二〜三頁）

図23は筆者が所持する涙香小史訳述『幽霊塔　前編』（扶桑堂、明治三十四年一月一日発行、同年十月十日再版）の表紙。「前編」とあるが、この本の巻末にある「扶桑堂書目」には「幽霊塔　前後続」とあるので、三冊本であることがわかる。書籍の「菊判」は縦二十一・八センチメートル、横十五・二センチメートル（七寸二分×五寸）であるが、筆者の所持本の大きさもそれに該当しているので、乱歩が読んだ「菊判三冊本」はこの扶桑堂版であろうか。『幽霊塔』（江戸川乱歩著、宮崎駿口絵、岩波書店、二〇一五年六月五日）が口絵の三頁に描いている黒岩涙香の『幽霊塔』も図23と同じ表紙である。図24は見返し頁であるが、「東京市牛込区／大坪貸本店／岩戸町　番地」という貸本屋印がおされている。

◆他者のテキストをめぐる回路

アリス・ミュリエル・ウィリアムスンの「A Woman in Grey」をもとにして黒岩涙香が『幽霊塔』を書く。その黒岩涙香の『幽霊塔』に（今風にいえば、インスパイアされて）江戸川乱歩が『幽霊塔』を書く。あるいはマルセル・シュウォブ（一八六七〜一九〇五）の「黄金仮面の王」（「*Le Roi au Masque d'Or*」）から「黄金仮面」というタイトルを得て、作品を書く。そしてそのことを公言する。こうしたことは、作品テキストという観点からすれば、「テキストの系譜」ということになるだろう。「乱歩のテキスト」ということでいえば、「乱歩のテキスト」に持ち込まれた「他者のテキスト」ということになる。
ここではごく一般的な表現として「探偵小説」という語を使うことにするが、「探偵小説」においては、「他者のテキスト」特に海外の作品との関連が比較的あからさまに公言されることがある。

図23　黒岩涙香『幽霊塔　前編』表紙

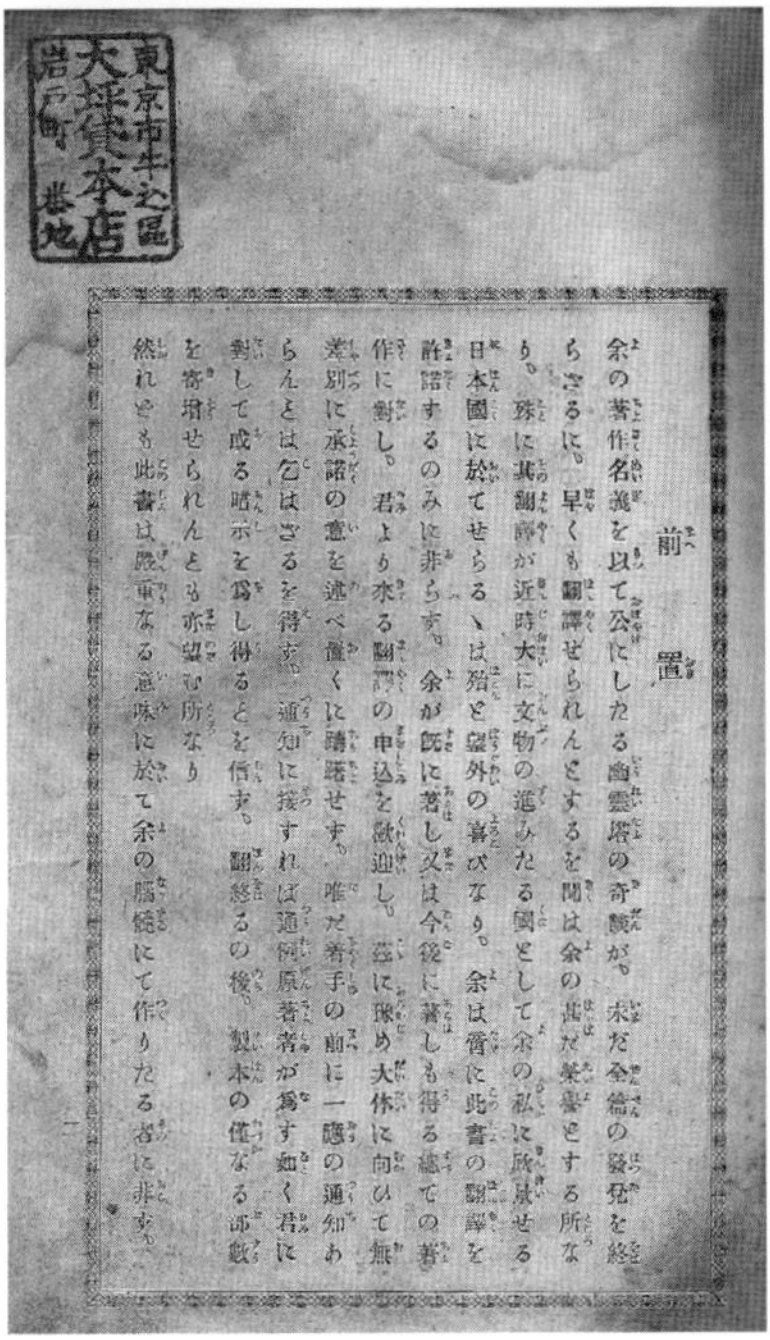

前置《まへおき》

余の著作名義を以て公にしたる幽霊塔の奇談が。未だ全篇の發兌を終らざるに。早くも翻譯せられんとするを聞は余の甚だ榮譽とする所なり。殊に其翻譯が近時大に文物の進みたる國として余の私に欣羨せる日本國に於てせらるゝは殆ど望外の喜びなり。余は嘗に此書の翻譯を許諾するのみに非らず。余が既に著し又は今後に著しも得る總ての著作に對し。君より來る翻譯の申込を歡迎し。茲に豫め大体に向ひて無差別に承諾の意を述べ置くに躊躇せず。唯だ著手の前に一應の通知あらんとは乞はざるを得ず。通知に接すれば通例原著者が爲す如く君に對して成る暗示を寫し得るとを信ず。翻終るの後。製本の僅なる部數を寄増せられんとも亦望む所なり
然れども此書は嚴重なる意味に於て余の腦髓にて作りたる者に非ず。

一

図24　黒岩涙香『幽霊塔　前編』貸本印

乱歩に関していえば、デビュー作とされる「二銭銅貨」において、すでに「俺は暗号文については、以前にちよつと研究したことがあるんだ。シャーロック・ホームズじやないが、百六十種くらいの暗号の書き方は俺だつて知つているんだ。(Dancing Men参照)」(春陽堂版全集9、二七一頁下段)、「これが英語か仏蘭西語か独逸語なら、ポーのGold bugにあるようにeを探しさえすれば訳《わけ》はないんだが、困つたことに、こいつは日本語に相違ないんだ」(同前、二七二頁下段)とあり、コナン・ドイルの『シャーロック・ホームズの帰還』(*The Return of Sherlock Holmes*)に収録されている「*The Adventure of the Dancing Men*」(踊る人形)及びエドガー・アラン・ポーの「The Gold-Bug」(黄金虫)に言及している。

「Dancing Men参照」という「参照指示」はこの作品を読むのなら、「Dancing Men」を読みなさい、ということともいえ、「他者のテキスト」の参照を促している。それはそういう読者に読んでほしいという乱歩の表明とみることもできる。また、作品が享受される「言語空間」を限定しているともいえ、そういうかたちで読者にはたらきかけるだろう。

◆外部への回路

『貼雑年譜』に初めての全集となった平凡社「江戸川乱歩全集」の広告が種々貼られている。その中で広告末尾に乱歩の字で「全国小売店宛」と書き込まれている「東京麴町/平凡社営業部」とある広告では「例のキングで評判の黄金仮面に扮装したチンドン屋が出る、飛行機のパラシウトから乱歩人形が全国至るところを飛ぶ、各書店の店頭にはありふれたポスターの代りに黄金仮面のお面つなぎがぶらさがある——とマア言つた風で限りなく風がはりの宣伝法が準備されてあります」と印刷されている。「飛行機のパラシウトから乱歩人形が全国至るところを飛ぶ」には傍線が引かれていて、余白に「コレハ困ルノデヤメタ」と書き込まれている。「実行シタ宣伝方法ノ主ナルモノ」と書かれた一枚には、チンドン屋の「行列ノ人数ニ皆「黄金仮面」挿絵ノ服装ヲサセタ」「金色ノ布デ造ツタ鍔広帽、同ジ金色マント、金ノ仮面ヲツケタ人々ガ、全集ノ文字ヲ染メタノボリヲ持チ、行人ニビラヤ次頁ニ貼リツケタ「ビツクリ広告」ナドヲ配ツテ歩イタノデアル。ソノ行列ガネリ歩イタノハ東京、大阪、名古屋ナドノ市中デアツタ」、「東京、大阪等ノ中心街ノビルデイングノ屋上カラ「江戸川乱歩全集全十二巻平凡社」ノ大モジノアド・バルーンヲアゲタ」、「セルロイド黄金仮面ノ発売」「玩具問屋トタイアツプシテ、黄金仮面ノ挿絵ニ摸シタセルロイド面（一ヶ十銭）ヲ子供ノオモチヤノ面トシテ発売サセ、東京市内外ノオモチヤ屋デハコレヲ売出シタ」、「市内大ビルデイングノ屋上カラ、軽イセルロイド面ヲ何百トナク空中ニ撒イタ。金色風ニ漂ヒ、行人争ツテコレヲ追フサマハ壮観デアツタトイフ」などとある。

これは具体的には平凡社の「江戸川乱歩全集」の販売促進のための方略であるが、ビルの屋上から（セルロイドの）黄金仮面を「何百トナク」撒くということ自体がいわば「乱歩的」であって、あたかも「黄金仮面」の中の一場面かのようだ。実際「黄金仮面」には子供たちが

「黄金仮面ごつこ」をする場面がある。

それから半月ほどのあいだ、ルパン一味の行方は杳《よう》として知れなかつた。したがつて怪盗をしたつて家出した大鳥不二子嬢の所在も、依然謎《なぞ》のままである。

しかも一方東京市中の子供達のあいだには、皮肉にも、奇妙な遊戯が流行していた。

「黄金仮面して遊ばない?」

子供達は、そんなふうにいつて、剣劇ごつこのかわりに黄金仮面ごつこを始めた。

いつとも知れず、おもちや屋の店頭に、張り子の黄金仮面がぶら下がるようになつた。子供らはそれを一枚ずつ買つて来て、てんでに怪盗黄金仮面に扮して、一種の鬼ごつこをやるのだ。

巷《ちまた》にちつぽけな黄金仮面が充満した。

どこへ行つても、不気味な金色のお面があつた。

この不思議な流行は、市民に名状しがたき不安をあたえた。夕暮の街頭で、一寸法師の黄金仮面に出あつて、ハッと息を呑むようなことがしばしばおこつた。

えたいの知れぬ恐怖が、尾に尾をつけてひろがつていつた。

(春陽堂版全集4・一二三頁下段)

つまり、「江戸川乱歩全集」を販売するための宣伝という実世界のことがらが、しらずしらずのうちに「乱歩の作品空間」と渾然一体化してくるような錯覚をもたらしている。

あるいは、『新青年』第十一巻第十二号（昭和五年九月一日発行）において、六人による連作の第一回として乱歩の「江川蘭子」が発表される。以下は横溝正史「絞首台」、甲賀三郎「波に躍る魔女」、大下宇陀児「砂丘の怪人」、夢野久作「悪魔以上」、森下雨村「天翔る魔女」と続く。乱歩の「江川蘭子」をタイトルとして単行本『江川蘭子』（博文館、昭和六年五月十二日）も刊行されるにいたる。この「江川蘭子」が発表されると、浅草のカジノ・フォリイに「江川蘭子」を名乗る踊り子（後のサトウ・ハチロウ夫人）があらわれたりするということは、大げさにいえば、乱歩の作品テキストが外部の実世界にはたらきかけているということになる。その「はたらきかけ」を仮に、外部への「回路」と呼ぶことにしよう。


一方、先に述べた「テキストの系譜」は「他者のテキスト」から「乱歩のテキスト」につながる「回路」で、乱歩が自身で「乱歩のテキスト」内に書き込んだ他者の作品名や他者の作品の登場人物名は、（読者が）「乱歩のテキスト」から「他者のテキスト」へとおもむくための「回路」とみることができる。この場合の「回路」は他者の作品名、他者の作品の登場人物名といった「固有名詞」がその入口となっているといえよう。

海外を含めて、探偵小説が成り立っている「探偵小説の言語空間」を想定した時に、「他者のテキスト」と「乱歩のテキスト」は行き来可能な「回路」を形成しながら、その「探偵小説の言語空間」にあり、「乱歩のテキスト」が読者の「イメージ」に強く働きかけることによって、「乱歩の作品」は「外部の実世界」とも「回路」を形成するというように、「乱歩の作品」は「二重の回路」をもっているといえるのではないか。本章では、「二重の回路」を視野に入れながら、「乱歩のテキスト」に書き込まれている固有名詞に注目してみたい。

「黄金仮面」に書き込まれた固有名詞

1　その年、四月一日から五ヶ月にわたつて、上野公園に十年来の大博覧会が開かれた。東京都主催の産業博覧会であつたが、その規模は全国的のもので、諸外国出品のために、広大な一館を設けたほどである。

呼び物はいろいろあつたが、建造物《けんぞうぶつ》では、山内《さんない》両大師の前にそびえた「産業塔」と名づける百五十尺の高塔（以下略）

（春陽堂版全集4・四頁上段）

2　おそらく警察はじまつて以来の大椿事《だいちんじ》だ。場所が東京のまん中だけに、先年の鬼熊事件の比ではない。

（同十六頁上段）

3　鷲尾氏の先祖は北国大藩の大名華族、本邸は東京にあるのだけれど、当主正俊氏は日光山中C湖畔の別邸を好んで、ほとんど一年中そこに住み、同氏の有名な道楽、古美術品を納めた小美術館も、この別邸内に建てたほどである。（同二十二頁上段）

4「エエ、しかし、おそらくシャーロック・ホームズだつて、僕と同じ失策をやつたでしよう。なぜといつて、昨夜、ほとんどあり得ないことがおこつたのです。（同三十三頁上段）

5　またある時は、上野の帝室博物館で、場内の掃除女が気絶した騒ぎさえ持ちあがつた。（同五十五頁上段）

6　だが、それだけなればまだしも、もつといけないことは、ある日大鳥氏が用事があつて土蔵へはいつて見ると、数日前までたしかにあつた、家宝「紫式部日記絵巻」を納めた箱が紛失していることに気づいた。（同五十八頁上段）

7　その夜ふけ、戸山ガ原の例の怪屋の地下室に、いとも奇怪なる、金色《こんじき》の媾曳《あいびき》がおこなわれた。（同七十一頁下段）

8 「ちくしようめ、日本人を、あのモロッコの蛮族同様に心得ているんだな」
彼が謎のような言葉をはくのは、これで二度目だ。一度は不二子に、「フランス語ができますか」一度は今の「モロッコの蛮族」だ。両方とも犯罪事件にどんなつながりがあるのか、少しも見当がつかぬけれど、むろん黄金仮面の正体に関する言葉に相違ない。

(同八十二頁下段)

9 その翌日、日比谷公園の大車道に、一台の自動車が捨ててあつた。番号によつて、それが昨夜明智のやとつた車であることがわかつた。
(同八十四頁下段)

10 開化アパートの前は、電車通りとはいえ、一方川に面したいたつて淋しい場所だが、午後十時ごろには、まだかなりの通行者があつたはずである。犯人はいかにして、通行者の目をくらまして、この兇行を演じ得たかが、非常な疑問とされているが、当時アパートの前を徒歩で通りかかつたという同区S町○○番地大工職Dの申したてによると、ちようどその瞬間にはチラホラ徒歩の通行人があつたばかりで、電車も自動車も見えなかつたが、そこへ水道橋の方角から、一台の自動車が、非常な速力で走つて来て、見るみるアパートの向こう横町へ曲つて行つた。
(同八十九頁上段)

11　捜査課の係長波越警部は、「蜘蛛男」以来無二の親友でもあり、唯一の相談相手でもあつた民間の智恵袋をうしなつて、非常な失望を感じ、その加害者である黄金仮面に対しては、職務以上の憤激をおぼえた。（同九十頁上段）

12「いみじくも考案なさいましたね。伯爵。これはエドガア・ポオの『赤き死の仮面』ではございませんか」
英国大使館の一等書記官のB氏が、流暢なフランス語で、伯爵におもねるようにささやいた。（同九十五頁下段）

13　そのルージェール伯と、西洋悪魔《メフィストフェレス》と、接待係の変装をした波越警部とが、奥の黒びろうどの部屋へと、雁行して走つた。（同九十九頁下段）

14「アルセーヌ・ルパンは、こんな男じゃありません」

悪魔は警部の言葉におかまいなく、とつぜん妙なことをいつて、倒れている犯人を指さした。

「アルセーヌ・ルパンだつて？　ルパンがどうしたのです」

警部は、こいつ、有名なフランスの紳士盗賊の幻《まぼろし》に悩まされている気ちがいではないかと疑つた。

（同一〇二頁下段）

15 アア、この驚倒すべき事実！　フランスの紳士盗賊、一代の俠盗、アルセーヌ・ルパンの名を知らぬ人はあるまい。その大盗賊王ルパンが、日本の東京に現われたという＊だ。明智は気が違つたのではないか。白昼の夢を見ているのではないか。あまりといえば信じがたき事実である。（＊は「の」脱か）

（同一〇四頁上段）


16「手紙のようだが、それはどこから来たのかね」

「パリからです」

「フン、パリの何人《なんぴと》から？」

「お聞き及びでしょうと存じますが、元パリ警視庁刑事部長のエベール君からです」

「エベール？」

「そうです。ルパンが関係した、二つの最も重大な犯罪事件、ルドルフ・スケルバッハ陰謀事件と、コスモ・モーニングトン遺産相続事件で、ルパンと一騎打ちをした、勇敢な警察官として、よく知られている男です。当時の警視総監デマリオン氏の片腕となつて働いた男です」


（同一〇七頁下段）

17 警視総監も、波越警部も、いうべき言葉を知らなかつた。黄金仮面は稀代《きたい》の怪賊であつたばかりではない。西洋の天一坊なのだ。

（同一〇八頁下段）

18「大鳥不二子さんは、なぜ恐ろしい黄金仮面に恋をしたか。それは彼がアルセーヌ・ルパンだからです。あのけだかい令嬢が、もし盗賊に恋をするとしたら、世界中に、ルパン一人しかありません。ルパンはどんな女性をも惹きつける恐ろしい魔力を持つているのです」

「ルパンがそれを聞いたら、さぞかし光栄に思いましよう。しかし、わしにはなんの関係もないことです」

「鷲尾家の如来像がにせ物と変つていました。そのにせ物の像の裏にA・Lの記号が記してありました。日本人にLの頭字を持つた人名はありません。アルセーヌ・ルパンでなくて誰でしよう。

（同一〇九頁下段）

19「それを褒められては、汗顔《かんがん》だ。あれは君、シャーロック・ホームズの用いた古い手なんだぜ。蠟人形さ。蠟人形とわかつてはなんにもならぬから、撃たれるとすぐ、僕は死骸を隠してしまつたのさ。

（同一一一頁上段）

20「俺はかつてモロッコ人を三人、一時に射ころしたことがある」
「ちくしょうッ」明智は憤激した。「君にして、白色人種の偏見を持っているのか。じつをいうと僕は、君を普通の犯罪者とは考えていなかった。日本にも昔から義賊というものがある。僕は君をその義賊として、いささかの敬意を払っていた。だが、今日ただ今、それを取りけす。残るところは、ただ唾棄《だき》すべき盗賊《とうぞく》としての軽蔑《けいべつ》ばかりだ」
(同一一一頁上段)

21　この大奇怪事に当時のパリー警視庁はひどく悩まされたものだが、それがやっぱり二重の部屋のエレベーターじかけであった。兇賊ファントマの世にもおどろくべき創案だ。抜け目のないルパンは、この大先輩の考案を日ごろ研究していたに相違ない。
(同一二二頁下段)

22「あいつはエレベーターの上に軽気球をつけて、屋根を打ちぬいて逃亡するというような、突飛千万な幻想をいだく奴ですからね。昔ジェルボア氏事件では、同僚のガニマール老探偵が、この手でひどい目に会ったことがあります」
(同一二三頁上段)

23「エ、なんですつて？　法隆寺？　ではその国宝というのは……」

検事のE氏がびつくりして聞きかえした。

明智はなぜかあたりを見まわし、ささやき声になつて答えた。

「金堂《こんどう》に安置してある、玉虫《たまむし》の厨子《ずし》です」　(同一三七頁下段)

24
白き巨人は、白いステッキを打ちふり打ちふり銀座の電車道を横切つてそこの大百貨店にはいつて行く。

「へんだぜ、あいつ尾行を悟つたのじやないかしら。のんきらしく百貨店なんかへはいるのは」

「感づいたにしても、尾行をやめるわけにはゆかぬ。どこまでも執念深《しゆうねんぶか》くつきまとつて、あいつの隠れがをつきとめなきや」

波越警部は異様に熱心だ。明智の方は、うんざりした体で、「オヤオヤ」といわぬばかりである。

巨人はエレベーターで屋上庭園にのぼつた。尾行者達も同じエレベーターの片隅に小さくなつて、獲物から目を離さなかつた。屋上庭園には、おびただしい群集が、空を見あげて、何かを待つていた。　(同一四四頁上段)

25
フランス人は恐ろしい国民だね。シャプランを生み、ルパンを生み」(同一四四頁下段)

26　一時間も引つぱりまわされて、やつと日比谷公園と縁が切れた。今度こそ隠れ所かと意気ごんでついて行くと、大男はつい公園の前の帝国ホテルへ姿を消してしまつた。

（同一四六頁上段）

27　なんともいえぬ焦燥《しょうそう》のうちに、また一日がたつて、その翌日の夕方、やつと明智のありかがわかつた。しかも今度は彼の方から、警視庁へ長距離電話をかけて来たのだ。電話は横浜の少し向こうの神奈川県O町からであつた。

（同一四八頁下段）

28「君はこの大仏のことを云つていたのかい」

波越氏はびつくりして尋ねた。丘の中央に奈良の大仏よりも大きいので有名な、O町名物のコンクリートの大仏様が安置してある。

（同一五〇頁上段）

29「ウン、これが『うつろの針』なんだ。君は聞いたことがあるだろう。奴《やつ》が奴の本国で、『うつろの針』と呼ばれた奇岩の内部に、巧妙な隠れ所を作つていたことを」

明智が説明した。

「うつろの針！　エトルタの有名なうつろ岩のことだね、ルパンの美術館といわれた」

（同一五〇頁下段）

30　O町のコンクリト仏が選ばれたのは、東京から近いばかりでなく、鎌倉の大仏などのように礼拝所として胎内を開放したものでなく、隠れがとして最も適当であつたからに相違ない。

（同一五一頁下段）

31　翌十八日はフランス飛行家シャプラン青年の世界一周機が、郊外S飛行場を出発して、いわゆる飛石伝《とびいしづた》いの航路で太平洋を横断するために飛び立つ当日であつた。

（同一五九頁下段）

「江戸川乱歩全集」と銘打たれたシリーズは少なくないが、註が附されているものは案外と少ない。そうした中で、光文社文庫版の「江戸川乱歩全集」と春陽堂文庫版の「江戸川乱歩文庫」には註が附されている。右では1〜31まで固有名詞を抜き出しているが、これらのうちで、光文社文庫版と春陽堂文庫版とで註が附されているものについてはそれにふれながら、幾つかについて話題にしたい。

◆〝産業博覧会〟

1については、光文社文庫版が「政府は殖産興業を目的に、第一回内国勧業博覧会を明治十年八月に上野で開いた。以後、上野ではたびたび博覧会が開催されているが、作中の「産業塔」と同じ高さ百五十尺の「万歳塔」が建てられ、木造二階建ての「演芸館」もあったことから、昭和三年の春に行われた御大礼記念国産新興東京博覧会がモデルと思われる」と注記している。

右で述べられているように明治十年八月に上野で開かれたのは「内国勧業博覧会」で、この「内国勧業博覧会」は明治十四年、明治二十三年にやはり上野で開かれ、明治二十八年には京都、明治三十六年には大阪で開かれている。明治四十年にはやはり上野公園で、東京勧業博覧会、大正三年には東京大正博覧会、大正六年には奠都五十年記念博覧会、同年に上野池之端で化学工業博覧会、大正七年には電気博覧会、同年に上野池之端で婦人子供博覧会、大正八年にはやはり上野池之端で平和記念家庭博覧会、大正十一年には平和記念東京博覧会、大正十四年には平和紀念東京博覧会、同年上野池之端で畜産工芸博覧会、大正十五年にこども博覧会が開かれるが、「産業博覧会」という名称ではない。

「産業博覧会」という名称の博覧会は、「黄金仮面」が発表される昭和五年九月以前開催のものとしては、昭和三（一九二八）年四月十五日から六月三日まで宮城県仙台市で開かれた「東北産業博覧会」、同年三月二十日から五月十日まで香川県高松市玉藻城内で開かれた「全国産業博覧会」がある。昭和三年の春に開催された「御大礼記念国産新興東京博覧会」は、名称は異なるが、光文社文庫版の註に述べられているように、「内実」には重なり合いがある。この博覧会は、昭和天皇の即位の大礼を記念して、国産品の振興のために開催されており、あるいはこの名称をそのまま作品で使うことを避け、同年に地方都市で開かれていた「産業博覧会」を一般的な名称として使用したのだろうか。

◆〝鬼熊事件〟

2「鬼熊事件」は光文社文庫版、春陽堂版ともに施註している。前者には「荷馬車引きをしていた鬼熊こと岩淵熊次郎《いわぶちくまじろう》が、大正十五年八月、小料理屋の酌婦吉沢《よしざわ》けいに騙《だま》されたのを怒って、吉沢とその情夫の小料理屋主人を殺し、刑事を負傷させて山に逃げ込んだ。結局、四十日間の逃亡の末、岩淵は自殺した。同年十月三日、東京毎夕新聞に、乱歩、横溝正史、甲賀三郎《こうがさぶろう》らによる「熊公合評会」が掲載されている」とあり、後者には「大正十五年に起きた殺人事件。岩淵熊次郎が愛人などを殺し、自殺した。新聞で全国的な話題となった」とある。「鬼熊（事件）」のような（ひろい意味合いでの）固有名詞が現代人にはすぐにはわからない。一方、「黄金仮面」の発表当時の読者の多くは知っている実世界における事件で、それがさりげなく作品に書き込まれることによって、作品と実世界とがつながれることになる。「鬼熊事件」を知らないと「黄金仮面」が読めないということはもちろんない。しかし、作品と実世界とをつなぐために書き込まれているのだから、やはり知っているほうがよい。それゆえ施註されているとみることもできる。

◆実在する地名

7「戸山ガ原」9・26「日比谷公園」10「水道橋」24「銀座」27「神奈川県O町」は、27以外は実際の地名で、これも作品と実世界とをつなぐ「回路」となる。冨田均は『乱歩「東京地図」』(作品社、一九九七年)において「戸山ヶ原」を「新宿駅脇《わき》の大ガート西から大久保駅の西にある「ホテル海洋」の更に西側を北上して早稲田通りの小滝橋《おたきばし》へ達する小滝橋通りと、有名な明治通りとに挟まれた、地図で見ると不思議に四角い形をした地域の話。ひと言で言えば、高田馬場駅と新大久保駅間を走るJR山手線の両側のことだ」(一九四頁)と説明しており、これも実世界の地名ということになる。「戸山ガ原の例の怪屋」は後に正体がわかる「黄金仮面」「アルセーヌ・ルパン」のいわば隠れ家として設定されている「古い洋館」である。

同じように表現されている「西洋館」が乱歩の作品にある。引用は『怪人二十面相』(大日本雄弁会講談社、昭和十一年十二月二十九日発行)の復刻版(講談社、昭和四十五年六月二十八日)を使用し、振仮名を省いた。

車の止つた所は、戸山ケ原の入口でした。老人はそこで車を降りて、真暗な原つぱをよぼく〳〵と歩いて行きます。さては、賊の巣窟は戸山ケ原にあつたのです。

原つぱの一方のはづれ、こんもりとした杉林の中に、ポツツリと、一軒の古い西洋館が建つてゐます。荒れ果てて住手もないやうな建物です。老人はその洋館の戸口を、トン〳〵と三つ叩いて、少し間を置いて、トン〳〵と二つ叩きました。（六十三頁）

窓の外、広つぱの遙か向かふに、東京にたつた一箇所しかない、際立つて特徴のある建物が見えたのです。東京の読者諸君は、戸山ケ原にある、陸軍の射撃場を御存じでせう。あの大人国の蒲鉾を並べたやうな、コンクリートの大射撃場です。実にお誂へむきの目印ではありませんか。（八十二頁）

「老人」は「二十面相」の変装ということになっている。つまり、昭和五年に発表された「黄金仮面」において登場人物「アルセーヌ・ルパン」の「隠れ家」として設定されているのは「戸山ガ原」の「古い洋館」で、昭和十一年に発表された「怪人二十面相」において登場人物「二十面相」の「巣窟」として設定されているのも「戸山ケ原」の「古い西洋館」ということになる。登場人物の隠れ家は重要であろうから、その隠れ家として設定されているのがともに「戸山ヶ原の古い（西）洋館」であることは興味深い。やはり「洋館」は乱歩に特別な「イメージ」を喚起させるのであろう。

右は、もってまわった表現だったかもしれない。「黄金仮面＝アルセーヌ・ルパンが隠れ家にしていた戸山ヶ原の古い洋館を、六年後に二十面相も隠れ家にした」と表現したほうがおもしろそうだ。それでいいともいえよう。乱歩の作品全体を「乱歩の作品空間」とみることはできる。しかしその「作品空間」が言語で構築されていることからすれば、「作品空間」は言語に即して丁寧に読み解きたい。「言語に即して」は言語のルールに従って、ということでもある。そう考えた場合、「六年」は「黄金仮面」の発表と「怪人二十面相」の発表がそれだけ間をおいているということである。黄金仮面もアルセーヌ・ルパンも二十面相も作品内に設定されている登場人物であるので、実世界の戸山ヶ原の「洋館」に住むことはできない。当たり前のことである。また実世界の戸山ヶ原に洋館があったかどうか。少なくとも冨田均『乱歩「東京地図」』はそうした指摘をしていない。「洋館」は乱歩が持ち込んだものである可能性がたかい。乱歩側からいえば、「黄金仮面や二十面相の隠れ家は洋館でなければならない」ということだろう。

最後に24について。「銀座の電車道を横切」って「大百貨店」に入り、「エレベーターで屋上庭園にのぼ」る。明治四十（一九〇七）年に三越日本橋本店に屋上遊園地が開園しており、これが日本初の屋上庭園と目されている。一方、「帝国博品館勧工場」が博品館として創業を開始したのが明治三十二（一八九九）年で、大正十（一九二一）年には四階建てのビルに改築され、銀座の商店で初めてエレベーターを設置したが、昭和五年には廃業している。つまりエレベーターがあったのは博品館で、「屋上庭園」があったのは日本橋三越ということで、ここでも

「イメージの複合」が行なわれているようにみえる。

◆〝神奈川県O町〟

27・28・30は「横浜の少し向こうの神奈川県O町」である。春陽堂文庫版は註を施していないが、光文社文庫版には「神奈川県O町」を「現在の大船市のことだろう。大仏があるのは隣りの鎌倉市だが、いま、大船市の丘には巨大な観音像がそびえている」と説明している。まず、「大船市」という市は存在しない。なぜそのような註を施しているのかわからないが、明らかな誤りといってよい。小坂村が大船町へ改称したのは、昭和八（一九三三）年で、昭和二十三（一九四八）年に大船町は鎌倉市へ編入されている。したがって、「黄金仮面」が発表された昭和五年の時点では大船町はなかった。

「黄金仮面」は「コンクリートの大仏の内部」を「極秘の倉庫として、また住宅として使用」している。作品「黄金仮面」中でも「ルパンの倉庫」という表現が使われており、29には「うつろの針」とあるが、一九〇九年に発表された、モーリス・ルブランのアルセーヌ・ルパンシリーズの一篇である『*L'Aiguille creuse*』（「奇巌城／奇岩城」）（直訳すると「空洞の針」「うつろの針」）が作品に重ね合わされている。『*L'Aiguille creuse*』において、「ルパン」のライバル「エルロック・ショルメ（*Herlock Sholmès*）」（HとSとを入れかえるとシャーロック・ホームズになる）によって、「*L'Aiguille creuse*」を追われることになる。

「コンクリートの大仏」は「まっ二つに裂けて、火山のように火をふいたのだ。小座敷ほどもある大仏様の首がチョンぎれて、空高く舞いあがつたのだ。丘を取りまく林の梢が、まっ赤にかがやいて、空からコンクリートの破片が雹《ひょう》のように降りそそいだのだ」（春陽堂版一五六頁下段）と描かれている。実際に大船にあるのは観音様で、大仏は鎌倉市にある。筆者の実家は北鎌倉にあるので、鎌倉の大仏も大船の観音様も遠足で訪れた記憶がある。地元では大船の観音様と呼ぶことが多い。

乱歩はひろく知られている鎌倉の大仏を吹き飛ばす描写を回避して、地名を架空の「O町」にし、吹き飛ばす「大仏」の「イメージ」は大船の観音様に重ねたということではないだろうか。実在の大船の観音様と鎌倉の大仏とを組み合わせたのではないか。そしてそうであれば、「そういうことはある」と思っておく必要がある。

作品に「神奈川県O町」とあれば、神奈川県にOから始まる町はないかと探すのは自然であるし、いわば「人情」であるが、いつもそれが実世界と結びつくとは限らない。作品がフィクションであれば、それは当然であるが、「書き手」は作品を「作り話」と思われないような「仕掛け」を書き込む。そのもっとも素朴なものが実世界にある固有名詞の書き込みであろう。

アルファベット一字に置き換えられて表示されている地名は、実世界の地名をそのように表示しているのではなく、そのように表示することによって「乱歩の「イメージ」の中にのみ存在する架空の地名」であることを示しているのではないか。「鎌倉の大仏」と表現しながら、

「O町名物のコンクリート大仏」はなぜ「O町」なのか。それは「O町」が実世界の大船ではないからだ。実世界に「大船町」は「黄金仮面」が書かれた時点では存在していなかった。だからこそ大船ではなく、「O町」としたのではないか。コナン・ドイルの作品において「シャーロック・ホームズ」は「ベーカー街221b」に住んでいることになっている。「ベーカー街」は存在していても「ベーカー街221b」は存在しない。作品の登場人物が「非在の町」に住んでいることはむしろ自然であろう。

◆「黄金仮面」におけるルパン世界

「黄金仮面」については、乱歩自身が「この小説でアルセーヌ・リュパンを出すことは最初から考へていた。丁度モーリス・ルブランが彼の小説中にドイルのシャーロック・ホームズを引ぱり出して、リュパンと対抗せしめた様に私もフランスの侠盗アルセーヌ・リュパンを日本の東京へ引っぱって来て、我が明智小五郎と戦はせて見たいと思ったのだ」(『江戸川乱歩全集』第十巻〔平凡社、昭和六年九月十日〕所収「「黄金仮面」エスペラント訳出版に際して」)と述べており、積極的にモーリス・ルブランの「ルパン世界」を作品にとりこんだことがわかる。そうなると、「読み手」は「ルパン世界」に通暁している必要がある。そうでない「読み手」のために、註が必要になる。「ルパン世界」にかかわるのは、8・14・15・16・18・20・21・22・25・29であるが、光文社文庫版は16の「ルドルフ・スケルバッハ陰謀事件」と「コスモ・モーニングトン遺産相続事件」、20「俺はかつてモロッコ人を三人、一時に射ころしたことがある」、22「ジェルボア氏事件」に註を附している。春陽堂文庫版が註を付けているのは22の「ジェルボア氏事件」のみ。「事件」がそれぞれ、光文社文庫版が指摘するように、ルパンシリーズの「813」「虎の牙」「金髪婦人」のことであるとすれば、（これらの作品を読んでいなければ「黄金仮面」を読めないということはもちろんないが）これらの作品を読んでいる読者は、「ルパン世界」と重ね合わせながら「黄金仮面」を読むことができる。そして、乱歩もそうした読者を（読者のすべてということではないにしても）想定していた。

◆「黄金仮面」におけるホームズ世界

一方、19は光文社文庫版が「ドイルのホームズ・シリーズの一つ「空家の冒険」（一九〇三）で、ホームズが自分の蠟人形を窓辺において、暗殺を企てたモラン大佐をおびき寄せたことを指す」（六四三頁上段）と施註するように、シャーロック・ホームズシリーズを読んでいる人であれば、すぐに『シャーロック・ホームズの帰還』に収められた「*The Adventure of the Empty House*」（空き家の冒険・空家の怪事件）のやりかたを重ね合わせたものであることがわかる。「黄金仮面」は「ルパン世界」だけでなく「ホームズ世界」ともつながりをもつ。

◆〝開化アパート〟

固有名詞ではないので、右では採りあげなかったが、「黄金仮面」には次のようなくだりがある。あわせて、昭和五年七月から雑誌連載が始まった「魔術師」、昭和五年九月から新聞連載が始まった「吸血鬼」をあげてみよう。

［黄金仮面］

それは、どんより曇つた、へんにむしむしする、なんとなくおさえつけられるような夕方であつたが、明智の部屋借りをしている、お茶の水の開化アパートの一室へ、妙な客が訪ねて来た。

我々の主人公明智小五郎の住居について記すのは、これが初めてだから、少々説明しなければなるまい。彼は「蜘蛛男」の事件を解決してまもなく、不経済なホテル住居をよして、ここのアパートへ移つたのだが、独身者の彼には、一家をかまえるよりも、この方が気楽であり便利でもあつた。借りているのは表に面した二階の二部屋で、一方は七坪ほどの手広い客間兼書斎、一方は小じんまりした寝室になつている。

（春陽堂版全集4・五十五頁下段）

［魔術師］

我々の素人探偵明智小五郎は、近頃借りうけた、お茶の水の「開化アパート」の新しい住居《すまい》で物思いに耽《ふけ》つていた。（略）

借りうけているのは、表に面した二階の三室で、客間、書斎、寝室と分れているのだが、彼は今その書斎の、大きな安楽椅子に、グッタリと身を沈めて、彼の好きな「フィガロ」という珍らしい紙巻煙草を、しきりと灰にしていた。

作者は七年ほど前に、「D坂の殺人事件」という物語で、書生時代の明智を読者に紹介したことがある。当時彼は煙草屋か何かの二階借りをしていて、その四畳半の狭い部屋に、書物の山を築き、書物に埋《うず》まつて寝起きしていたのだが彼の書物ずきは今でも変らず、「開化アパート」の書斎にも、外遊の間、友人に預けておいた蔵書を取りよせ、四方の壁を隙間《すきま》もなく棚にして、内外雑多の書籍を、ビッシリ並べている。

（春陽堂版全集3・九十九頁上段）

◎開化アパートの書斎へ警部がはいつて行つた時、明智は机の上に大型の書物を開《ひら》いて、読み入つていた。グロースの犯罪心理学だ。

（同一三八頁上段）

［吸血鬼］

◎お茶の水の「開化アパート」をたずねた。そこに有名な素人探偵《しろうとたんてい》、明智小五郎《あけちこごろう》が住んで

いたのだ。（略）

素人《しろうと》探偵明智小五郎は「開化アパート」の二階表側の三室を借り受け、そこを住居なり事務所なりにしていた。

（春陽堂版全集6・四十八頁下段）

◎品川湾《しながわわん》の活劇《かつげき》があった翌々日、恒川警部が、明智小五郎の病室を見舞った。

病室といっても、彼の事務所と住宅をかねた、開化アパートの寝室である。肩の打撲《だぼく》傷《しょう》のため、一時はひどい発熱をみたけれど、もう熱もとれ、傷のいたみがのこっているばかりで、ほとんど元気を回復《かいふく》していた。

（同一一四頁上段）

光文社文庫版は「開化アパート」に次のような「註釈」を付けている。

大正十四年に完成した、耐震耐火のＲＣ造のお茶の水アパートがモデルか。地下には車庫、洗濯場があり、一階には店舗、社交室、大食堂などがあった。部屋は洋室でベッド、電話、マントルピースなどが備え付けられていた。のちに日本学生会館となる。

（六四〇頁下段）

『江戸川乱歩小説キーワード辞典』（東京書籍、二〇〇七年七月二十五日）は「開化アパート」を見出しとし、次のように説明しており、光文社文庫版の「註釈」と重なり合いがある。

お茶の水にあった明智小五郎が借りた住まい。表に面した二階の三室で、客間、書斎、寝室と分かれていた。電車通りに面し、反対側は川に面していた［魔術師］とあるが、一方、借りているのは表に面した二階の二部屋、一方は七坪ほどの手広い客間兼書斎、一方は小ぢんまりした寝室になっている［黄金仮面］との記述や、お茶の水にあり二階表側の三室を借りた［吸血鬼］という記述もあって部屋の詳細は判然としない。大正十四年に完成した耐震耐火のRC造お茶の水アパートがモデルとおもわれる。地下には車庫、洗濯場があり、一階には店舗、社交室、大食堂などがあった。部屋は洋室でベッド、電話、マントルピースなどが備え付けられていた。のちに日本学生会館となったが、昭和六十一年にとりこわされた。

◆〝麴町アパート〟

［兇器］

◎ここは明智が借りているフラットの客間であった。麴町釆女町《うねめ》に東京唯一の西洋風な「麴町アパート」が建つたとき、明智はその二階の一区画を借りて、事務所兼住宅にした。アパートは帝国ホテルに似た外観の建築で、三階建てであつた。明智の借りた一区画には広い客間と、書斎と、寝室とのほかに、浴槽《よくそう》のある化粧室と、小さな台所がついていた。

食堂を書斎に変えてしまったので、客と食事するときは近くのレストランを使うことにしていた。

明智夫人は胸を患らつて、長いあいだ高原療養所にはいつているので、彼は独身同然であつた。身のまわりのことや食事の世話は、少年助手の小林芳雄一人で取りしきつていた。手広いフラットに二人きりの暮らしであつた。食事といつても、近くのレストランから運んで来たのを並べたり、パンを焼いたり、お茶をいれたりするだけで、少年の手におえぬことではない。

（春陽堂版全集12・二七六頁上段）


光文社文庫版は「兇器」が収められている第十七巻の「註釈」で「采女町」及び「麴町アパート」について次のように施註している。


「采女町」　采女町は明治二年から昭和六年の町名。明治十一年に京橋区に所属、昭和六年木挽町《こびきちょう》五丁目に編入。現行の中央区銀座五丁目のうち。麴町（千代田区）にある采女町というのは、これも架空の地名か。

「麴町アパート」「東京唯一の西洋風な」とあるから、場所は違うが戦後の高級アパートのはしりである東急代官山アパートをモデルにしたと思われる。『黄金豹』（昭和三十一。本全集第19巻）に「千代田区に新らしくたった」この高級アパートに一年ほどまえから移っていたという記述と一致するが、そこではなぜか四階建てであり、『妖人ゴング』（昭和三十二。本全集第20巻）では、「浴室や、炊事場をべつにして、五間も」明智は借りていると拡張されたものだ。

（六四〇頁上段）

また、「兇器」が収められている光文社文庫第十七巻には「鉄塔の怪人」が収められているが、作品冒頭の「明智探偵の少年助手、小林芳雄《よしお》君は、ある夕方、先生のおつかいに出た帰り道、麹町の探偵事務所のちかくの、さびしい町を歩いていました」（十一頁）の「麹町」に施註して「麻布区龍土町《りゅうどちょう》（戦後は港区）から、戦後の明智小五郎は千代田区に転居したらしいが、ここで初めて町名が明かされた。この明智事務所には「がんどう返し」があったり（昭和二十六『透明怪人』）、本作（引用者補：「鉄塔の怪人」のこと）であとに深さ四メートルもの落とし穴が掘られているとあるのだから、明らかに一戸建てで、171ページに出て来る麹町アパートではありえない。麹町アパートの所在には疑問があるが、ともかく麹町の一戸建てから、おそらくは文代《ふみよ》夫人の転地療養を機に麹町アパートに転居したと考えるべきであろう」（六三六頁上段）と述べる。

「鉄塔の怪人」も「兇器」も昭和二十九年に発表されている。しかし、だからといって、前者で述べられている「麹町の探偵事務所」と後者で述べられている「麹町アパート」とが同じ設定になっていなければならないということはまったくないのではないか。光文社文庫版の註は後者の「麴町アパート」を「東急代官山アパートをモデルにしたと思われる」と述べている。そう推測するにあたっては、「麴町」は考慮外にしているわけで、ある場合には、同じように「麴町」に設定されているから同じ事務所であるはずだという前提をたて、しかし「落とし穴が掘られている」のだから「麴町アパートではありえない」「疑問がある」と述べる。作品ごとに乱歩の設定が変わっていてはなぜいけないのだろうか。右のような「註釈」を乱歩がみたら、「それだけ作品が一貫してリアルに受け止められているのだ」と喜ぶのではないか。すでに読者は「乱歩世界」に迷い込んでいるようにみえる。

「黄金仮面」に話を戻せば、11において乱歩は自身の作品である「蜘蛛男」をひきあいにだし、自身の既発表作品を重ね合わせる。そのことによって、読者は右で述べたような乱歩作品の一貫した読みを無意識のうちにするようになる。そしてそれは、コナン・ドイルの「シャーロック・ホームズ」シリーズ、モーリス・ルブランの「ルパン」シリーズ以来の「手法」であり、それを「明智小五郎」シリーズとして踏襲した乱歩にとっては当然の「手法」であったのだろう。

本章は固有名詞に着目して乱歩作品を読んでみた。それが実世界に実在するものか、非在のものかを問わず、固有名詞が実世界と作品世界とをつなぐ「回路」として機能し、読者がしらずしらずのうちに「乱歩世界」に導かれていく「しかけ」となっていることがわかった。次章では、固有名詞ではない語に注目して乱歩作品をよんでみたい。

第五章

キーワードでよむ乱歩

『太陽』三九六号（平凡社、一九九四年六月十二日）は「特集江戸川乱歩」を謳う。「怪人乱歩二十の仮面」という章では、もちろん乱歩作品の登場人物である「二十面相」にかけてのものであろうが、二十の観点が掲げられ、それに基づいて乱歩作品が論じられている。観点と執筆者を掲げてみよう。

窃視症　荒俣宏
洞窟・迷宮　高橋克彦
ユートピア　団鬼六
人形愛　谷川渥
胎内願望　建石修志
暗号　高山宏
レンズ嗜好症　赤瀬川原平
サド・マゾ　鹿島茂
コスチューム・プレイ　種村季弘
洋館　久世光彦
喫茶店　海野弘
フェティシズム　佐野史郎

群集　柏木博
月遊病的気分　林海象
屍体　石内都
探偵　都筑道夫
隠れ蓑願望　堀切直人
蜃気楼　北川健次
少年　須永朝彦
見世物趣味　木下直之

「キッサテン（喫茶店）」や「グンシュウ（群集）」「ショウネン（少年）」は現代の日常的な言語生活においてもごく一般的に使われる語であり、それは乱歩が作品を著わしていた時期においてもそうであっただろう。それに対して（といっておくが）、「セッシショウ（窃視症）」や「レンズシコウショウ（レンズ嗜好症）」や「フェティシズム」はそうではない。これらは「観点」あるいは「切り口」にちかい。右でいえば「月遊病的気分」や「隠れ蓑願望」は、さらにつくられた「観点/切り口」に思われる。それはそういう語が一般的には使われないからである。

例えば、「ミセモノ（見世物）」という語は乱歩作品に多数使われているだろう。しかし「ミセモノシュミ（見世物趣味）」となれば、それはそういう趣味をもっているということの謂いであり、乱歩がそういう趣味をもち、見世物を趣向として作品をかたちづくっているということの謂いになる。それは「そういう観点／切り口からみてみよう」ということであり、「読み手」が設定したもの、作品の外部から与えられたもの、ということになる。それを否定しようとしているわけではもちろんない。「一人二役」という観点から乱歩作品をよむ、「ペルソナ」という観点から乱歩作品をよむ、いずれも外部から分析観点を設定し、よむという「方法」といえよう。

乱歩に「見世物趣味」があったということは、まずは作品に書き込まれた「見世物」を抽出し、それらを分析し考察することによって主張できるだろう。となれば、結局は同じとみえるかもしれない。しかしそれでもなお、やはりまずは乱歩が作品に書き込んだ言語＝日本語に着目するところから始めたいと思う。

右の中に久世光彦「洋館」がある。そこでは、先に引用した『暗黒星』の「西洋館」のくだりがやはり引用されている。本章では、乱歩が「西洋館」「洋館」という語をどのような作品にどのように書き込んでいるかを検証し、最終的には筆者の「妄想」を述べてみることにしたい。

「陰獣」は昭和三年に『新青年』第九巻第十号（昭和三年八月五日）に発表され、第九巻第十二号（昭和三年十月一日）まで連載された。この「陰獣」を本章の起点としてみよう。この作品では「小山田静子」が「大江春泥」につけ狙われているが、その「小山田静子」が夫である

「小山田六郎」と暮らしている住居が次のように描写されている。「私」は「寒川」という名の探偵小説家として設定されている。

1　主人の留守を幸い、召使は使いに出して、ソッと私を呼び寄せるという、このなまめかしい形式が、ちよつと私を妙な気持にした。もちろんそれだからというのではないが、私はすぐさま承諾して、浅草山《やま》の宿《しゅく》にある彼女の家を訪ねた。

小山田家は商家と商家のあいだを奥深くはいつたところにある、ちよつと昔の寮《りょう》といつた感じの古めかしい建物であつた。正面から見たのではわからぬけれど、たぶん裏を大川が流れているのではないかと思われた。だが、寮の見立てにふさわしくないのは、新らしく建て増したと見える、邸《やしき》を取り囲んだ甚だしく野暮《やぼ》なコンクリート塀と（その塀の上部には盗賊よけのガラスの破片さえ植えつけてあつた）母屋《おもや》の裏の方にそびえている二階建ての西洋館であつた。その二つのものが、如何にも昔風《むかしふう》の日本建てと不調和で、黄金万能《おうごんばんのう》の泥《どろ》臭い感じを与えていた。

刺《し》を通じると、田舎者《いなかもの》らしい小女《こおんな》の取次ぎで、洋館の方の応接間へ案内されたが、そこには静子が、ただならぬ様子で待ち構えていた。

（春陽堂版全集9・二〇三頁下段）

桃源社版全集2『陰獣・孤島の鬼』（昭和三十七年八月二十五日）では破線部「邸《やしき》」が「建物」、

「黄金万能《おうごんばんのう》」が「金持ち趣味」、「小女《こおんな》」が「少女」に変えられている。こうした変更は昭和三十七年の時点での「乱歩の言語感覚」とひとまずはとらえておきたい。

さらに幾つか確認しておきたい。まず「二階建ての西洋館」と表現したあとで、同じ建物を「洋館」と表現しているので、乱歩はこの時点で（といっておくが）、「西洋館」と「洋館」とを概念上区別して使っているのではないと推測できる。この「西洋館／洋館」の建っている場所は「浅草山の宿」と設定されている。「浅草山の宿」は富田均『乱歩「東京地図」』も『江戸川乱歩小説キーワード辞典』も採りあげていないと思われるが、「浅草山《あさくさやま》之《の》宿町《しゅくまち》」で、明治四十五（一九一二）年に「浅草山ノ宿町」となり、昭和二十三（一九四八）年にはわずかに残っていた町域が浅草聖天町に併合されて町名がなくなっている。現在の台東区花川戸一・二丁目、浅草七丁目にあたる。1「裏を大川」すなわち隅田川が流れているという設定になっている。この設定は作品の筋立てにかかわっている。

2　吾妻橋の西詰《にしづめ》、雷門《かみなりもん》の電車停留所を少し北へ行つて、土手をおりた所に、吾妻橋千住《じゅう》大橋《おおはし》間を往復している乗合汽船の発着所がある。一銭蒸気と云つた時代からの隅田川の名物で、私はよく用もないのに、あの発動機船に乗つて、言問《こととい》だとか白鬚《しらひげ》だとかへ往復して見ることがある。汽船商人が絵本や玩具《おもちゃ》などを船の中へ持ち込んで、スクリウの音《おと》に合わせて、活動弁士のようなしわがれ声で、商品の説明をしたりする、あの田舎《いなか》々した、古めかしい味がたまらなく好もしいからだ。その汽船発着所は、隅田川の水の上に浮かんでいる四角な船のようなもので、待合客のベンチも、客用の便所も、皆そのブカブカと動く船の上に設けられている。私はその便所へもはいつたことがあつて知つているのだが、便所と云つても婦人用の一つきりの箱みたいなもので、木の床《ゆか》が長方形に切り抜いてあつて、その下のすぐ一尺ばかりの所を、大川の水がドブリドブリと流れている。　　（同二一二頁下段）

3　切符切りのお爺《じい》さんが聞いて見ると、便所の長方形の穴の真下《ました》に、青い水の中から、一人の男の顔が彼女の方を見上げていたというのだ。　（同二一三頁上段）

3「一人の男」は「小山田静子」の夫の「小山田六郎」で、「彼は何故《なにゆえ》にあの奇妙な鬘《かつら》をかぶり、まつ裸体《ぱだか》になつて、吾妻橋下《した》に漂《ただよ》つていたのであるか。彼の背中の突き傷は何者の仕業《しわざ》であつたのか」（同二三二頁上段）ということが謎になるが、それは「小山田家の洋館の外《そと》はすぐ隅田川であり、そこは吾妻橋《あづまばし》よりも上流」（同二三四頁上段）であつたために、「彼のあくどい病癖《びょうへき》のために、軒蛇腹《のきじゃばら》から足を踏みはずし、塀にぶつつかつて、致命傷《ちめいしょう》を受け、その上隅田川に墜落《ついらく》し、流れと共に、吾妻橋汽船発着所の便所の下に漂《ただよ》いつき、とんだ死に恥をさらした」（同二三五頁上段）と「謎解き」がなされる。現在は2「吾妻橋の西詰《にしづめ》」（東京都台東区花川戸一丁目一の二）に「東京都観光汽船浅草営業所」があるが、この位置あたりが、作品が「汽船発着所」を設定した位置とみてよいだろう。それよりも上流で、家から隅田川に落ちるくらい川と迫っている場所といえば、やはり現在の花川戸二丁目、東参道の交差点の川よりのあたりという設定だろうか。

さて、「陰獣」においては、1「裏を大川が流れている」ということは必須のことがらであった。そしてまた、「コンクリート塀」の上部に「盗賊よけのガラスの破片」が「植えつけてあ」ることも必須のことがらであった。現在でもそれに似たことが施されている塀をみることがある。そういう家はたいてい監視カメラが設置され、警備会社との契約を示すシールなどが貼られているので、「きっと資産家なのだろう」と思ったりするが、当時もそれはそういう感じだったのだろう。

「鉄人Q」は月刊誌『小学四年生』第三十七巻第一号（昭和三十三年四月一日）から第三十七巻第十四号（昭和三十四年三月一日）まで十二回、『小学五年生』第十二巻第一号（昭和三十四年四月一日）から第十二巻第十五号（昭和三十五年三月一日）まで十二回、合計二十四回にわたって連載されている。「陰獣」が発表された昭和三年から三十年ほど経っている。この「鉄人Q」の中に次のようなくだりがある。

4　北見菊雄君は、小学校の四年生でした。おうちは東京の豊島区《としまく》にあるのですが、近くに小さい公園があり、北見君は、友だちといっしょに、その公園で、よく野球などをして遊ぶのでした。

（光文社文庫版全集22・三二三頁）

5 「おじいさんのうち、どこなの？」

「ここから五百メートルぐらいの、近いところだ。北見君、わしといっしょにくるかね」

「うん、そんなに近くなら、行ってもいいや。ほんとうに見せてくれる？」

「見せるとも。さあ、おいで」

そして、ふたりは公園を出て、大通りから、さびしいやしき町の方へ、歩いていきました。

いくつも町かどを曲がって、五百メートルほど歩くと、おじいさんは、

「ここだよ」

といって、立ちどまりました。

いっぽうには、大きなやしきのコンクリート塀《べい》がつづき、一方には草ぼうぼうの原っぱがあって、この原っぱの中に、古い西洋館がたっていました。

「あれが、わしのうちだよ」

おじいさんは、北見君の手を引いて、道もない草の中を、その家の方へ、歩いていきました。

ポケットから、かぎを出して、入口のドアを開き、西洋館の中へはいりましたが、窓が小さいうえに、むかしふうのよろい戸が、しめきってあるので、うちの中はまっくらでした。（同三二五頁）

6　全身、鉄でできた、生きたロボットの「鉄人Q」は、上野公園の五重の塔から、警官に化けて、逃げ出してしまいました。（同三六四頁）

7　鉄人Qは、ポケット小僧につけられているとも知らず、新橋に出て、川ぞいに、浜離宮の方へ歩いていきます。（略）

ところが、浜離宮まで行かないうちに、ふしぎなことがおこりました。そこは川づたいの道でしたが、その川岸の、石段のあるところへ、さしかかりました。舟に荷物をつんだり、おろしたりするための石段です。石段は川の水面までつづいていました。

鉄人Qは何を思ったのか、その石段をおりはじめたではありませんか。（略）

ポケット小僧は、またギョッとしましたが、よく考えてみると、全身、重い鉄でできたQが、水に浮くわけはありません。川へはいれば、ブクブクと、沈んでしまうにきまっています。

ところが、Qはへいきで石段をおりていきます。もう水面すれすれのところまでおり

ましたが、それでもまだ、とまらないのです。（略）

ポケット小僧は、腕組《うでぐみ》をして、しばらく考えていましたが、ふと気がついたのは、鉄人は、川の底から、この岸にならんでいる、どこかの家へはいっていったのではないかということでした。

その家の地下室が、川の中に通じていて、そこからもぐりこんで、階段をあがれば、一階の部屋へ、出られるのではないか、ということでした。

ポケット小僧は、川っぷちに立っている家を、一軒ずつ、のぞきながら、歩いていきました。

すると、さっきQが、川へおりていった石段から、三軒目に、みょうな家がありました。門のついた、三階だての、古い西洋館で、見るからに、あやしげな建物です。（略）川っぷちのことですから、庭というほどのものはありません。門をはいると、すぐに西洋館の入口になっています。

（同三七二頁）

8　男は、ポケット小僧を、こわきにかかえたまま、ドアをあけて、家の中にはいり、うすぐらいろうかを通り、そこにある階段を、コトンコトンと、のぼっていきます。

そして、二階から三階へとのぼりましたが、まだ、とまりません。急な、細いはしごを、四階へとのぼるのです。

その家は、三階だての西洋館ですから、四階などないはずですが、あとで考えると、そこは、屋根裏の部屋だったのです。（同三七四頁）

「科学者だよ。そして、発明家だよ」と言った5「おじいさん」の住んでいる「西洋館」は4「豊島区《としまく》」にあることになっている。この「おじいさん」がつくった6「ロボット」が「鉄人Q」である。ただし、「二十面相」が「どこかにこのロボットをかくしておいて、いつのまにか、いれかわった」（同四七〇頁）りするので、話は少々ややこしい。それはそれとして、「鉄人Q」が6「上野公園の五重の塔」に潜んでいたということには留意しておきたい。

さて、「鉄人Q」が隠れ家としている7「三階だての、古い西洋館」は隅田川沿いという設定になっている。「西洋館」から逃げる「鉄人Qのモーターボート」（同三九一頁）を「水上警察のランチ」（同）が追跡する場面など、なかなか迫力があっておもしろい。

「鉄人Q」は二年間にわたる連載のためか、当初の作品設定を変えたように思われる箇所などがあり、「統一的」とはいいにくいかもしれない。その一方で、「東京をこよなく愛した乱歩の街の描写は絶品で、上野公園の五重の塔、アジトから隅田川をモーターボートで逃げるQと博士をランチで追いかける警官隊との追跡シーンなど、昭和三十年代の東京が堪能できる」（『少年探偵団読本』情報センター出版局、一九九四年十二月十五日）という評価もある。この作品に、乱歩の「イメージ」が集積されているとみることは無理ではないだろう。

「鉄人Q」には二つの「西洋館」が描かれている。豊島区にあると設定されている5「草ぼうぼうの原っぱ」にある「西洋館」と、隅田川沿いにあって「鉄人Q＝二十面相」が隠れ家としている7「三階だての、古い西洋館」である。そして、西洋館ではないが、6「上野公園の五重の塔」すなわち「塔」である。「陰獣」の「小山田」家の「西洋館」は悪人の隠れ家ではないが、タイプとしては隠れ家タイプの西洋館として、そうした「イメージ」のもとに描かれているといえよう。そしてそこは場合によっては、「犯罪現場（Climb Scene）」となる。

「陰獣」に1「母屋《おもや》の裏の方にそびえている二階建ての西洋館であった。その二つのものが、いかにも昔風《むかしふう》の日本建てと不調和で、黄金万能《おうごんばんのう》の泥《どろ》臭い感じを与えていた」とあることにも注目したい。「黄金万能」は桃源社版全集では「金持ち趣味」と書き換えられているので、そのような意味合いで使った語だと理解しておくことにする。

さて、右の表現にしたがえば、「昔風の日本建て」が「母屋」で、それとは別に「二階建ての西洋館」があることになる。「陰獣」には「母屋《おもや》の裏の方にそびえている」とあるので、別棟のように描かれているが、「西洋館」と「日本建て」が明らかにつながっていると思われる描写もある。また「二階建て」にも留意しておきたい。「鉄人Q」が隠れ家としていた「古い西洋館」は8「三階だて」で四階にあたる「屋根裏の部屋」を備えていることになっている。

月刊誌『苦楽』第四巻第四号（大正十四年十月一日）に発表された「人間椅子」に次のようなくだりがある。

9　佳子《よしこ》は、毎朝、夫の登庁《とうちょう》を見送つてしまうと、それはいつも十時を過ぎるのだが、やつと自分のからだになつて、洋館の方の、夫《おっと》と共用の書斎へ、とじこもるのが例になつていた。そこで、彼女は今、K雑誌のこの夏の増大号にのせるための、長い創作にとりかかつているのだつた。

（春陽堂版全集3・一三八頁上段）

10　買手のお役人は、可なり立派な邸《やしき》の持主で、私の椅子は、そこの洋館の、広い書斎に置かれましたが、私にとつて非常に満足であつたことには、その書斎は、主人よりは、むしろ、その家の若くて美しい夫人が使用されるものだつたのでございます。

（同一四九頁下段）

9には「洋館の方の」とある。「洋館の方の、夫《おっと》と共用の書斎」があるのだとすれば、「洋館」に対して「和館」すなわち日本建築があって、そこにも書斎があるとみるのが自然だろう。10にも「そこの洋館の」とある。やはり「主人の書斎」は洋館にあることになっている。

『東京朝日新聞』『大阪朝日新聞』に大正十五年十二月八日から翌昭和二年二月二十日まで六十七回にわたって連載された「一寸法師」には次のようにあって、11「日本建／和風の母屋《おもや》」

と「二階建洋館」とが「長い廊下」でつながっていることがはっきりとわかる。

11 山野氏の自宅は向島小梅町の閑静な場所にあつた。自動車は威勢のいいサイレンを鳴らしながら、立派《りつぱ》な冠木門《かぶきもん》をはいつていつた。

掃《は》き清められた砂利道を通つて、自動車は日本建の玄関に横づけされた。その和風の母屋《おもや》の右側には、かぎの手になつて小さなコンクリート作りの二階建洋館があり、母屋から少し離れて左側には、木造のギャレージが見えていた。決して宏壮《こうそう》ではなかつたけれど、なんとなくゆたかな感じをあたえる邸《やしき》だつた。

玄関を上がると、山野夫人はそこに出迎えた書生に、なにごとか尋ねている様子だつたが、やがて長い廊下を通つて、二人を洋館の階下の客間へ案内した。あまり広くはないけれど、壁紙《かべがみ》、窓掛、絨毯《じゆうたん》などの色合いや調度の配列にこまかい注意が行届いていて、かなり居心地のよい部屋であつた。一方の隅《すみ》にはピアノが置かれ、そのつやつやした面《めん》に絨毯《じゆうたん》の模様をうつしていた。(略)

「じや、一つこの洋館の中を見せていただきましようか」

明智は云いながら、もう立ち上がつていた。

階下は客間と、その隣の主人の書斎との二室きりだつた。明智は書斎を一と渡りながめてから、外《そと》の廊下の端の階段を昇つていつた。小林と山野夫人がその後に従つた。二階は三室に分れていて、その全体を一人娘の三千子が占領していた。
（春陽堂版全集10・一八四頁下段）

次には、『講談倶楽部』第二十巻第七号（昭和五年七月一日発行）から第二十一巻第六号（昭和六年六月一日発行）まで十一回にわたって連載された「魔術師」の「玉村邸」の描写を掲げてみよう。

12 さてお話は、それから数日の後、大森山の手にある玉村氏本邸の出来事に移る。
玉村邸は人家を離れた丘陵《きゆうりよう》続きの広大な持地面のまん中に、ポッツリと建つている。ポッツリといつても、邸《やしき》そのものがまたなかなか広大なもので、明治の中ごろに建てられた煉瓦造りの西洋館、御殿造《ごてんづく》りの日本建に、数寄《すき》をこらした庭園、自然の築山《つきやま》あり、池あり、四阿《あずまや》あり、まるで森林のような大邸宅である。
この玉村本邸には、一つの名物がある。それは、煉瓦造りの洋館の屋根にそびえて見える古風な時計塔だ。玉村商店は日本の宝石商の例にもれず、宝石を売買する一方、古くから時計の製造販売をもいとなんでいて、その時計屋の目印《めじるし》として、東京の店の屋根にのせてあつた時計塔が、大地震で振り落され、改築の際に、今どき時計塔でもあるまいと、そつくりそのまま大森の本邸へ運んで、記念のために西洋館の屋根へとりつけたものであつた。これが、名物、玉村邸時計塔の来歴である。附近の中学生達はこの時計塔を、玉村の「幽霊塔」と呼んでいた。涙香小史《るいこうしょうし》の「幽霊塔」という小説から思いついたもので、なるほどそういえば、丘陵のまん中に、ポッツリと建っている邸《やしき》といい、古風な煉瓦造りの建物といい、なんとなく「幽霊塔」じみて見えるのだ。

時計塔は、文字盤の直径《ちょくけい》が二間もある、べらぼうに大きなもので、古風なぜんまい仕掛けだが、よほど精巧に出来ていると見え、大地震にあつても、別に狂いもせず、現に今でも、人間の背丈《せたけ》ほどもある太い鋼鉄針が動いているし、時間時間には教会堂の鐘のような時鐘《じしょう》が鳴り響くのだ。

淋しい丘上の一軒家、幽霊塔、しかもそこに住む人は魔物みたいな怪賊につけ狙《ねら》われている玉村氏だ。不気味な犯罪事件には、何とふさわしい背景であろう。

（春陽堂版全集3・三十八頁上段）

また、『新青年』第十四巻第十三号（昭和八年十一月一日発行）から第十五巻第一号（昭和九年一月一日発行）まで連載され、昭和九年四月に「中絶」を宣言し、未完となっている「悪霊」には次のようにある。

13　九月二十五日に姉崎曽恵子《あねざきそえこ》さんの仮葬儀が行われたが、その翌々日二十七日の夜、黒川博士邸に心霊学会の例会が開かれた。この例会は別に申合わせをしたわけではなかつたけれど、期せずして、姉崎夫人追悼《ついとう》の集まりのようになつてしまつた。

　僕は幹事という名でいろいろ雑用を仰せつかつているものだから、(二十三日に姉崎家を訪ねたのもその役目がらであった) 定刻の午後六時よりは三十分ほど早く中野の博士邸をおとずれた。君も記憶しているだろう。古風な黒板塀に冠木門《かぶきもん》、玄関まで五六間もある両側の植込み、格子戸《こうしど》、和風の玄関、廊下を通って別棟の洋館、そこに博士の書斎と応接室とがある。僕は女中の案内でその応接室に通った。いつの例会にもここが会員たちの待合所に使われていたのだ。

（春陽堂版全集6・二八四頁下段）

12では「明治の中ごろに建てられた煉瓦造りの西洋館、御殿造《ごてんづく》りの日本建に、数寄《すき》をこらした庭園、自然の築山《つきやま》あり、池あり、四阿《あずまや》あり、まるで森林のような大邸宅である」と描写されており、やはり「西洋館」と「日本建」があることがわかる。また「数寄《すき》をこらした庭園」がある。西洋館は「明治の中ごろ」の建築物で「煉瓦造り」ということになっている。そしてこの西洋館には「時計塔」がとりつけられている。右では乱歩がいわば自身で語ってしまったようなかたちになっているが、「時計塔」は黒岩涙香「幽霊塔」の「イメージ」を重ねているのであろう。14のように「時計塔」ではなく「円塔《えんとう》」がある西洋館が描写されることもある。

13では「黒川博士邸」が「和風の玄関、廊下を通って別棟の洋館、そこに博士の書斎と応接室とがある」と描写されている。「和風の玄関」は和風の建築の玄関で、廊下を通って「別棟の洋館」につながっているとみるのが自然である。「黒川博士邸」は「洋館」と和風建築とがつながっていると思われる。

14　東京旧市内の、戦災の大火にあわなかつた地域には、その後《ご》発展した新らしい大東京の場末《ばすえ》などよりも、遙かに淋しい場所がいくつもある。東京のまん中に、荒れ果てた原つぱ、倒れた塀、明治時代の赤煉瓦の建築が、廃墟《はいきょ》のように取り残されているのだ。

麻布《あざぶ》のK町もそういう大都会の廃墟《はいきょ》の一つであつた。戦災に焼きはらわれた数十軒の家屋のあとが、一面の草原になつていて、その草原に取り囲まれるようにして、青苔《あおこけ》の生《は》えた煉瓦塀がつづき、その中の広い地所に、時代のために黒くくすんだ奇妙な赤煉瓦の西洋館が建つている。化けもの屋敷のように建つている。

明治時代、物好《ものず》きな西洋人が住宅として建てたものであろう。普通の西洋館ではなくて、建物の一方に、やはり赤煉瓦の円塔《えんとう》のようなものが聳《そび》えているし、建物全体の感じが、明治時代の、つまり十九世紀末のものではなくて、それよりも一世紀も昔の、西洋画などでよく見る、まあお城《しろ》といつた方がふさわしいような感じの奇妙な建物であつた。

（春陽堂版全集8・一七二頁上段：暗黒星）

14は東京と結びつけられている「西洋館」で、「明治時代」に「物好《ものず》きな西洋人が住宅として建てたものであろう」と説明しながら、「それよりも一世紀も昔の」「お城《しろ》といった方がふさわしいような感じの奇妙な建物」とも述べている。「乱歩の時間」がここに重層的に発露していると感じる。十九世紀末よりも「一世紀も昔」に日本に「西洋館」はないはずで、だからこそ「西洋画などでよく見る」と述べているのであろう。この「お城《しろ》」のような「奇妙な建物」こそが乱歩が黒岩涙香の「幽霊塔」からうけとった「イメージ」によってつくられたものではないのだろうか。現在では、黒岩涙香の「幽霊塔」はウィリアムスンの『灰色の女』を翻案したものであることがわかっており、その『灰色の女』はウィリアム・ウィルキー・コリンズ（一八二四～一八八九）が一八六〇年に発表した「白衣の女」の何らかの影響を受けていることが指摘されている。

中島賢二訳『灰色の女』（論創社、二〇〇八年）の第一章「恐怖の館」には次のようにある。

川は私の前方五十ヤードほどのところを流れていたが、こんな季節のこんな時刻では、ウズラクイナがときおり挙げる季節外れの甲高い鳴き声を除けば、辺りはひっそりと打ち捨てられたように静まりかえり、人の姿もまったく見えなかった。

右手には、〈恐怖の館〉の名で周辺の村人たちにずいぶん古い時代から知られるローン・アベイ館がそびえていたが、この館のように、廃墟と化すこともなく何百年もの長きにわたって風雪に耐えてきた建造物は、イギリスでもそう多くはなかっただろう。

大修道院《アベイ》という呼び名からもわかるように、この建物は、メアリー女王の統治時代（一五五三〜五八）には修道院として使われていた。しかしその後、エリザベス女王の時代（一五五八〜一六〇三）になって、ラヴレス卿の一族が屋敷として所有するところとなり、エリザベス女王《ヴァージン・クイーン》が行幸されたこともあると言い伝えられている、由緒ある館としても知られていた。

アベイ館は、厳めしいというよりもむしろ奇異な雰囲気を湛えた建物だった。真っ平らな正面部分が川に対して四十五度くらい斜めに建てられているところや、壁面が無数の小さな窓で飾られていること、また樫《かし》材でできた丈の低い薄汚い扉がはまっている正面ゲートのアーチ門の上に、大時計を載せた時計塔が鎮座しているという特異な外観などが、館にそんな感じを与えていたのだろう。

一方、黒岩涙香「幽霊塔」で建物は次のように描写されている。引用は日本小説文庫三五一『幽霊塔』（春陽堂、昭和九年六月十五日発行、昭和十年一月十二日六版）による。

買受の相談、値段の打合せも略ぼ済でから余は単身で其家の下検査に出掛けた。土地は都から四十里を隔てた山と川との間で、可なり風景には富で居るが、何しろ一方ならぬ荒れ様だ、大きな建物の中で目ぼしいのは其玄関に立つて居る古塔で有る。此塔が英国で時計台の元祖だと云ふ事で、塔の半腹《なかほど》、地から八十尺も上の辺に奇妙な大時計が嵌つて居て、元は此時計が村中の人へ時間を知らせたものだ。塔は時計から上に猶ほ七十尺も高く聳えて居る。夜などに此塔を見ると、大きな化物の立つた様に見え、爾《さう》して其時計が丁度「一つ目」の様に輝いて居る。昼見ても随分物凄い有様だ。而し此塔が幽霊塔と名の有るのは外部の物凄い為で無くて、内部に様々の幽霊が出ると言伝へられて居る為で有る。

余が下検査の為め此土地へ着たは夏の末の日暮頃で有つたが、先づ塔の前へ立つて見上げると如何にも化物然たる形で、扨は夜に入るとアノ時計が、目の玉の様に見えるのかと、此様に思ふうち、不思議や其時計の長短二本の針がグル〱と自然《ひとりで》に廻つた。（略）余は若しや川から反射する夕日の作用で余の眼が欺されて居るのかと思ひ猶ほ能く見るに、全く剣が唯だ独《ひとり》で動いて居るのだ。

「灰色の女」の「ローン・アベイ館」は廃棄された修道院をもとに改築され、時計塔は清教徒革命の頃、すなわち十七世紀の頃に建てられたものとされている。この「ローン・アベイ館」の「イメージ」が黒岩涙香を通して乱歩の「イメージ」に遺伝したとみたいが、黒岩涙香の

「幽霊塔」には案外と塔の外観についての描写がなく、このみかたには無理があるかもしれない。

14には「荒れ果てた原っぱ」の中に「廃墟《はいきょ》のように取り残されている」西洋館が描き出されている。この「原っぱの中の西洋館」も乱歩作品の中に繰り返し書き込まれている。このタイプの西洋館は「草ぼうぼう」や「お化け屋敷」といった語とともに描写されることが多い。東京にある西洋館が十八世紀末頃に建てられたものとは考えにくい。ここでは「幽霊塔系の西洋館」の「イメージ」が「東京の西洋館」に重ね合わされているとみたい。

さて、13「黒川博士邸」は14「赤煉瓦の円塔《えんとう》のようなもの」を備えていると描写されている。筆者はこの「円塔《えんとう》のようなもの」がずっと疑問だった。筆者の勤務先である清泉女子大学が「本館」と呼び、授業や会議などでも使っている建物は、ジョサイア・コンドルが設計し、大正四（一九一五）年に竣工、黒田清輝の指揮のもとに、館内の設備、調度が整えられて大正六（一九一七）年に落成している。この五月には大正天皇、皇后が行幸啓されている。ニコライ堂（一八九一）、旧岩崎邸（一八九六）、開東閣（一九〇八）、旧古河庭園（一九一七）などのほか、三重県桑名市桑名にある「六華苑」もコンドルが設計したものである。筆者は二〇一九年四月二十九日にこの「六華苑」を訪れた。

「六華苑」は実業家二代目諸戸清六の居所として明治四十四（一九一一）年に着工し、大正二（一九一三）年に落成している。洋館とそれに連なる和館、複数の蔵などの建造物と回遊式の日本庭園から成る。洋館はコンドルの設計で、木造二階建て、ヴィクトリア朝住宅の様式を基調としている。洋館の東北の隅には四階建ての塔が附属しており、内部は一階は洋風であるが、二階では洋間に襖をつけるなど和洋折衷になっている。

和館は、諸戸家のお抱え大工であった伊藤末次郎が棟梁を務め、木造平屋造り(一部は二階建て)で、洋館の落成に先立って、大正元(一九一二)年に上棟された。この諸戸邸では和館のほうが洋館よりも広く、普段の生活は和館が中心だったというが、和館と洋館とは廊下によってつなげられていた。和館の周囲を板廊下が巡っている。

建物の南側には、芝生の広場と池を中心とした日本庭園がつくられており、渓流や滝、枯れ流れなどが巧みに配置されている。当初は池の水は揖斐川とつながっていて、川の干満の変化に合わせて池の水位が変わる「汐入り庭園」となっていたとのことだ。

図25は建物の正面、南西方向から筆者が撮影した写真で、洋館と和館とがつながっていることがよくわかる。洋館の右端の上に少しだけ見えているのが四階建ての塔で、それがわかるように撮影したのが図26である。建物の裏側には揖斐川が流れているので、「六華苑」は川を背にした木造二階建ての西洋館ということになる。

乱歩は三重県名張市の生まれで、三歳の頃には名古屋市に移住し、その後はいろいろな土地に住んでいる。したがって、乱歩が「六華苑」を実見したことがあるかどうかはわからない。名張と桑名とは百キロほど離れており、現在であれば、特急列車で一時間十五分ほどの距離で

図 25　六華苑 1

図 26　六華苑 2

はある。証明できないことなので、乱歩が「六華苑」を実見したという「証拠」が見つかるまでは、仮説あるいは「妄想」ということにしておくが、この「六華苑」のようなつくりの「西洋館」の「イメージ」を乱歩はもっているのではないか。それが作品中の「西洋館」描写にあたって、時には濃厚に、時には淡くでてくるのではないだろうか。

「六華苑」の落成は先に述べたように大正二年で、乱歩が二十歳の頃である。実業家であった二代目諸戸清六の居所として建てられたものであるが、初代諸戸清六は「山林王」と呼ばれることがあった。そうした諸戸家のことを乱歩が同じ三重県出身の成功者として知っていた可能性はあるのではないか。そして気になるのは、「洋館／西洋館」と青色の結びつきがみられること、昭和四年一月から翌五年二月まで月刊誌『朝日』に連載した「孤島の鬼」に「諸戸」姓の登場人物「諸戸丈五郎」「諸戸道雄」がいることだ。「孤島の鬼」を執筆していた時に、乱歩は三重県鳥羽にいたことがわかっている。また、乱歩の「洋館／西洋館」に「青色」が結びついている場合があることにも気づく。「六華苑」をみるまでは、青い西洋館がぴんとこなかったが、「六華苑」はたしかに青いことが特徴といってよい。そもそも「孤島の鬼」に青い洋館がでてくる。乱歩の「洋館／西洋館」には「木造二階建て」のものと「赤煉瓦造り三階建て」のものがある。その描写は以下のようにさまざまだが、前者は「六華苑」の「イメージ」がかかわっているのではないか。

［塔のある洋館・西洋館］
◎園田家には、二階建てで塔がある西洋館があった。（黄金豹）
◎二階の屋根の上に塔のような部屋がついていた。（電人M）

［青い洋館・西洋館］

15　近づくと、チヤチな青塗り木造の西洋館の玄関を開《あけ》っ放しにして、そこの石段に四五人の腕白《わんぱく》小僧が腰をかけ、一段高いドアの敷居《しきい》の所に深山木幸吉があぐらをかき、みんなが同じように首を左右に振りながら、大きな口をあいて、
「どこから私ゃ来たのやら／いつまたどこへ帰るやら」

とやっていたのである。（光文社文庫版全集4・五十九頁：孤島の鬼）

16　おとなの助手は、刑事らしい服装をして杉並《すぎなみ》区の木の宮運送店にいき、きょうの昼すぎに赤坂の甲野さんのうちへ、ほそ長い木箱をはこんだのは、だれにたのまれたかとたずね、なんとなくその人物の住所をききだしました。それは、おなじ杉並区の原っぱの中の一けん家《や》に住んでいる、白ひげの老人で、みょうな人形ばかり作っている、かわりものだということでした。名まえは赤堀鉄州《あかほりてっしゅう》というのです。

それがわかったので、小林少年は、明智探偵の旅行さきの大阪《おおさか》のホテルへ電話をかけて相談しますと、「よく注意して、やってみたまえ」とおゆるしが出ました。明智探偵も、小林くんの腕まえをよく知っていたからです。

そこで小林くんはかつらをつけ、おけしょうをし、洋服をきて、十四、五歳のかわいい少女に化けてしまいました。そして自動車に乗って、助手に教えられた杉並区の一けん家へといそぐのでした。そのころは、もう日ぐれに近くなっていました。

ずっとてまえで自動車をおりて、その原っぱへ近づいていきますと、むこうに、平家《ひらや》だてのこわれかかったような、古い西洋館が見えてきました。

板ばりに青いペンキがぬってあるのですが、そのペンキがほとんどはげてしまって、板もところどころくさっているようです。まわりには草がぼうぼうとはえ、どう見ても、おばけやしきという感じです。（光文社文庫版全集20・二四九頁：魔法人形）

17　それはともかく、三谷の名刺入れに、幸い岡田の名刺がはいつていたので、それによつて、彼のもとの住所を訪問することになつた。

タクシーが止まつたのは、代々木練兵場の西の、まだ武蔵野の俤《おもかげ》をのこした、さびしい郊外であつた。

さがすのに少々骨がおれたけれど、結局もと岡田が住んでいたアトリエを見つけることができた。

雑草のぼうぼうと生《お》いしげつた中に、奇妙なとんがり屋根の、青ペンキの洋館が建っていた。純然たるアトリエとして建築したものだ。

（春陽堂版全集6・五十九頁上段：吸血鬼）

◎むこうの西洋館は青くぬってあると高橋一郎はいった（知恵の一太郎）

［木造の洋館・西洋館］

◎韮崎庄平はこわれかかった古い木造二階建ての西洋館に住んでいた（偉大なる夢）
◎日暮紋三の家は古い木造の洋館だった。（悪霊物語）
◎股野重郎の家は二階建ての木造洋館だった。（月と手袋）
◎野沢愛子の家は大きい木造の洋館だった。（妖怪博士）
◎今井きよと表札が出ているのは古い木造の洋館だった（大金塊）
◎小林らは渋谷の木造三階だての洋館におびきよせられた（仮面の恐怖王）
◎ネコじいさんは築地の古い木造の西洋館に住んでいた。（黄金豹）

「魔法人形」は「少女クラブ」の昭和三十二年一月号（第三十五巻一号）から同年十二月号（同十四号）まで連載されている。少女向け雑誌での連載ということで、「花崎マユミ」という少女探偵を設定するなど、乱歩も工夫をもってのぞんでいることが窺われる。「小林少年」の女装もあるいはそうした「工夫」、趣向の一つかもしれない。16に掲げたように、「古い西洋館」は木造で「青いペンキ」が塗ってあるが、それが「ほとんどはげて」いると描写されている。15では「チヤチな」と表現され、16では「おばけやしき」と表現されており、乱歩作品の「青い洋館／西洋館」はあまりよく描かれていない。これが「六華苑」を下敷きにしているとすれば、そこに乱歩の何らかの「感情」があらわれているのだろうか。

「魔法人形」では神山の家はりっぱな西洋館であり、二十面相は世田谷区の赤レンガの二階建ての西洋館を隠れ家にしており、複数の西洋館の「イメージ」が書き込まれている。

「吸血鬼」は昭和五年九月三十日から翌六年三月十二日まで一三八回にわたって、『報知新聞』に連載されている。17では雑草が「ぼうぼうと」生い茂った中に「青ペンキの洋館」が建っている。

［原っぱの中の洋館・西洋館］

◎その寺のうしろの墓地のうらに、戦災でやられたままになつている大きなやしきのあとがある。コンクリートのへいがこわれて、中は草ぼうぼうのばけものやしきだ。建物は焼けてしまつたが、洋館のレンガの壁だけが、少しのこつている。その壁の中へはいつて、

よくさがすと、地下室への階段が見つかる。それはそこで待つている。（鉄塔の怪人）
◎なんだか、あやしげなやしきでした。庭には、ぼうぼうと草がのびていますし、古ぼけた木造の二階建て洋館は、おばけやしきのように、あれはてています。（怪人と少年探偵）

黒岩涙香の「幽霊塔」を夢中になって読んだ乱歩には「幽霊塔」の「塔」のイメージが植えつけられた。それは古い西洋の建物で、時計塔を備えたものであった。時計塔の財宝の部屋は三階の下の部分にあった。それは「うつろの針」の「イメージ」と重なるものではなかったか。「大仏」に宝を隠し、上野公園の五重塔に隠れるといった「塔」の「イメージ」はそこに連なるように思われる。

一方、古い西洋の建物の「イメージ」は日本にありながら、明治より前につくられたような「古さを感じさせる洋館・西洋館」として作品に書き込まれる。筆者は、先に述べたように、乱歩の「洋館・西洋館」の「イメージ」に、ある時点からは「六華苑」の「イメージ」が加わったのではないかと憶測している。それは「青い洋館・西洋館」「木造の洋館・西洋館」として描写される。

しばしば犯罪現場となる洋館は、川を背にして建てられている。これは初期の作品が影響しているのではないか。また、これらとは別に東京の「原っぱの中の洋館・西洋館」も繰り返し描写されている。

筆者の実家は北鎌倉にあるが、子供の頃に、近所に「お化け屋敷」と呼ばれている建物があった。空家になっている建物であったが、日本語ではない表札が残されており、かつて外国人が住んでいた建物であったと思われる。鉄柵で覆われていたので、この建物が洋館、西洋館と呼ぶことができるような建物であったかどうかはわからないが、乱歩が東京で生活していた時期にはこうした建物があちらこちらにあったのであろう。

このように、乱歩の中には、いろいろな時期に、いろいろな経験からもたらされた洋館・西洋館の「イメージ」が蓄積されており、それが作品の中に書き込まれていったと覚しい。それはある時には、単一のものとして描かれ、ある時には複数の「イメージ」が複合したかたちで描かれているのではないだろうか。

特に戦後書かれたいわゆる「少年物」においては、それまでに著わした作品の「イメージ」が再びでてきたり、あるいは複合してでてきたりしていると思われる。「少年物」に断片的にあらわれている乱歩の「イメージ」を抽出することで、乱歩がずっともっていた「イメージ」がなんであったか、ということを探る手がかりが得られるのではないだろうか。「少年物」の分析、考察はやはり重要であろう。そしてまた乱歩がリライトした「少年物」というと、猟奇的な要素がどうなっているかということがまずは注目点になりがちであるが、全般的にていねいに見渡す必要があると考える。次章では乱歩のリライトについて考えてみたい。

第六章　乱歩のリライト

章のタイトルは「乱歩のリライト」とした。「リライト」は作者以外の人物が作品を書き換える場合に主に使われる。それに対して、作者自身が自作を書き換えた場合は、「改作」と表現することが多いだろう。章のタイトルの「リライト」は作者以外の人物による狭義の「リライト」と作者自身による「改作」とを合わせた、広義の「リライト」と理解していただければと思う。

「黄金仮面」「魔術師」の「はじめに」より

本書序章で述べたように、ポプラ社版『少年探偵江戸川乱歩全集』四十六巻のうち二十七巻以降の二十冊は、乱歩が一般向けに書いた作品をリライトした作品が収められている。例えば、第二十七巻『黄金仮面』(昭和四十六年十一月三十日発行)には次のような文章が冒頭に置かれている。

はじめに

「鉄仮面」とか「黄金仮面」とかいうと、なんだか妙におそろしいようなかんじがします。仮面の中に、どんな顔が、かくれているか、わからないからです。わたしはそういう、こわい、ふしぎな謎をとくのが、すきなのです。

「鉄仮面」というのは、むかしフランスに、ほんとうにあった話で、それをボアゴベイという人が小説に書いたのを、わたしが少年よみものとして、本にして出しましたが、この「黄金仮面」のほうは、わたしがじぶんで考えて書いたもので、名探偵明智小五郎や小林少年が、かつやくするお話です。

もとの「黄金仮面」の本は、おとなの小説です。それを、わたしの友だちの武田武彦さんに、やさしく書き直してもらって、ある少年雑誌に、つづきものとして、のせたのが、この少年「黄金仮面」なのです。

雑誌にのったときには、少年諸君に、たいへん、かんげいされたというので、こんど、それをまとめて、ポプラ社から、一冊の本にして出すことにしました。雑誌で毎月とびとびに読むのとちがって、本で、はじめから、おしまいまで、つづけて読めば、きっと面白いだろうとおもいます。ご愛読ください。

江戸川乱歩

この「少年「黄金仮面」」は「日本名探偵文庫9」(ポプラ社、昭和二十八年十一月五日)として刊行されている。右の文章によって、リライト担当者が武田武彦であることがはっきりとわかる。しかし例えば第二十九巻『魔術師』(昭和四十五年十月三十日第一刷、昭和五十四年四月三十日第十六刷)には次のようにある。

はじめに

この物語は、わたしがまえに、同じ題名でおとなのために書いた小説を、こんど新しいまの時代になおし、内容も少年諸君にふさわしいように、すっかり書きあらためたものです。

すでに、わたしのさまざまの物語で、みなさんとはおなじみの名探偵明智小五郎の、これはわりあいにはじめのころの事件で、のちに明智探偵の助手として活躍する美しい少女も、この物語ではじめてあらわれ、重要な役割をはたします。

このお話の悪者は、魔術師のように、絶対不可能と思われることを、やすやすと行って、恐ろしい復讐をとげようとするのですが、名探偵明智は、ついにその魔術のからくりを見やぶってしまいます。どんなに恐ろしい悪者でも、正義の念にもえた、ちえと勇気のまえには、はかなくほろびてしまうのだということを、みなさんはこの物語から、はっきりくみとることと思います。

江戸川乱歩

右が「はじめに」の全文であるが、どこにもリライト担当者の名前が示されていない。第二十七巻ではリライト担当者の名前が示されているのだから、それを一方に置けば、この第二十九巻は江戸川乱歩がリライトした、と理解するのが自然であろう。しかし（といっておくが）、

『江戸川乱歩執筆年譜』はこの『魔術師』を「代作（氷川瓏）」（二一四頁上段）と記す。そして、光文社文庫版全集もこの「魔術師」を収めていない。そうしたことを考え併せて、このポプラ社版『少年探偵江戸川乱歩全集』四十六巻のうち二十七巻以降の二十冊で、リライト担当者の名前が示されていない作品を乱歩によるリライトとみなすことはしないこととする。

また、文学研究においては、作品に大きな変更があった場合を「改作」とみるのが一般的であろう。例えば、『猟奇の果』（日正書房、昭和二十一年十二月十日）において、後篇ともいうべき「人間改造術」を改稿した「老科学者人体改造術を説くこと」という章に、さらに「猟奇の果の演出者最後の告白を為すこと」という新たな章を加えて、それまでに発表されているテキストとまったく別な結末となっている。こうした場合を「改作」と呼ぶのが一般的であろう。しかし、本書は「乱歩の日本語」を検証することを目的としているので、小さな違いにも注目したいと思う。

乱歩によるリライト「陰獣」

作品としては「陰獣」を採りあげることにする。「陰獣」は『新青年』第九巻十号（昭和三年八月五日発行）から第九巻十一号（同年九月一日発行）、第九巻十二号（同年十月一日発行）まで三回にわたって連載された。その後の刊行について整理しておきたい。

1　『陰獣』（博文館、昭和三年十一月五日）
2　『江戸川乱歩全集』第一巻（平凡社、昭和六年六月十日）所収
3　『石榴』（柳香書院、昭和十年十月二十五日）所収
4　岩谷選書1『陰獣』（岩谷書店、昭和二十四年九月二十五日）
5　『江戸川乱歩全集』第九巻（春陽堂、昭和三十年六月十日）所収
6　江戸川乱歩全集2『陰獣・孤島の鬼』（桃源社、昭和三十七年八月二十五日）所収

以下1～6を［博］［平］［柳］［岩］［春］［桃］と表示することがある。［博］については光文社文庫版全集第三巻「解題」において「博文館版は初版本の存在が確認されておらず、最初から重版本で出版された可能性がある」（七三四頁下段）と述べられている。ここで使用したのは筆者が所持する昭和六年三月十六日に発行された第二十版である。浜田雄介編『子不語の夢―江戸川乱歩小酒井不木往復書簡集』（乱歩蔵びらき委員会、二〇〇四年十月二十一日）脚注には「最初から大増刷が望まれ、初版（第一刷）段階で、再版予定の刊行数までを一度期に印刷したために、初版と奥付にあるものが存在しない結果を招いてしまったと、初版がまだ誰からも見つからない段階では、仮定しておこう」（八十頁）と記されている。『言海』が版をとばして表示しているのではないかという指摘があり、版をとばす（つまり、十版の次に十一～十四版を出版していないのに十五版と奥付に印刷した版を出版するなど）ことはあったと思われる。しかし、

「初版（第一刷）段階で」初版を刷らずに再版を刷るということがあるだろうか。いずれにしても、何らかの「事情」があると思われるが、今そこにはふみこまないことにする。

日本語という観点からいえば、昭和二十一年に「当用漢字表」と「現代かなづかい」が内閣告示されている。4・5・6は昭和二十一年以降に刊行されているから、「当用漢字表」や「現代かなづかい」をどのように反映させるか、あるいはさせないか、といった観点が必要になる。ところで、［柳］には次のような「序」が置かれている。

私の処女出版は大正末年、春陽堂からの「心理試験」であつた。この「心理試験」だけは装幀も気に入り、収めた作品も当時やや会心のものであつたので、書肆から本を受取ると、机上に置いて愛撫する程の気持になれたのであるが、それからの十年間、分量では五六十冊、全集までも出版されてゐるけれど、さういふ気持を再び味つたことがない。本を受け取ると、気恥しさに、よくも見ないで本棚の奥の方へ隠してしまふのが常であつた。随つて、先方からは出版の度に寄贈を受けてゐるやうな友達にさへ、自著を献呈したことが殆どない。著者に取つてこれは大変物足りないことであつた。一度は『これが私の著述です。御閑の時にどうか御一読下さい。御読みになつたらこの本をあなたの本棚の隅に飾つて置いて下さい。』と云へるやうな著書が出版して見たいものだと考へてゐた。

この頃柳香書院の主人から何か本を出すやうにと勧められた。併しその時本にならない作品は「石榴」ただ一つで、到底一冊分の量がなかつたのだから、御断りしたのであるが、それならば旧作一二篇を加へてでもと再三の勧めを受け、たうとうこの変則な出版を承諾した。

柳香書院の主人の凝り性を私はよく知つてゐた。この書肆の出版なればきつと気持のよい本が出来るに相違ないと考へた。先に述べた私の望みが叶ひさうにも思はれた。それともう一つは、旧作「心理試験」と「陰獣」とは私の乏しい探偵小説の内ではやや気に入つてゐる作品であるにも拘らず、最初の出版の誤植をそのままに再三複刻され、複刻の度毎に誤植を増して、作者としては不満に堪へない形で流布されてゐるのだが、それをこの機会に訂して置き度いと考へた。誤植ばかりではなく、両作とも意に満たぬ箇所が幾つかあつたので、それをも訂正し、殊に「陰獣」の方は筋そのものをさへ書き改めることを思ひ立つた。さういふ意味で、少くとも作者にとつては、「石榴」に添えてこの旧作二篇を再出版することが無意義ではなかつたのである。

私はこの出版に多くの読者を期待しない。本当に私の作品を愛して下さる小（ママ）数の読者に、私の探偵小説の三つの作を、本らしい本の形にして捧げたいと思ふのだ。と同時に作者自身も亦、やや気に入つてゐるこれらの作を、自装の本に収めて、書架を飾り、机上に愛撫したいと思ふのである。

昭和十年夏　　江戸川乱歩

◆「陰獣」対照

右で述べられているように、［柳］に収められている「陰獣」は「筋そのもの」が「書き改め」られている箇所がある。それこそが「リライト」であるが、それについては後にふれる。ここで採りあげている箇所についてはそうした変更はない。しかし、右のように述べていることと呼応するように、［柳］は［博］［平］と細部において異なる点が少なくない。

ここでは1〜6の「両端」すなわち［博］と［桃］との対照を基本にすえたい。［博］は漢数字以外の漢字に振仮名を施しており、［桃］は振仮名を使っていないので、ひとまず振仮名は省いたかたちで対照をし、必要に応じて話題にする。

まず［博］の「本文」を示し、その左隣に［柳］［春］［桃］の「本文」を示す。「五」の冒頭部分を観察対象にした。［博］は一頁十二行、一行四十二字で印刷されている。4は四十八頁の四行目。［博］と［桃］との語句の違いには破線を施した。［博］と［平］、［博］と［岩］との異なりは（この範囲では、ということになるが）多くないので、後に一括して説明する。

［博文館『陰獣』四十八頁］

4　私達は色々相談をした末、結局私が「屋根裏の遊戯」の中の素人探偵の様に、静子の居間

柳　私達は色々相談をした末、結局私が「屋根裏の遊戯」の中の素人探偵のやうに、静子

の居間

春　私たちはいろいろ相談をした末、結局私が「屋根裏の遊戯」の中の素人探偵のように、静子の居間

桃　私たちはいろいろ相談をした末、結局、私が「屋根裏の遊戯」の中の素人探偵のように、静子の居間

5　の天井裏へ上つて、そこに人のゐた形跡があるかどうか、若しゐたとすれば、一体どこから出

柳　の天上裏へ上つて、そこに人のゐた形跡があるかどうか、若しゐたとすれば、一体どこから出

春　の天井裏へ上つて、そこに人のいた形跡があるかどうか、若しいたとすれば、いつたいどこから出

桃　の天井裏へ上がって、そこに人のいた形跡があるかどうか、もしいたとすれば、いったいどこから出

6　入したのであるかを、確めて見ることになつた。静子は、「そんな気味の悪いことを」と云つて

柳　入りしたのであるかを、確めて見ることになつた。／静子は『そんな気味の悪いことを』と云つて

春　入りしたのであるかを、確かめて見ることになつた。／静子は、「そんな気味のわるいことを」と云つて

桃　入りしたのであるかを、確かめてみることになった。／静子は、「そんな気味のわるいことを」といって、

7　しきりに止めたけれど、私はそれをふり切つて、春泥の小説から教はつた通り、押入れの天井

柳　しきりに止めたけれど、私はそれをふり切つて、春泥の小説から教はつた通り、押入の天井

春　しきりに止めたけれど、私はそれをふり切つて、春泥の小説から教わつた通り、押入れの天井

桃　しきりに止めたけれど、私はそれをふり切って、春泥の小説から教わった通り、押入れの天井

8　板をはがして、電燈工夫の様にその穴の中へもぐつて行つた。丁度邸には、さつき取次に出た

柳　板をはがして、電燈工夫のやうにその穴の中へもぐつて行つた。丁度邸には、さつき取次に出た

春　板をはがして、電燈工夫のように、その穴の中へもぐつて行つた。ちようど邸には、

さつき取次ぎに出た

桃　板をはがして、電燈工夫のように、その穴の中へもぐって行った。丁度家には、さっき取次ぎに出た

9　少女の外に誰もゐなかつたし、その少女も勝手元の方で働いてゐる様子だつたから、私は誰

柳　少女の外に誰もゐなかつたし、その少女も勝手元の方で働いてゐる様子だつたから、私は誰

春　少女のほかに誰もいなかつたし、その少女も勝手元のほうで働いている様子だつたから、私は誰

桃　少女のほかに誰もいなかったし、その少女も勝手元のほうで働いている様子だったから、私は誰

10　に見とがめられる心配もなかつたのだ。

柳　に見とがめられる心配もなかつたのだ。

春　に見とがめられる心配もなかつたのだ。

桃　に見とがめられる心配もなかったのだ。

11　屋根裏なんて、決して春泥の小説の様に美しいものではなかつた。古い家ではあつたが、暮

柳　屋根裏なんて、決して春泥の小説のやうに美しいものではなかつた。古い家ではあつたが、暮

春　屋根裏なんて、決して春泥の小説のように美しいものではなかつた。／古い家ではあつたが、暮

桃　屋根裏なんて、決して春泥の小説のように美しいものではなかった。／古い家ではあったが、暮れ

12　の煤掃の折、灰汁洗屋を入れて、天井板をはづしてすつかり洗はせたとのことで、ひどく汚く

柳　の煤掃の折、灰汁洗屋《あくあらひや》を入れて、天井板をはづしてすつかり洗はせたとのことで、ひどく汚く

春　の煤掃の折、灰汁洗い屋を入れて、天井板をはずしてすつかり洗わせたとのことで、ひどく汚く

桃　の煤掃の折、灰汁洗い屋を入れて、天井板をはずしてすっかり洗わせたとのことで、ひどく汚く

［博文館『陰獣』四十九頁］

1　はなかつたけれど、それでも、三月の間にはほこりも積んでゐるし、蜘蛛の巣もはつ

てゐた。

柳　はなかつたけれど、それでも、三月《つき》の間にはほこりも積んでゐたし、蜘蛛の巣もはつてゐた。

春　はなかつたけれど、それでも、三月のあいだにはほこりも積んでいるし、蜘蛛の巣もはつていた。

桃　はなかったけれど、それでも、三月のあいだにはほこりもたまっているし、蜘蛛の巣も張っていた。

2　第一真暗でどうすることも出来ないので、私は静子の家にあつた手提電燈を借りて、苦心をし

柳　第一真暗でどうすることも出来ないので、私は静子の家にあつた手提電燈を借りて、苦心し

春　第一まつ暗でどうすることも出来ないので、私は静子の家にあつた手提電燈を借りて、苦心し

桃　第一まっ暗でどうすることもできないので、私は静子の家にあった懐中電灯を借りて、苦心し

3　て梁を伝ひながら、問題の箇所へ近づいて行つた。そこには、天井板に隙間が出来てゐて、多

柳　て梁を伝ひながら、問題の箇所へ近づいて行つた。そこには、天井板に隙間が出来て
ゐて、（多

春　て梁を伝いながら、問題の箇所へ近づいて行つた。そこには、天井板に隙間が出来て
いて、た

桃　て梁を伝いながら、問題の箇所へ近づいて行った。そこには、天井板に隙間ができて
いて、た

4　分灰汁洗をした為に、そんなに板がそり返つたのであらう。下から薄い光がさしてゐ
たので、

柳　分灰汁洗をした為に、そんなに板がそり返つたのであらう）下から薄い光がさしてゐ
たので、

春　ぶん灰汁洗いをしたために、そんなに板がそり返つたのであろう。下から薄い光がさ
していたので、

桃　ぶん灰汁洗いをしたために、そんなに板がそり返ったのであろう。下から薄い光がさ
していたので、

5　それが目印になつた。だが、私は半間も進まぬ内にドキンとする様なものを発見した。
私はさ

柳　それが目印になつた。だが、私は半間も進まぬ内にドキンとするやうなものを発見し

た。／私はさ

春　それが目印になつた。だが、私は半間も進まぬうちにドキンとするようなものを発見した。／私はそ

桃　それが目印になった。だが、私は半間も進まぬうちにドキンとするようなものを発見した。／私はそ

6　うして屋根裏に上りながらも、実はまさか〱と思つてゐたのだが、静子の想像は決して間違

柳　うして屋根裏に上りながらも、実はまさかまさかと思つてゐたのだが、静子の想像は決して間違

春　うして屋根裏に上がりながらも、実はまさかまさかと思つていたのだが、静子の想像は決して間違

桃　うして屋根裏に上がりながらも、実はまさか、まさかと思っていたのだが、静子の想像は決して間違っ

7　つてゐなかつたのだ。そこには梁の上にも、天井板の上にも、確かに最近人の通つたらしい跡

柳　つてゐなかつたのだ。そこには梁の上にも、天井板の上にも、確かに最近人の通つたらしい跡

春　つていなかつたのだ。そこには梁の上にも、天上板の上にも、確かに最近人の通つたらしい跡

桃　ていなかったのだ。天井板の上に、確かに最近人の通ったらしい跡

8　が残つてゐた。私はゾーツと寒気を感じた。小説を知つてゐる丈けで、まだ逢つたことのない

柳　が残つてゐた。私はゾーツと寒気を感じた。小説を知つてゐるだけで、まだ会つたことのない

春　が残つていた。／私はゾーッと寒気を感じた。小説を知つているだけで、まだ逢つたことのない

桃　が残っていた。／私はゾーッと寒気を感じた。小説を知っているだけで、まだ会ったことのない

9　毒蜘蛛の様な、あの大江春泥が、私と同じ恰好で、その天井裏を這ひ廻つてゐたのかと思ふと、

柳　毒蜘蛛のやうな、あの大江春泥が、私と同じ恰好で、その天井裏を這ひ廻つてゐたのかと思ふと、

春　毒蜘蛛のような、あの大江春泥が、私と同じ恰好で、その天井裏を這いまわっていたのかと思うと、

桃　毒蜘蛛のような、あの大江春泥が、私と同じ恰好で、その天井裏を這いまわっていたのかと思うと、

10

柳　私は一種名状しがたい戦慄に襲はれた。私は堅くなつて、梁のほこりの上に残つた手だか足だ

春　私は一種名状しがたい戦慄に襲はれた。私は堅くなつて、梁のほこりの上に残つた手だか足だ

桃　私は一種名状しがたい戦慄におそわれた。私は堅くなつて、梁のほこりの上に残つた手だか足だ

桃　私は一種名状しがたい戦慄におそわれた。私は堅くなって、梁のほこりの上に残った手だか足だ

11

柳　かの跡を追つて行つた。時計の音のしたといふ場所は、なるほど、ほこりがひどく乱れて、そ

春　かの跡を追つて行つた。時計の音のしたといふ場所は、なるほど、ほこりがひどく乱れて、そ

春　かの跡を追つて行つた。時計の音のしたという場所は、なるほど、ほこりがひどく乱れて、そ

桃　かの跡を追って行った。時計の音のしたという場所は、なるほど、ほこりがひどく乱

れて、そ

12　ここに長い間人のゐた形跡《けいせい》があつた。（振仮名「けいせい」はおそらくは誤植）

柳　ここに長い間人がゐた形跡があつた。

春　ここに長いあいだ人のいた形跡があつた。

桃　ここに長い間人のいた形跡があった。

［博文館『陰獣』五十頁］

1　私はもう夢中になつて、春泥と覚しき人物のあとをつけ始めた。彼は殆ど家中の天井裏を歩

柳　私はもう夢中になつて、春泥と覚しき人物のあとをつけ始めた。彼は殆ど家中の天井裏を歩

春　私はもう夢中になつて、春泥とおぼしき人物のあとをつけ始めた。彼はほとんど家じゆうの天井裏を歩

桃　私はもう夢中になって、春泥とおぼしき人物のあとをつけはじめた。彼はほとんど家じゅうの天井裏を歩

2　き廻つたらしく、どこまで行つても、梁の上のほこりの跡は尽きなんだ。そして、静子の居間

柳　き廻つたらしく、どこまで行つても、梁の上のほこりの痕は尽きなんだ。そして、静子の居間

春　きまわつたらしく、どこまで行つても、梁の上のほこりの痕は尽きなかつた。そして、静子の居間

桃　きまわったらしく、どこまで行っても、怪しい足跡は尽きなかった。そして、静子の居間

3

柳　と静子等の寝室の天井に、板のすいた所があつて、その箇所丈けほこりが余計に乱れてゐた。

春　と静子等の寝室の天井に、板のすいた所があつて、その箇所だけほこりが余計乱れてゐた。

桃　と静子らの寝室の天井に、板のすいたところがあつて、その箇所だけほこりが余計乱れていた。／

と静子らの寝室の天井に、板のすいたところがあって、その箇所だけほこりが余計乱れていた。

4

柳　私は屋根裏の遊戯者を真似て、そこから下の部屋を覗いて見たが、春泥がそれに陶酔したの

私は「屋根裏の遊戯者」を真似て、そこから下の部屋を覗いて見たが、春泥がそれに

陶酔したの

春　私は屋根裏の遊戯者を真似て、そこから下の部屋を覗いて見たが、春泥がそれに陶酔
したの

桃　私は屋根裏の遊戯者をまねて、そこから下の部屋を覗いて見たが、春泥がそれに陶酔
したの

5　も決して無理ではなかつた。天井板の隙間から見た「下界」の光景の不思議さは、誠
に想像以

柳　も決して無理ではなかつた。天井板の隙間から見た「下界」の光景の不思議さは、ま
ことに想像以

春　も決して無理ではなかつた。天井板の隙間から見た「下界」の光景の不思議さは、ま
ことに想像以

桃　も決して無理ではなかった。天井板の隙間から見た「下界」の光景の不思議さは、ま
ことに想像以

6　上であつた。殊にも、丁度私の目の下にうなだれてゐた静子の姿を眺めた時には、人
間といふ

柳　上であつた。殊にも、丁度私の目の下にうなだれてゐた静子の姿を眺めた時には、人
間といふ

春　上であつた。殊にも、ちようど私の目の下にうなだれていた静子の姿を眺めた時には、
人間という
桃　上であった。殊にも、ちょうど私の眼の下にうなだれていた静子の姿を眺めたときに
は、人間という
7　ものが、目の角度によつては、かうも異様に見えるものかと驚いた程であつた。我々
はいつも
柳　ものが、目の角度によつてはかうも異様に見えるものかと驚いた程であつた。／我々
はいつも
春　ものが、目の角度によつては、こうも異様に見えるものかと驚いたほどであつた。／
われわれはいつも
桃　ものが、眼の角度によっては、こうも異様に見えるものかと驚いたほどであった。／
われわれはいつも
8　横の方から見られつけてゐるので、どんなに自分の姿を意識してゐる人でも、真上か
ら見た恰
柳　横の方から見られつけてゐるので、どんなに自分の姿を意識してゐる人でも、真上か
ら見た恰
春　横の方から見られつけているので、どんなに自分の姿を意識している人でも、真上か

ら見た恰

桃 横の方から見られつけているので、どんなに自分の姿を意識している人でも、真上か
ら見た恰

9 好までは考へてゐない。そこには非常な隙がある筈だ。隙がある丈けに少しも飾らぬ
生地のま

柳 好までは考へてゐない。そこに非常な隙がある筈だ。隙があるだけに少しも飾らぬ生
地のま

春 好までは考えていない。そこには非常な隙があるはずだ。隙があるだけに、少しも飾
らぬ生地のま

桃 好までは考えていない。そこには非常な隙があるはずだ。隙があるだけに、少しも飾
らぬ生地のま

10 ゝの人間が、やゝ無恰好に曝露されてゐるのだ。静子の艶々した丸髷には、（真上か
ら見た丸髷

柳 まの人間が、やや不恰好に曝露されてゐるのだ。静子の艶々した丸髷には、（真上か
ら見た丸髷

春 まの人間が、やや不格好に曝露されているのだ。静子の艶々した丸髷には、（真上か
ら見た丸髷

桃　まの人間が、やや不格好に曝露されているのだ。静子の艶々した丸髷には（真上から見た丸髷

11　といふもの丶形からして、已に変であつたが）前髪と髷との間の窪みに、薄くではあつたが、

柳　といふものの形からして、すでに変であつたが）前髪と髷との間の窪みに、薄くではあつたが、

春　というものの形からして、すでに変であつたが）前髪と髷とのあいだの窪みに、薄くではあつたが、

桃　というものの形からして、すでに変であったが）、前髪と髷とのあいだの窪みに、薄くではあったが、

12　ほこりが溜つて、外の綺麗な部分とは比較にならぬ程汚れてゐたし、髷に続く項の奥には、着

柳　ほこりが溜つて、外の綺麗な部分とは比較にならぬ程汚れてゐたし、髷に続く項の奥は、着

春　ほこりが溜つて、ほかの綺麗な部分とは比較にならぬほど汚れていたし、髷に続く項の奥には、着

桃　ほこりが溜って、ほかの綺麗な部分とは比較にならぬほど汚れていたし、髷につづく

項の奥には、着

〔博文館『陰獣』五十一頁〕

1　物の襟と背中との作る谷底を真上から覗くので、脊筋の窪みまで見えて、そして、そのねつと

柳　物の襟と背中とが作る谷底を真上から覗くので、脊筋の窪みまで見えて、そして、そのねつと

春　物の襟と背中とが作る谷底を真上から覗くので、脊筋の窪みまで見えて、そして、そのねつと

桃　物の襟と背中とが作る谷底を真上から覗くので、脊筋の窪みまで見えて、そして、そのねっと

2　り青白い皮膚の上には例の毒々しい蚯蚓脹れが、ずつと奥の暗くなつて見えぬ所までも、いた

柳　り青白い皮膚の上には、例の毒々しい蚯蚓脹れが、ずつと奥の暗くなつて見えぬ所までも、いた

春　り青白い皮膚の上には、例の毒々しい蚯蚓脹れがずつと奥の暗くなつて見えぬところまでも、いた

桃　り青白い皮膚の上には、例の毒々しいミミズ脹れがずっと奥の暗くなって見えぬとこ
ろまでも、いた

3　いたしく続いてゐるのだ。上から見た静子は、やゝ上品さを失つた様ではあつたが、
その代り

柳　いたしく続いてゐるのだ。上から見た静子は、やや上品さを失つたやうではあつたが、
その代り

春　いたしく続いているのだ。上から見た静子は、やや上品さを失つたようではあつたが、
その代り

桃　いたしくつづいているのだ。上から見た静子は、やや上品さを失ったようではあった
が、その代り

4　に、彼女の持つ一種不可思議なオブシニテイが一層色濃く私に迫つて来るのを感じた。

柳　に、彼女の持つ一種不可思議なオブシニテイが一層色濃く私に迫つて来るのを感じた。

春　に、彼女の持つ一種不可思議なオブシニティが一そう色濃く私に迫つて来るのを感じ
た。／

桃　に、彼女の持つ一種不可思議なオブシニティが一そう色濃く私に迫ってくるのを感じ
た。

5　それは兎も角、私は何か大江春泥を証拠立てる様なものが残されてゐないかと、手提

電燈の

柳　それは兎も角、私は何か大江春泥を証拠立てるやうなものが残されてゐないかと、手
提電燈の

春　それはともかく、私は何か大江春泥を証拠立てるようなものが残されていないかと、
手提電燈の

桃　それはともかく、私は何か大江春泥を証拠立てるようなものが残されていないかと、
懐中電燈の

6　光を近づけて、梁や天井板の上を調べ廻つたが、手型も足跡も、皆曖昧で、無論指紋
などは識

柳　光を近づけて、梁や天井板の上を調べ廻つたが、手型も足跡も皆曖昧で、無論指紋な
どは識

春　光を近づけて、梁や天井板の上を調べまわつたが、手型も足跡も皆曖昧で、むろん指
紋などは識

桃　光を近づけて、天井板の上を調べまわったが、手型も足跡もみな曖昧で、むろん指紋
などは識

7　別されなかつた。春泥は定めし「屋根裏の遊戯」をそのままに、足袋や手袋の用意を
忘れなか

柳　別されなかつた。春泥は定めし「屋根裏の遊戯」をそのままに、足袋や手袋の用意を
忘れなか

春　別されなかつた。春泥は定めし「屋根裏の遊戯」をそのままに、足袋や手袋の用意を
忘れなか

桃　別されなかった。春泥は定めし「屋根裏の遊戯」をそのままに、足袋や手袋の用意を
忘れなか

8　つたのであらう。たゞ一つ、丁度静子の居間の上の、梁から天井をつるした支へ木の
根元の、

柳　つたのであらう。／ただ一つ、丁度静子の居間の上の、梁から天井をつるした支へ木
の根元の、

春　つたのであろう。／ただ一つ、ちようど静子の居間の上の、梁から天井をつるした支
え木の根元の、

桃　ったのであろう。／ただ一つ、ちょうど静子の居間の上の、梁から天井をつるした支
え木の根元の、

9　一寸目につかぬ場所に、小さな鼠色の丸いものが落ちてゐた。艶消の金属で、うつろ
な椀の形

柳　ちよつと眼につかぬ場所に、小さな鼠色の丸いものが落ちてゐた。艶消の金属で、う

　つろな椀の形
春　ちよつと目につかぬ場所に、小さな鼠色の丸いものが落ちていた。艶消の金属で、う
　つろな椀の形
桃　ちょっと眼につかぬ場所に、小さな鼠色の丸いものが落ちていた。艶消の金属で、う
　つろな椀の形
10　をしたボタンみたいなもので、表面にR・K・BROS・CO・といふ文字が浮彫り
　になつて
柳　をしたボタンみたいなもので、表面にR.K.BROS.CO.といふ文字が浮彫りになつて
春　をしたボタンみたいなもので、表面にR・K・BROS・CO・という文字が浮彫り
　になつて
桃　をしたボタンみたいなもので、表面にR・K・BROS・COという文字が浮き彫り
　になって
11　ゐた。それを拾つた時私はすぐ様「屋根裏の遊戯」に出て来るシャツのボタンを思ひ
　出したが、
柳　ゐた。／それを拾つた時私はすぐ様「屋根裏の遊戯」に出て来るシャツのボタンを思
　出したが
春　いた。／それを拾った時、私はすぐさま「屋根裏の遊戯」に出てくるシャツのボタン

を思い出したが、

桃　いた。／それを拾った時、私はすぐさま「屋根裏の遊戯」に出てくるシャツのボタンを思い出したが、

12　併し、その品はボタンにしては少し変だつた。帽子の飾りか何かではないかとも思つたけれ

柳　併しその品はボタンにしては少し変だつた。帽子の飾りか何かではないかとも思つたけれ

春　しかしその品はボタンにしては少し変だつた。帽子の飾りかなんかではないかとも思つたけれ

桃　しかしその品はボタンにしては少し変だった。帽子の飾りかなんかではないかとも思ったけれ

［博］の四十八頁から五十一頁までの四頁分である。［平］は四十八頁5の「形跡」を「形勢」とする。五十頁3「余計に」は「余計」、五十一頁1「背中との」は「背中とが」となっている。

［柳］について述べておきたい。［柳］の「手入れ」は細かいが、乱歩のこの時点での意図に基づくものと考えておくことにする。助動詞「ヨウダ」の語幹「ヨウ」、副助詞「ダケ」を仮

名書きしている。また、一文字の繰り返し符号「ゝ」、二文字以上の繰り返し符号に文字をあてている。「苦心をして」を「苦心して」、「余計に乱れてゐた」を「余計乱れてゐた」、「そこには」を「そこに」、「奥には」を「奥は」、「襟と背中との」を「襟と背中とが」に変えており、助詞の使い方にも気を配っていることが窺われる。これらの中には桃源社版に一致するものがある。漢字については、「逢」を「会」、「跡」を「痕」、「目」を「眼」に変えている。「押入れ」を「押入」、「思ひ出したが」を「思出したが」に変えているが、これらはあるいはその箇所についての個別的な「手入れ」もしくは、誤植（校正もれ）の可能性がある。四十八頁5・6「出入」を「出入り」としている。［博］［平］ともに「しゆつにふ」と振仮名を施しているので、「シュツニュウ」を書いたものとみるのが自然である。しかし［柳］で「出入り」に変えていることからすると、乱歩は和語「デイリ」を使い、それを「出入」と送り仮名なしに書いたために、「しゆつにふ」という振仮名が施された可能性がある。それを［柳］で正したのではないか。ここで漢語「シュツニュウ」はそぐわないようにみえる。

［岩］の相違箇所は十箇所であるので、ここで述べる。四十八頁6「出入したのであるかを、」の読点がない。9「少女」が「小女」（二例）、四十九頁の1「なかつたけれど」が「なかつたが」、6「まさか〳〵」が「まさかまさか」、五十頁の2「跡」を「痕」、10の「やゝ」を「やや」、五十一頁2の「上には」を「上には、」、8「たゞ」を「た／だ」、11「拾つた時」を「拾つた時、」としている。四十九頁の1の「なかつたけれど」は桃源社版全集でもそのかたちな

ので、乱歩の「揺れ」である可能性があろう。
「小女」について。［博］の「少女」は二例とも「せうぢよ」という振仮名が施されている。この振仮名に誤りがないとすれば、乱歩が使った語は「ショウジョ」であることになる。しかしこれは実は「コオンナ」であったのではないか。「小」と「少」は明治期あるいはそれを遡った江戸期においても通用することが少なくない。そのことを視野に入れると、乱歩が「コオンナ」のつもりで「少女」と書き、それに乱歩の意に沿わない「せうぢよ」という振仮名が施された可能性がある。［平］も［博］同様、二例とも「少女」に「せうぢよ」と振仮名を施す。［柳］は振仮名を使っておらず、二例とも振仮名なしで「少女」と書かれている。ここで「小女」とすればよさそうであるが、乱歩が「コオンナ」と「少女」とを対応させていたとすると、「誤った振仮名がなくなってよかった」と思っていた可能性がある。［岩］も振仮名を使っていないので、［柳］ではなく［岩］で「小女」としたことの合理的な説明が難しいが、乱歩が「コオンナ」を「少女」と書いていた可能性をたとえわずかであっても考えておきたい。

いろいろな点を含めて総合的にみれば、［博］と［平］との「本文」はちかく、それらと［柳］とは相違点がある。それが［博］［平］と受け継がれてしまった誤植かどうかについては、なお慎重に検証する必要があるが、とにかく［柳］は乱歩の意志に基づく一つの「本文」を示しているとまずみてよいだろう。［春］は基本的にはそれとちかい「本文」であるといえよう。

それにさらに「手入れ」をして［桃］が刊行された昭和三十七年の時点での乱歩の示した一つの「本文」が［桃］の「本文」であるといえよう。

日本語に関していえば、四十九頁1「ほこりも積んでゐるし」が［桃］で「ほこりもたまっているし」に変えられている。また、四十九頁2「手提電燈」が［桃］では「懐中電灯」になっている。『日本国語大辞典』は「てさげでんとう」を見出しにしていない。

最後に「光文社文庫版全集」すなわち『江戸川乱歩全集』第三巻（二〇〇五年十一月二十日）の「本文」について少しふれておこう。「光文社文庫版全集」（以下は［光］と表示する）は「解題」において「本書では博文館版第十五版（昭和五年八月）を底本として新字新仮名遣いに改め、「廿」は「二十」とした」（七三四頁下段）と記している。その一方で、改めて、「本書は初出」、［平］［柳］［岩］［春］［桃］「と対校して、句読点や誤植をただした」（七三五頁上段）と記している。「新字新仮名遣い」が表現としてわかりにくいことは措くとして、促音、拗音に小書きの仮名を使うことも併せて記しておくべきではないだろうか。その上で気づいたことを述べておく。［光］は、四十八頁5・6の「出入」に「しゆつにゆう」と振仮名を施す。これは［博］［平］が「しゆつにふ」と振仮名を施していることを承けてのことと思われるが、先に述べたように、［春］［桃］が「出入り」としていることからすれば、「デイリ」の可能性があるのではないか。積極的に振仮名を施さずに「出入」としておくという選択もあるいはあるか。四十八頁9［博］「少女の外に誰もゐなかつたし」を［光］は「少女の外に誰れもいなかったし」とする。同じ行に「誰」がある。こちらは「誰」であるが、この「れ」はいかなる「本文」に基づいているのだろうか。あるいはいかなる判断に基づいているのであろうか。あえて同一行に「誰れ」「誰」を並べた理由が推測しにくい。四十九頁8「まだ逢つたことのない」に［光］は「まだ逢ったことのない、」と読点を加えている。「句読点や誤植をただした」ということだろうか。句読点はよほど明瞭な誤り以外は「ただし」にくいのではないだろうか。この箇所にどうしても読点が必要だろうか。

乱歩以外の人物によるリライト

「少年探偵江戸川乱歩全集30」『大暗室』（ポプラ社、昭和四十六年七月三十日）の「はじめに」には次のように記されている。

　この「大暗室」の原作は、おとなの小説として書いたので、少年読物としては不適当なところが多かったのだが、少年雑誌で、これを少年むきの小説になおして発表したいとの希望があり、友人武田武彦君におねがいして、少年むきに書きなおしてもらったものである。お話のすじは、だいたいもとのままにして、残酷な個所をけずり、冒険的な部分だけをのこし、原作には出ていない少年や少女を登場させるなど、少年読物として面白いものに書きあらためて、少年雑誌に連載したのである。

こんど、それを一冊の本にして出すについて、ひとこと、この小説のなりたちをしるし、筆者武田武彦君の労を謝するものである。

江戸川乱歩

武田武彦（一九一九〜一九九八）は昭和二十一（一九四六）年に『宝石』を創刊し、昭和二十三年から編集長をつとめている。武田武彦のリライトした「本文」ともともとの「本文」とを対照してみよう。


「いや、僕は、もう、駄目だ。君たちと、一緒に、生きのびる力はない」

男爵は空ろな目を開いて、切れ切れの言葉で苦しそうに云つて、かすかに首を振つて見せるのだ。

「旦那さま、気の弱いことをおつしやつてはいけません。どうか、東京にお待ちになつている若い奥さまのことをお考え下さいませ。若し旦那さまに万一のことがありましたら、京子さまは……」

忠義者の久留須は、主人をはげましたいばつかりに、かえつて病男爵を悲しませるようなことを、つい口にするのであつた。

「ウン、お前に云われるまでもない。僕は、京子のことだけが気がかりなのだ。あれは僕が死んでしまつたら、まつたく身寄りのない、淋しい身の上なんだからね」

もう、自制心を失つた冒険児の瞼に、不覚にあふれた涙が、痩せ衰えたこめかみを、とめどもなく流れ落ちた。

しかし、それを拭おうともせず、涙は流れるにまかせて、男爵は苦しい言葉をつづけた。

「久留須、僕の上衣の内かくしに、紙入れがある。その中に、細かく折つた罫紙がはいつているから、それを大曽根君に渡してくれ。……大曽根君、それは京子に宛てた僕の遺言状だ。台北の病院で書いたのだ。あの病院でもう死ぬのだと思つて、書いておいたのだ。一度は、無駄になつたが、しかし今役に立つた。……読んでくれたまえ」

大曽根は久留須の差出す罫紙を開いて読み下したが、そこには男爵夫人京子に宛て、意外な遺言がしるしてあつた。

（春陽堂版全集11・五頁上段）


「いや、わしは、もうだめだ。きみたちといっしょに、生きのびる力はない……」

博士は、うつろな目をひらいて、きれぎれなことばで苦しそうに答えながら、かすかに首をふってみせました。

「なぜ先生は、そんな気の弱いことをおっしゃるんです。東京で先生のかえりを待っていらっしゃる、あのかわいい京子ちゃんのことを、先生は、おわすれになったんですか？」

大曽根は、博士をはげましたい一心から、かえって重病人の博士を悲しませるようなことを、ついさけんでしまいました。

「うん、おまえに言われるまでもない。わしは、京子のことだけが気がかりなのだ。孫の京子には、両親がない。あの子は、このわしだけをたよりに学校へかよっているんだ。そのわしが、いまここで死んでしまったら、もうこの世には、あの子をかわいがってくれる肉親は、ひとりもいなくなってしまう……」

もう、自制心をうしなった老いたる博士のまぶたに、ふかくにあふれた涙が、やせおとろえたこめかみを、とめどもなく流れおちます。

しかし、それをぬぐおうともせず、その涙を流れるにまかせて、博士は、くるしいことばをつづけるのでした。

「大曽根君、わしのうわぎのかくしに、ちいさな手帳がある。それをだして読んでくれないか……」

「えっ、手帳ですって……?」

大曽根は、ふしんそうに目を光らせながら、博士が枕にしていた洋服のうわぎの内ポケットの中から、小さな皮表紙の手帳を、ひきずりだしました。

「ああ、その手帳だよ。……大曽根君、それは京子にあてた、わしの遺言状だ。インドの病院で書いたんだ。あの病院で、もう死ぬのだと思って、すっかり書いておいたんだ」

「……?」

「いちどはむだになったが、しかし、いま役に立つのだ。……読んでくれたまえ」

博士にせきたてられて大曽根のふるえる指が、小さな手帳のページをめくりました。

すると、手帳の第一ページに記された文字が、いきなり大曽根の心をおどらせました。

（ポプラ社版・十七頁）


人物の設定などが変えられていることがわかる。「京子さま」は「若い奥さま」であったが、それが孫ということになっている。使っている一人称が「僕」から「わし」に変わっているのは、ポプラ社版では「博士」であるからだろう。そうであれば、「役割語」ということになる。「病男爵」というういささか圧縮気味の語が「重病人の博士」というわかりやすい表現に変えられている。「不覚にあふれた涙が、痩せ衰えたこめかみを、とめどもなく流れ落ちた」は「ふかくにあふれた涙が、やせおとろえたこめかみを、とめどもなく流れおちます」と対応している。「不覚」を仮名で「ふかく」と書き換えたとしても「不覚にあふれた涙」がすぐにわかるだろうか。「内かくし」を「内ポケット」に変えているが、その一方で、「わしのうわぎのかくし」はそのままになっている。「カクシ」は〈衣服に縫いつけた小さな袋。衣服の内側に作った物入れ。ポケット〉（『日本国語大辞典』）であるが、おそらく現代では大学生でもわからない人が多いだろう。

「大暗室」は昭和十一年十二月に発表されている。一方、ポプラ社版は先に記したように、昭和四十六年に発行されており、両「本文」の間には三十五年の隔たりがある。乱歩以外の人物のリライトでは、筋立てをどのようにするかということと同時に、語の選択という点が興味深い。丁寧な対照がさまざまな知見をもたらすことが期待できる。

第七章

乱歩の片仮名

四種類の片仮名

1「エ、なんですつて？　茂が電話口へ？　あの子はまだ電話のかけかたもよく知りませんのに。……でも聞いてみますわ。あの子の声は、あたしがいちばんよく知っているのです」

　倭文子はかけ寄つて、まだ躊躇している三谷の手から、受話器をうばい取つた。

「ええ、あたし、聞こえて？　母さまよ。お前茂ちゃんなの？　どこにいるの？」

「ボク、ドコダカ、ワカラナイノ。ワカラナイシ、ヨソノオジサンガ、ソバニイテ、コワイカオシテ、ナニモイッテハ……」

　バッタリ声が切れた。突然、そのこわいおじさんが、少年の口を手でふさいだらしいようすだ。

「まあ、ほんとうに茂ちゃんだわ。茂ちゃん。茂ちゃん。さあ、はやくお話し、母さまよ。あたし、お前の母さまよ」

　辛抱づよく声をかけていると、しばらくして、また茂のたどたどしい声が聞こえて来た。

「カアサマ、ボクヲ、カイモドシテクダサイ。ボクハアサッテ、ヨルノ十二ジニ、ウエノコウエンノ、トショカンノウラニ、イマス」

「まあ、お前、なにをいつているの、お前のそばに悪者がいて、お前にそんなことをしやべらせているのね。茂ちやん。たつた一言、たつた一言でいいから、今いる場所をおつしやい。さあ、どこにいるの?」

(春陽堂版全集6・二十三頁下段:吸血鬼)

「吸血鬼」から引用した。倭文子の子である「六才の幼児」(二十五頁上段)「茂」が誘拐され、倭文子に電話をかけてきた場面であるが、「茂」自身に「脅迫の文句をしやべらせ」(二十四頁下段)ている。その「茂」のことばが片仮名で文字化されている。ただし、「十二」や「二百」といった漢数字は使われている。これは、すべての漢字に振仮名を施す、いわゆる「総ルビ」の場合であっても、漢数字には振仮名が施されないことと共通する「心性」に思われる。すなわち、「漢数字は漢字であって漢字でない」というような「心性」があったと思われる。「茂」のことば以外の箇所では、「漢字平仮名交じり」で文字化されており、「片仮名」による文字化が目を惹くが、実はさらに注目したい点がある。

「茂」のことば以外の箇所では、促音、拗音に小書きの仮名をあてていない。しかし、「茂」のことばにおいては、「イッテハ」「アサッテ」のように促音には小書きの「ッ」をあてているし、「トショカン」のように拗音にも小書きの片仮名をあてている。つまり、表記方法も異なっている。これは改めていうまでもなく、片仮名(のみ)を使うことによって、「子供のことば」であることを示していると思われる。片仮名で書いたために、片仮名では促音、拗音に小書きの仮名をあてるという「やりかた」が顕在化したものと考える。これが「一つ目の片仮名」である。

1の引用範囲には「バッタリ」とある。こうしたオノマトペあるいはオノマトペにかかわる副詞などは片仮名で書かれている。これは特に珍しいことではないが、これが「二つ目の片仮名」である。「吸血鬼」の別の場面をあげてみよう。

2　と同時に、彼女の手は、男のマスクにかかつていた。力まかせに、グッとひつぱると、紐が切れて、マスクが彼女の手にのこつた。男の鼻の下がむき出しになつた。

「あらッ！」

文代が非常におどろいて、おしつけられた白布の下でさけんだ。

（同八十四頁下段：吸血鬼）

右では外来語「マスク」が片仮名書きされている。これは現代日本語の表記習慣と通う。これを「三つ目の片仮名」としておく。

「あらッ！」は「アラ」を書いたものではなく、「アラッ」という強い語気、口吻を書いたものであろう。その語気は「！」を附すことによっても、示されているともいえようが、さらに「ッ」を添えることによって、そうした感じを明示した書き方であると推測する。これを「四つ目の片仮名」と呼ぶことにする。

乱歩は片仮名をいろいろに使う。本章では片仮名に注目して「乱歩の日本語」の観察を進めていきたい。

非常の言語としての片仮名

先に紹介した「子供のことば」は「大人のことば」を「標準の言語」として一方に置けば「非標準の言語・非常の言語」ということになる。

3　善太郎氏は、思わず洞穴の前にひざまずいて死者の苦悶をやわらげ、なき父の罪障消滅を祈るために、念仏を唱えたが、ふと見ると、床に落ち散つている煉瓦の塊りに、何かしら文字のような掻き傷のあるのに気がついた。
ああ、さつき奥村源造が、煉瓦に刻んだ遺書といつたのは、これのことだな、と思うと、恐ろしさに身震いがでたが、恐ろしければ恐ろしいほどそれを読んでみないではすまされぬ気持ちで、あちこちにちらばつた煉瓦の塊りを継ぎあわせて、字とも絵とも見わけ難い掻き傷を（恐らく懐中ナイフか何かを持つていて、暗闇の中で書きつけたものであろう）苦心して読み下してみると、それは、次のような身の毛もよだつ文句であつた。

（操というのは、彼が不義を働いた、幸右衛門の妾の名だ）

操、ミサオ、ミサオ、
モード顔ガ見タイ。
ダガ、モウ出ラレヌ。一生涯出ラレヌ。
アア苦シイ。息ガ苦シイ。（以下略）

（春陽堂版全集3・九十三頁上段：魔術師）

3は「煉瓦に刻」まれた遺書という設定である。漢字も少なからず使われているので、「漢字片仮名交じり」で煉瓦に書いたとみることもできる。そうであれば、「非標準」ということにはならない。しかし右はやはり「暗闇の中で書きつけた」という特殊な状況下で書かれたということ、つまり「非常の言語」であることを片仮名で示しているのではないだろうか。


4「よろしい。この男に質問をして見たまえ」

やつと総監の許しが出た。

浦瀬はすでに断末魔の苦悶におちいつている。ぐずぐずしている場合ではない。明智は瀕死の男にかがみこんで、催眠術でもかけるように、両眼に全精神力を集中しながら、力強い声で質問を始めた。

「オイ、君、しつかりしたまえ。僕の声がきこえるかね」

重傷者は、上ずつた目を、明智の顔に注いだ。

「ウン、聞こえるんだね。では、今僕が尋ねることに答えるのだぜ。非常に重大な問題だ。たつた二た言か三言だけ、どうか答えてくれたまえ」

「ハヤク、ハヤク、コロシテクレ」

浦瀬は苦悶にたえかねて、血泡のたまつた唇を動かした。


（春陽堂版全集4・一〇四頁下段：黄金仮面）

右では「断末魔の苦悶におちい」っている「浦瀬」のことばが「非常の言語」として扱われているのであろう。

5

三助は彼女の背中へ字を書いているのだ。いつも同じ仮名文字を、根気よく、くり返しくり返し書いているのだ。

とうとう、それとわかつたものだから、何食わぬ顔をしながら、背中の肌に注意力を集中して、一字一字拾つてみると、次のような文句になつた。言わば肉文字の秘密通信である。

「コンヤ一ジミツコシノウラデマツ」

今夜一時「三越」の裏で待つというのだ。


（同二一六頁上段：盲獣）

これは「盲獣」が「三助」になって「真珠夫人」の「背中へ字を書いている」という設定で、それを読み解いたら「コンヤ一ジミツコシノウラデマツ」となったということだ。まさに「非常の文字・非常の言語」というのにふさわしい。

6　家庭教師は、目はその方を見つづけたまま、手真似をして二人を黙らせたが、帯のあいだから金色をした小型のシャープ鉛筆を取り出し、そこにあつたメニュの裏へ、何か妙な片仮名を書き始めた。

「アスノバン十二ジ」

京子はその青眼鏡の男から視線をそらさず、手元を見ないで鉛筆を動かすものだから、仮名文字はまるで子供の書いた字のように、非常に不明瞭であつたが、兄妹はメニュを覗き込んで、やっと判読することが出来た。

「何を書いているんです。それはどういう意味なのです」

相川青年が思わず訊ねると、京子はソッと左手の指を口に当てて、目顔で「黙つて」という合図をしたまま、又青眼鏡の男を見つめるのだ。

しばらくすると、鉛筆がタドタドしく動いて、又別の仮名文字が記された。

「ヤナカテンノウジチヨウ」

それからまた、

「ボチノキタガワ」
「レンガベイノアキヤノナカデ」

と続いた。メニュの裏の奇妙な文字はそれで終つたが、鉛筆をとめてからも、やや五分ほどのあいだ、向うの隅の青眼鏡ともう一人の紳士とが、勘定を済ませて食堂を立ち去つてしまうまで、京子の視線は、青眼鏡の顔を追つて離れなかつた。

（春陽堂版全集13・三頁下段：妖虫）

右では「京子」が「読唇術、リップ・リーディング」（同五頁下段）によって、離れたところで行なわれている会話を書き取るという場面である。実際に「片仮名を書き始めた」と説明されているし、「手元を見ないで」書くという場面であるので、片仮名で書くということが実際的かもしれない。しかし、場面そのものが特殊であるともいえ、ひろい意味合いでは「非常の文字・非常の言語」とみることができなくはない。

乱歩の外来語

外来語を片仮名で書いて、和語、漢語と区別することは早くから行なわれていた。ここでは乱歩がどのような外来語を作品に持ち込んでいるかということに注目したい。例えば、「パノラマ島奇談」には次のようにある。

1　医師の診断は、大体彼の予期していたようなものでありました。それは菰田家お出入の、T市でも有数の名医だということでしたが、彼は、この不可思議なる蘇生を、カタレプシという曖昧な術語によって、解決しようとしました。彼は死の断定がいかに困難なものであるかを、さまざまの実例をあげて説明し、彼の死亡診断が決して粗漏ではなかったことを弁明したのです。

彼は眼鏡越しに、広介の枕頭に並んだ親族たちを見廻して、癲癇とカタプレシの関係、それと仮死の関係等を、むずかしい術語を使って、くどくどと説明するのでした。

（春陽堂版全集1・二二〇頁上段：パノラマ島奇談）

2　「お前は、造園術でいうトピアリーというものを知っているだろうか。つげやサイプレスなどの常緑樹《ときわぎ》を、あるいは幾何学的な形に、あるいは動物だとか天体などになぞらえて、彫刻のように刈りこむことをいうのだ。一つの景色にはそうしたさまざまの美しいトピアリーがはてしもなく並んでいる。そこには雄大なもの、繊細なもの、あらゆる直線と曲線との交錯が、不思議なオーケストラを奏でているのだ。

（同二五一頁下段：パノラマ島奇談）

3 「その浴室のことも、私は新聞で読みました。実を云うと、私の推理は、この不思議な浴室が出発点になつているると云つてもよいのです。博士はそこを彼の夢殿と称しているようですが、如何にも一世の名探偵にふさわしい思いつきです。素敵もないカムフラージュです。彼はその巧みな口実で、浴室に鍵をかけて、入浴中の健全な両足を見せまいとしたのです。

（春陽堂版全集2・一二五頁下段：蜘蛛男）

4 明智は云いながら、鉄蓋を押して、半廻転させた。ちようど人間ひとり通れるほどの穴である。

「つまり、これは私設のマンホールなんです。下に下水道があるわけではなく、せまい穴がこの堀の内側へ通じている。簡単な抜け穴の入口のカムフラージです」

（春陽堂版全集6・五十六頁上段：吸血鬼）

5 「彼奴は、ちようどその時、天井裏にひそんで、またなんかおそろしいことをたくらんでいたのです。ひよつとしたら、彼の犯罪に怪談めいたカムフラージュをつけるために、そこへはいつて来た家人を、例の顔でおどしつけるためであつたのかもしれません。いずれにもせよ、あいつはそのとき偶然天井にひそんでいたのです。

（同一八六頁上段：吸血鬼）

6　木下芙蓉は彼の幼い初恋の女であつた。彼のフェティシズムが、彼女の持ち物を神と祭つたほどの相手であつた。しかも、十幾年ぶりの再会で、彼は彼女のくらめくばかり妖艶な舞台姿を見せつけられたのである。

（春陽堂版全集2・一八八頁下段：虫）

7　恋愛遊戯にかけては大胆にもせよ、物馴れぬ良家の女子は、こんな場合ひどく不様である。肌もあらわな長襦袢姿で這いまわつている。狼狽の極脱いだ着物のありかがわからぬのだ。ふだんそんな姿をながめたなら彼はあまりの滑稽にふき出しもしたであろうし、又アペタイトをそそられもしたであろうが、今はそんな余裕もない。

（春陽堂版全集5・二十二頁下段：猟奇の果）

1には「カタレプシ」「カタプレシ」とあるが、前者が正しく、後者は誤植である。しかし、二二〇頁下段にも「医者はそれをカタプレシと名づけた」とあって、一般的にはあまりなじみがなかった外来語である可能性がありそうだ。『日本国語大辞典』には次のようにある。使用例があげられていない。

カタレプシー〔名〕（{ドイツ} Katalepsie ）精神分裂病で見られる症状の一つ。患者は意志がまったく消失したかのごとく、他人のなすがままになり、例えば四肢を他動的に動かしても、そのままの状態を保っている。強硬性。蠟屈性。

2に使われている「トピアリー」を『日本国語大辞典』は見出しにしていない。「トピアリー(topiary)」は乱歩が説明しているように、常緑樹などを刈り込んで、鳥や動物をかたどったり、幾何学的な形をつくったりする造園技法のことであるが、こうした語を乱歩は使っている。

3には「カムフラージュ」とある。『日本国語大辞典』は「カモフラージュ」という見出しをたて、「カムフラージュ」「カムフラージ」「カモフラージ」という語形があることを併せて示している。

カモフラージュ〔名〕（〔フランス〕camouflage）《カムフラージュ・カムフラージ・カモフラージ》（一）（—する）軍事施設、兵器、軍艦、車両、兵員などに迷彩や木の枝をつけるなどの擬装を施して、敵の目をくらますこと。また、その装備。迷彩。＊訂正増補新らしい言葉の字引〔1919〕〈服部・植原〉「カムゥフラァジ Camouflage（英）仏語から出たもので欺謀術《さぼうじゅつ》といふ意味である。欧州戦線では画家が大砲等を樹木雑草の色に塗り代へて敵の目を眩す事にいふ」＊青年の環〔1947〜71〕〈野間宏〉煤煙・一「原色の黄や緑でカムフラージュされた戦車」（二）（—する）様子を変えて、本当の姿、心情を悟られないようにすること。人目をごまかすこと。＊愛情の問題〔1931〕〈片岡鉄兵〉「カモフラァジは技術の問題だ。〈略〉人前を夫婦のやうに取繕ふことくらゐが何の困難であり得よう」＊渾沌未分〔1936〕〈岡本かの子〉「父は娘に対する感情をカモフラージュした」＊若い人〔1933〜37〕〈石坂洋次郎〉上・九「先生はカムフラージュして大切なもの外へ現はさないですもの」＊文学の根本問題〔1958〜59〕〈中島健蔵〉九「カムフラージもあり、保身のための放言もあったろう」

「蜘蛛男」は昭和四（一九二九）年八月に『講談倶楽部』に載せられている。『日本国語大辞典』が「カモフラージュ」の使用例としてあげている中では、「訂正増補新らしい言葉の字引」は一九一九年の刊行で、「蜘蛛男」よりも十年ほど早い例ということになるが、辞書体資料であるので、実際の使用に先立って語が載せられている可能性がある。この「訂正増補新らしい言葉の字引」以外の文献はすべて「蜘蛛男」よりも後の出版で、乱歩が使った「カムフラージュ」は比較的早い時期での使用にみえる。

4「カムフラージ」5「カムフラージュ」はいずれも昭和五年九月二十七日から『報知新聞』に連載された「吸血鬼」の例。乱歩が「カムフラージュ」「カムフラージ」二つの語形を併用していたことがわかる。

6「フェティシズム」は現代日本語においては、比較的ひろく使われ、知られている外来語かもしれない。しかし、使用の歴史はそれほど長くはなさそうだ。『日本国語大辞典』は見出し「フェティシズム」を次のように説明している。

フェティシズム〔名〕（{英} fetishism）《フェチシズム》（一）呪物崇拝。人工物や簡単に加工した自然物に対する崇拝の総称。動植物の一部、金石類、呪符、呪具、偶像などを祭祀の対象としたり、呪術的に用いたりすること。また広く一般に、極端に一つの事物に固執して、それに頼ろうとすることをいう。＊モダン辞典〔1930〕「フェチシズム 偏執狂」＊思想と風俗〔1936〕〈戸坂潤〉一・文学・モラル及風俗「モラルといふのは勿論道徳といふことで、別に専門的な（？）術語や何かではない。言葉のフェティシズムに陥らないために、以下道徳といふ俗間用語でおきかへよう」＊『細雪』の褒貶〔1950〕〈山本健吉〉「これは一種の拝物教（フェチシズム）であり、精神の冒瀆に伴ふマゾヒズム的快感をそこに想像することもできる」（二）性的倒錯の一種。異性の体の一部や、身に着けたものなどに異常な執着を示し、それによって性的満足を得ること。（三）マルクスの用語で物神崇拝と訳されることが多い。商品の一定量が他の商品の一定量と交換されるのは、商品に対象化された労働の社会的性格によるが、それを商品自体の対象的性格のように思い込み、貨幣や資本が固有の神秘力をもつものであるとして崇拝すること。「資本論」における商品の物神性に関する記述に由来。

乱歩は語義（二）として「フェティシズム」を使っていると思われるが、「虫」は昭和四（一九二九）年六月に雑誌『改造』に発表されている。ということは、『日本国語大辞典』があげているどの使用例よりも乱歩の「虫」における使用が先立っていることになる。7について。英語「appetite」の語義は〈食欲〉であるが、ここでは特殊な語義として「アペタイト」を使っていると思われる。『日本国語大辞典』は「アペタイト」を見出しにしていない。

乱歩のオノマトペ

◆文法破りのオノマトペ〝むくむく〟

森を出はなれて、蓬々《ぼうぼう》と雑草の茂つた細道を歩いて行くと、草叢《くさむら》の中から、ムクムクと、又しても血みどろの大犬が姿を現わし、人に驚いたのか、一目散に逃げ去つた。

（春陽堂版全集8・二七七頁上段：鬼）

『日本国語大辞典』は見出し「むくむく」を次のように説明している。使用例は省いた。

むくむく〔副〕（多く「と」を伴って用いる）

（一）毛などが多く重なり合って生えているさまを表わす語。

（二）厚く柔らかくふくらんでいるさま、また、態度・物腰などが柔らかであるさまを表わす語。
（三）抹茶が十分に泡立つさまを表わす語。
（四）うごめいたり、うごめいて起き上がったりするさまを表わす語。
（五）煙や雲、波などが勢いよくわき立つさまを表わす語。
（六）感情や考えが急激にうかびあがるさまを表わす語。
（七）口を小刻みに動かすさまを表わす語。むぐむぐ。

「ムクムクと」は直後に読点があるけれども、それを措けば、「姿を現わし」につながっているとみるのが通常のみかたである。そうであるならば、「ムクムクと現れる」の「ムクムク」にぴったりの語義は『日本国語大辞典』の（一）～（七）にはみられないように思われる。現れる、出現するということからすれば、語義（五）にちかそうであるが、語義（五）は煙、雲、波について使うということで、語義（四）も少しちかそうにも思われるが、やはりぴったりとはしない。「ムクムクと」の直後に読点があるので、「ムクムクと」を挿入的なものとみることもできなくはないが、それでも結局は「姿を現わし」につながるとみるしかないだろう。

この「ムクムク」は「血みどろの大犬」がムクムクとした犬、むく犬で、それが文法的なつながりを超えて使われているとみることはできないだろうか。「文法破りのオノマトペ」ということだ。乱歩の「ムクムク」とその周辺にあると思われるオノマトペを拾い出してみよう。

8　青白いスポットライトが震えているのか、それとも、人形の胸が脈搏つているのか、恐らく幻覚であろうけれど、ふつくらとした、二つの乳房が、ムクムクと動くようにさえ見えるのだ。

（春陽堂版全集3・五十七頁下段：魔術師）

9　彼は私の上で、二三人の同国人を相手に、十分ばかり話をすると、そのまま立去つてしまいました。むろん、何を云つていたのか、私にはさつぱりわかりませんけれど、ジエスチュアをする度に、ムクムクと動く、常人よりも暖かいかと思われる肉体の、くすぐるような感触が、私に一種名状すべからざる刺戟を与えたのでございます。

（同二四八頁上段：人間椅子）

10　湯殿に来て見ると、美子は、半身を大理石の浴槽につけて、のけざまに、空《くう》をつかんで絶命していた。その胸のムックリと高い乳房と乳房の谷間には、黄金の柄の立派な短剣が、まつ直ぐに突き立つて、その傷口から、ドクドクと、美しい深紅の泉がふき出していた。

（春陽堂版全集4・二十九頁下段：黄金仮面）

11　十分ばかり、生人形みたいに身体を硬直させてじつとしていたが、少し気が静まったので、思いきつて、枕元の呼鈴を押そうと、ソッと手を伸ばしかけると、部屋の隅に垂れているびろうどのカーテンが、まるで警告でもするように、モクモクと動き始めた。

（同一二六頁上段：黄金仮面）

12　ちょうどその時、実に恐ろしいことが起つた。半ば意識を失いかけた蘭子の、物狂わしき幻覚であつたかも知れない。それとも、この地下室には何かの動力で、そんな不思議な仕掛けが出来ていたのかも知れない。

いずれにもせよ。蘭子の眼には部屋全体がムクムクとうごめき出したように見えたのだ。

それは、あとになつて思うと、実に、言語に絶する奇観であつた。

腕の林、手首足首の草叢、太腿の森林が、一斉に、まるで風にもまれる梢のように、ユラユラとゆらめき始めた。床に並んだまん丸な肉塊どもが、モクモクと波立ち始めた。巨大な鼻は小鼻をヒクヒクさせて、匂いをかぎ、巨大な口は歯をむき出して、うめき声を発し、蘭子の倒れ伏している、黒檀の巨人は、太腿をふるわせて、異様な波動運動を始めた。

（同一九三頁上段：盲獣）

13　それが、小学校を出て奉公をするようになつた当時は、一時やんでいたのだけれど、どうしたものか二十歳を越してから又再発して、困つたことには、見る見る病勢がつのつて行くのであつた。

夜中にムクムクと起き上がつて、その辺を歩き廻る。そんなことはまだお手軽な方だつた。

（同二九六頁上段：夢遊病者の死）

14 普通の娘なら、そんな闖入者を見たら、奥へ逃げ込むか人を呼ぶかするはずだが、美禰子さんは普通の娘ではなかつた。むろん最初は恐れをなして、窓をしめようとさえしたけれど、その次の瞬間には、持ち前の異常な慈悲心が、ムクムクと頭をもたげて来た。

（春陽堂版全集5・一一七頁上段：猟奇の果）

15 黒蜥蜴は白いベッドの上に、白絹のパジャマ一枚で、不行儀な腹ばいになつたまま、はいつて来た男を横目で見ながら、巻煙草に火をつける。ムクムクと豊かな肉が、すべつこい白絹の表にまる出しだ。お頭《かしら》がそういう恰好でいる時ほど、部下の男どもが困ることはない。

（春陽堂版全集7・二二五頁下段：黒蜥蜴）

16「云つていいことと、わるいこととあるぜ。お前、ほんとうに俺が殺したと思つているのかい」

譲次の額にムクムク静脈がふくれ上がつた。

（同二六四頁下段：地獄風景）

17 すると、実に奇妙なことが起つたのだ。藪畳がガサガサと鳴つたかと思うと、今までその下敷きになつていた、虎の縫いぐるみが、ムクムク動き出したではないか。無心の衣裳が独りで動き出すはずはない。動くからには中に人間がはいつているのだ。その辺がひどく薄暗い上に、藪畳の下になつていたので、二人の者は、縫いぐるみに中身があろうなどとは思いも及ばなかつたけれど、実はその中に何物かがはいつていたのに違いない。

やがて、縫いぐるみの猛虎は、ムックリと起き上がると、遠ざかつて行く二人のあとを追つて、ノソノソと歩きはじめた。

（春陽堂版全集8・五十頁上段：人間豹）

18 先頭の黒い影が、ムクムク動いて来る。そして、三尺ほどの距離になつた時、ハッと明智の影に気づいて身構えした様子だ（ママ）？

（同九十三頁下段：人間豹）

19 「へへへへへ、怖がることはない。まだ喰いつきやしないよ」

人間豹は毛皮をムクムクもてあそびながら、文代さんに近づいて来た。

（同一三五頁上段：人間豹）

20　アッと云う、目にも止まらねす早さであつた。仰向きに倒れてもがいている熊の喉笛に、虎の牙が突き刺さつていた。強靱な肩の筋肉がムクムクと盛りあがつて、太い首が鋼鉄の機械のように左右に振り動かされた。

（同一五八頁上段：人間豹　「止まらね」は「止まらぬ」の誤植か）

21　北森氏はこの奇々怪々の出来ごとをどう解釈していいのか、まつたく途方にくれてしまつた。そんなことはあり得ないと打ち消す一方から、ムクムクと恐ろしい疑惑が湧き上がつて来た。

（同二四九頁下段：暗黒星）

22　怪人物は失神した芳枝さんを床の上に横たえて、その前に立つて眺めている様子であつたが、しばらくすると、またムクムクと動き始めた。

（春陽堂版全集9・六十三頁上段：緑衣の鬼）

23　ふと、美女の裸像が妙な動き方をした。ムクムクと上半身が起きあがつた。顔が動いて緑衣の怪人を見上げた。ああ、芳枝さんは意識を取り戻したのだ。

（同六十三頁上段：緑衣の鬼）

24 二人は闇の中に、ムクムクと起き上がり、塵を払って、スーツ・ケースを提げると、畑を踏んで村道に出た。

（春陽堂版全集10・七十五頁上段：悪魔の紋章）

25 そんなうわさ話が生れるほどあって、この人形どもは何だか死物とは思えないのだ。昼間はそ知らぬ振りをして、作りもののような顔ですましていて、夜になるとムクムクと動き出すのではないかと疑われた。事実、夜の見廻りの時に、人形のすぐ前に立って、じっとその顔を見つめていると、突然ニコニコと笑い出しそうな気がされた。

（同一九三頁上段：一寸法師）

26「おお、兄貴、おお、兄貴、寝たのかえ」

大樹の根元から、低い含み声がわいた。そして、そこに敷き捨ててあった、きたない菰がムクムクと動いた。一見してはただ一枚の菰が捨ててあるように見えるのだが、実はその下に一人の宿なしが出来るだけ身体《からだ》を平べったくして寝ていたのだ。

（同二三四頁上段：一寸法師）

27「ハハハハハ、諸君、いかがですか、この別天地は？」

アドニスはムクムクと肉の寝台から起き上がつて、私たちの前に近づいて来た。それにしても、この悪魔はなんという美しい顔をしているのだろう。なんというしなやかな肉体を持つているのだろう。この美しさなれば、歌劇のプリマ・ドンナ花菱ラン子に化けおおせたのも、少しも不思議ではない。（春陽堂版全集11・一五八頁上段：大暗室）

28　昼間はほかの事に取りまぎれて、忘れるともなく忘れていたが、日が暮れて、夜が更けて行くに従つて、彼の病癖と云つてもいい猟奇の心がムクムクと頭をもたげて、もうじつとしていられなくなつた。（春陽堂版全集13・六頁下段：妖虫）

29　今度空車が通つたら呼ぼうと考えながら、なんとなくその絵看板に引きつられて立ちつくしていると、小屋の中に忍びやかな人の足音がしたように思われたので、ギヨッとその方角に目をやると、小屋の入口の幕がムクムクと動いて、一人の洋服を着た男がソッと忍び出して来た。（同十九頁上段：妖虫）

30　ああ、その形相のすさまじさ。額には静脈がムクムクとふくれ上がつて、昂奮のあまり顔色は紫に変じ、両眼は飛び出すばかりに見開かれ、口は真夏の日中の犬のようにだらしなく開いて、涎をたらしながら、悲鳴とも怒号ともつかぬ、一種異様な唸り声がほとばしる。

（同八十二頁下段：妖虫）

31　三郎は、浴場の隙見ということが、これほど異様な感じのものだとは、嘗つて想像もしていなかつた。そこには、覗きからくりの、或いは映画の、あの不可思議な戦慄と興味があつた。彼は以前から、湯屋覗きの常習者が、なぜ不自由な節穴を選ぶのかと、不審に思つていたが、その疑問が今解けたような気がした。

気がつくと、目の前の桃色の丘陵が、なだらかな曲線を津波のように動かして、ムクムクとふくれ上がつた。お蝶は今、湯のしたたる腕を上げて、ツルッと顔を撫でたのである。

（春陽堂版全集14・一七二頁上段：闇に蠢く）

32　これは彼が、お蝶の足首を彼女の額のところへおしつけているのだ。全身が見えないせいもあるが、三郎の目の前に、ムクムクと動いている巨大な肉塊は、それがお蝶だなどとはまるで考えられないし、そればかりか、人間の身体《からだ》とは見えないで、何かこう、白くフワフワした不思議な生物のように思われるのであつた。

（同一七四頁下段：闇に蠢く）

33　忽ち、二十面相の頭に、サッとある考えがひらめきました。

「ヤイッ、貴様、誰だッ！」

彼はいきなり、恐ろしい声で、仏像を怒鳴りつけたのです。

すると、アア、何ということでしょう。怒鳴りつけられた仏像が、ムクムクと動き出しました。そして、真黒になった破衣《やぶれごろも》の下から、ニューッとピストルの筒口が現れ、ピッタリと怪盗の胸に狙が定められたではありませんか。

「貴様、小林の小僧だなッ」

二十面相は、すぐさまそれと悟りました。この手は以前に一度経験していたからです。しかし、仏像は何も答えませんでした。無言のまま、左手を上げて、二十面相のうしろを指さしました。

その様子がひどく不気味だったものですから、怪盗は思わずヒョイとうしろを振向きましたが、すると、これはどうしたというのでしょう。部屋中の仏像が皆、蓮花台の上で、むくむくと動きだしたではありませんか。


（光文社文庫版全集12・一七八頁：少年探偵団）

34「フフフ……、意気地のない子供達だ。それでも少年探偵団員かね。おい、小林君、君まで震えているじゃないか。いつもの元気はどこへいったのだね」
大蝙蝠が、地の底から響いて来るような声で、そう言ったのです。外に人間がいるはずはありません。確かに怪獣が口を利いたのです。
小林少年は、それを聞きますと闇の中にむくむくと起き上りました。その声の調子が、どこかで聞いたことがあるように思われたからです。そして、なんだかハッとしたからです。

（同三九一頁：妖怪博士）

35 はく製の豹の頭が、しゃんとしました。それから、ぺちゃんこの毛がわの肩と、前足が、むくむくとふくれてきて、生きた豹の姿になりました。
つぎは腹、つぎは尻と、だんだんにふくれあがり、あと足にも、ぴんと力がはいって、それはもう、生きた一ぴきの豹にかわっていました。

（光文社文庫版全集19・四五五頁：黄金豹）

36 しかし、ハルミさんのからだは、地面までとどきませんでした。地面の十メートルほど上で、まるでゴムマリのように、ピョンピョンとはずんだのです。……そこには、太い網が、いっぱいにはってあったからです。
ハルミさんは助かりました。やがて、網の上に、むくむくと起きあがり、網のはしまで歩いていって、そこから地面にとびおりました。

（光文社文庫版全集20・三八九頁：サーカスの怪人）

37
骸骨男は、首にかかったほそびきで、ずるずると、地面を引きずられています。
骸骨男の左手が、首のほそびきにかかっていました。そうしなければ、首がしまって死んでしまうからです。そして、右手でなにかやっています。黒いシャツのポケットから、なにかとり出しました。よく見えません。しかし、ピカッと光ったようです。
アッ、ナイフです。ナイフをほそびきにあてました。サッと右手が動きました。すると、プッツリと、ほそびきが切れてしまったのです。
骸骨男は、むくむくと起きあがりました。そして、やにわにかけ出したではありませんか。

（同五〇五頁：サーカスの怪人）

38
「ちくしょうめ！」
西洋悪魔は、むくむくと起きあがって、恐ろしい顔で、ポケット小僧に、つかみかかろうとしました。
それを見ると、明智探偵がつかつかと前に出て、西洋悪魔をつきとばしました。

（同三五四頁：魔法人形）

39
「あれっ、なんだろう。なにか動いているよ」

木村くんが、むこうのゆかをゆびさしてさけびました。かいちゅうでんとうの光が、さっとその方をてらします。

するとそこに、なんだかきみのわるいことがおこっていました。

地のそこから、みょうなものがむくむくとあらわれてきたのです。

まるいあたまのようなものが出てきました。

それが、見る見る大きくなります。あなもなにもないコンクリートのゆかから、むくむくと上がってくるのです。子どもくらいの大きさになりました。おとなくらいになりました。おとなのばいになりました。おとなの三ばいになりました。大きなあたまの、まっさおなからだの、のっぺらぼうなかいぶつです。それが、きりもなく大きくなっていくのです。


小林くんと、木村くんと、ユウ子ちゃんと、井上くんと、ノロちゃんの五人は、ルビーのカブトムシをとりかえすために、まほうはかせのすみかのちか室へはいっていって、いろいろなおそろしいめにあいました。ちか室には広いへやがあって、五人がそこへはいると、へやのまん中に、むくむくとみょうなかいぶつがあらわれました。たまごに目と口をつけたような、おかしなやつです。それが、見るまにだんだん大きくなり、おとなの三ばいもあるような大にゅうどうになってしまいました。

（同五五八頁：赤いカブトムシ）

40 そのときです。ヘリコプターのすみにおいてあった大きなにもつが、むくむくとうごきだしたではありませんか。
そのにもつの中から、ひとりのしょうねんがあらわれました。

(光文社文庫版全集21・五二九頁：ふしぎな人)

41 「あっ、わかった。二十めんそうは、あそこにいる」
こばやしくんが、だいのうえにすわっているぶつぞうをゆびさしました。

すると、そのぶつぞうは、むくむくとうごいて、いきなりにげだしました。そして、二かいへかけあがっていきます。

「にがすなっ」

みんながおいかけました。二十めんそうはつかまるでしょうか。

(同六一八頁：かいじん二十めんそう)

42 すこしすると、あなの中から、ぬうっと人のかおがあらわれました。
二十めんそうです。それにつづいて、手下たちもでてきました。

おまわりさんとこばやしくんたちが、ぱっとたち上がってとびかかりました。

二十めんそうは、すばやくみをかわしてにげまわり、なかなかつかまりません。

そのとき、むこうのくさの中から、むくむくと、ふくれ上がってくるものがありました。さあ、いったい、なんでしょう。

（同六二九頁：かいじん二十めんそう）

43「あははは。おれはつかまらないぞ。いつも、おれには、おくの手があるからな。おい、あれをみろ。あそこに、かいぶつのうごいているのがみえるか」

二十めんそうにいわれて、そのほうをみると、人よりもたかくのびたくさむらの中に、大きな、はいいろのたこにゅうどうのようなものが、むくむくとふくれあがっていました。

（同六三〇頁：かいじん二十めんそう）

33「少年探偵団」、34「妖怪博士」、35「黄金豹」、36・37「サーカスの怪人」、38「魔法人形」、39「赤いカブトムシ」、40「ふしぎな人」、41・42・43「かいじん二十めんそう」は、いずれも「少年探偵団」が登場する少年物である。これらの作品で「ムクムク」がどのように使われているかを整理すると次のようになる。破線の下には、8～32を分類して示す。「ムクムク（と）」がつながっていく動詞は右のように「ウゴク」「オキアガル」「フクレル」「アラワレル」など、比較的固定していることがわかる。右の「少年物」すべてを乱歩が著わしたかどうかについては不分明でもあるが、今それは措くことにする。「少年物」は想定されている読者が読みやすいことにかなり配慮していると思われ、そう考えると、右のような「ムクムク」の使い方は、(乱歩の判断として、ということになるが) わかりやすい、一般的であるとみることができるだろう。それでもなお、39「むくむくと上がってくる」はやや特殊な使い方にみえる。「上がって」きたのは「たまごに目と口をつけたような、おかしなやつ」であるが、これは「せいどうのまじん」(五五九頁) ということになっている。「見る見る大きく」なりながら、「上がって」くるのだから、「ムクムク」は動詞「アガル」ではなく、むしろ「上がって」きている「せいどうのまじん」の状態を描写しているはずだ。これは先に「ムクムクと、又しても血みどろの大犬が姿を現わし」について述べたことと通う。

乱歩は「少年物」を著わすにあたって、自らが使用する日本語に調整を加えている。しかし自身が使う言語は簡単に調整はできない。特にオノマトペのように、自身のもつさまざまな「イメージ」に裏打ちされている言語の調整は難しいのではないだろうか。「少年物」には調整された言語使用と、調整され得なかった言語使用との双方が看取される。乱歩の日本語の観察には、「少年物」の観察がかかせない。「少年物」では比較的固定していた「ムクムク」の使い方が、「少年物」以外の作品ではひろがりをみせていることがわかる。まず14「慈悲心が、ムクムクと頭をもたげて来た」28「猟奇の心がムクムクと頭をもたげて」21「ムクムクと恐ろしい疑惑が湧き上がつて来た」のように、動詞の主語が「慈悲心」「猟奇の心」「恐ろしい疑惑」といった非具体物である場合がある。オノマトペは比較的具体的な「イメージ」に基づいて使われることが多いと思われ、非具体物を主語とした使用は注目したい。右では「猟奇の心」「恐ろしい疑惑」であることは興味深い。20「筋肉がムクムクと盛りあがつて」は「フクレテクル」と同様であろう。12で「ムクムクとうごめき出した」とあることにも注目しておきたい。乱歩には「闇に蠢く」というタイトルの作品があり、「ウゴメク」という語を作品名や見出しで使うことが少なくない。

「パノラマ島奇談」の例を少しあげておくことにしよう。「最初は眼界全体にむら雲のようなものがひろがつて、何が何だかわかりませんでしたが、目の距離をいろいろにかえているうちに、やがて、その向う側に、恐ろしい物のうごめいているのが、ハッキリとわかつて来るのでした」(春陽堂版全集1・二三七頁下段)、「千代子はあまりの不思議さに、あつけにとられるばかりでしたが、やがて気がつくと、彼女の腿の下にうごめくものは、決して水鳥の筋肉ではなくて、羽毛に覆われた人間の肉体に相違ないことを確かめることが出来ました」(同二四二頁上段)、「見れば、それは広介のいう通り、ちようど雲にうつつた幻燈の感じで、一匹の金色に光つた大蜘蛛が、空一杯にひろがつているのです。しかも、それがはつきりとえがかれた八本の足の節々を異様にうごめかせて、徐々に彼等の方へ落ちて来るのでした」(同二五九頁上段)など、右のように使われる「ウゴメク」と「ムクムク」とは潜在的に結びついていると思われる。

15「ムクムクと豊かな肉」の「ムクムク」は『日本国語大辞典』の語義(二)「厚く柔らかくふくらんでいるさま」にそった使い方とみることができる。8は「ムクムクと動く」であるので、乱歩の中ではもっとも多い使い方といえよう。しかしまた、10を一方に置くと、そこにはさらに「乱歩のオノマトペ」としての使い方があるようにも思われる。そう考えると、19の「文法破りのオノマトペ」、「ムクムクもてあそびながら」も乱歩らしい表現ということになるのではないか。

ここまで「ムクムク」を観察対象として「文法破りのオノマトペ」という観点から述べてきたが、次のような例もそうしたオノマトペの使い方に通うのではないだろうか。

◆文法破りのオノマトペ〝ねっとり〟

44　君は奥さんには会つたことがないだろうが、博士には二度目の奥さんで、十幾つも年下の三十を越したばかりの若い方なのだ。美人というほどではないけれど、痩型の顔に二重瞼の大きい目が目立つて、どこか不健康らしく青黒い皮膚がネットリと人を惹きつける感じだ。

（春陽堂版全集6・二八五頁上段：悪霊）

例えば、『日本国語大辞典』は見出し「ねっとり」の語義を次のように説明している。

ねっとり〔副〕（多く「と」を伴って用いる）（一）粘液状のものが一面にねばりつくさま。まとわりついて離れないようなさま。＊魔風恋風〔1903〕〈小杉天外〉後・まよひ

「木の葉も草の葉も、宛然《さながら》油を塗った様にねっとりと光り」＊上海〔1928〜31〕〈横光利一〉四四「感動のまま、ねっとりと汗を含んで立ってゐるお杉の肩や頬を撫でてみた」＊自由学校〔1950〕〈獅子文六〉その道に入る「一サジ含んでみると、ネットリと甘く」（二）しつこく、ねばりつくような感じや態度であるさま。＊人情馬鹿物語〔1955〕〈川口松太郎〉一〇「もっとねっとりと語るところを、さらりと軽く流すからお客様が満足しない」＊蘭を焼く〔1969〕〈瀬戸内晴美〉「佑子が妙にねっとりと喰い下るのもいつもの例だった」

また『日本語オノマトペ辞典』（小学館、二〇〇七年）は「ねっとり」を「さま」すなわち「擬態語として用いられるもの」（同辞典「凡例」）と分類した上で、①「粘液状のものが一面にまつわりついて離れないさま」②「しつこく、ねばりつくような感じや態度であるさま」と説明している。この説明は『日本国語大辞典』とほとんど重なっている。『日本語オノマトペ辞典』が①の例としてあげているのは、獅子文六の「自由学校」の例、②の例としてあげているのは、川口松太郎の「人情馬鹿物語」の、『日本国語大辞典』が使用例として示している箇所である。

44は「ネットリと人を惹きつける」であるので、『日本国語大辞典』でいえば、（二）の語義での使用ということになりそうであるが、「ねばりつくような感じで人を惹きつける」はわからないではないが、少し落ち着きがわるい。表現は、「美人」ではないが、「二重瞼の大きい目が目立」ち、「不健康らしく青黒い皮膚」が「人を惹きつける」。その「惹きつけ」かたが「ネットリと」ということだろう。二重瞼の目が「ネットリ」しているとは表現しないであろうから、「ネットリ」は「不健康らしく青黒い皮膚」の「イメージ」に思われる。つまり、右の表現は不健康そうな青黒い皮膚が見る人に「ネットリ」した感じを持たせる。そうした皮膚の奥さんがなぜか人を惹きつける、その感じが健康的な惹きつけ方ではなくて、「ネットリ」しているということだろう。つまり、文法的にみれば、「ネットリと（人を）惹きつける」であるが、その「ネットリ」は「青黒い皮膚」の「イメージ」が投影しているということだ。

45　いかにも、その三尺四方もある大扉の下隅《かぐう》の隙間から、半透明のネットリとした液体がにじみ出している。（春陽堂版全集9・八十六頁上段：緑衣の鬼）

46　電車をおりて、三四丁歩くあいだに、脇の下や背筋などが、ジクジクと汗ばんで、さわつて見ると富士絹のワイシャツが、ネットリと湿つていた。（同二四四頁上段：陰獣）

47　私は、夫をなくしても変えようともしない、彼女の好きな丸髷の匂やかに艶々しく輝いているのを見ると、直ぐさま、その髷がガックリとして、前髪がひしやげたように乱れて、ネットリしたおくれ毛が、首筋のあたりにまきついている、あのみだらがましき姿を目に浮かべないではいられなかつた。（同）

48　というのは、黒眼鏡の小男が、どうもほんとうの男性ではないということであつた。膝に巻きついたネットリとしなやかな腕の感触、時々ふれ合う胸の肌触り、それに、小刻みなやわらかい息づかいなどが、女としか思われないことであつた。（春陽堂版全集10・九十七頁上段：悪魔の紋章）

49　絶対絶命の苦悩を通り越して、珠子は気が遠くなつて行くように感じた。そして、不思議なことには、毒虫の厚ぼつたい鋏の圧力が、そのネットリとあぶらぎつた感触が、烈しい動物の体臭が、むしろ甘く好もしいものにさえ感じられた。（春陽堂版全集13・四十八頁上段：妖虫）

45はまさしく液体の状態を「ネットリ」と表現している。46もワイシャツが汗で「ネットリと湿」っていたということで、『日本国語大辞典』の語義（一）にあたると思われる。47は「おくれ毛」が「ネットリ」していたというよりは、「ネットリと首筋のあたりにまきついている」ということであろうが、「おくれ毛」も汗ばんでいるということで、いわば「ネットリしたおくれ毛が、ネットリと首筋のあたりにまきついている」という二重表現になっているのではないか。あるいはオノマトペの「イメージ」が浸潤して、表現全体を覆っているといってもよいかもしれない。表現の核にオノマトペがあるということであろうか。48、49では、「ネットリとしなやかな腕の感触」「ネットリとあぶらぎつた感触」という表現としてまとまっている。

◆二つの用法をもつオノマトペ

50「ウフフ……」盲獣は嬉しそうに笑つた。「妙だね。蘭子もやつぱり、その通りのことを云つて、わしに哀願したものだよ。だが、わしは許さなかつた。許す代りに、隠し持つていた短刀を抜き放つて、ギラギラと振つて見せた」

と、その通りのことが起つた。盲獣はドキドキ光る短刀を抜き放つて、横たわつている真珠夫人の頸筋へ、その氷のような刃先を、ペタペタと当てた。

（春陽堂版全集4・二二〇頁下段：盲獣）

昭和六（一九三一）年に月刊誌『朝日』に発表された「盲獣・巨人の口」の一節である。『日本国語大辞典』の見出し「どきどき」「どぎどぎ」をあげてみよう。

どきどき〔副〕（「と」を伴って用いることもある）驚き、恐れ、不安、または、喜び、期待などによる気持の高ぶりや、はげしい運動などによって、動悸がはげしく打ち続けるさまを表わす語。＊浮世草子・好色ひともと薄〔1700〕一「ひとめ見るよりぬいへもんは、ときときするむなさわぎ」＊浄瑠璃・娥歌かるた〔1714頃〕一「魂もぬけて、心もどきどきと、山雀も目につかず」＊書言字考節用集〔1717〕八「愓々 ドキドキ〔字彙〕心動（ムナサハキ）也 悸々 ドキドキ」＊人情本・春色梅児誉美〔1832〜33〕初・一齣「わちきゃア最（もふ）、知れめへかと思って胸がどきどきして」＊好人物の夫婦〔1917〕〈志賀直哉〉四「さういふ時彼は胸でドキドキと血の動くのを感ずる事があった」＊華々しき一族〔1935〕〈森本薫〉二「『こんなにどきどき、云ってるわ』胸を抑へる」＊斜陽〔1947〕〈太宰治〉「私が不安と恐怖で胸をどきどきさせながら、その後について行くと」

どぎどぎ〔副〕（「と」を伴って用いることもある）（一）刃物の鋭利なさまを表わす語。＊狂言記・鎌腹〔1700〕「此かまできらうが是はどぎどぎとしていたそうな」＊落語・化物〔1896〕〈四代目橘家円喬〉「ドギドギする様な鎌を腰に差して」＊大道無門〔1926〕〈里見弴〉厄日・一「人でも馬でも、触れて行くものは、忽ち両断されて了ひさうな、ドギドギした刃（やいば）が」（二）うろたえ、あわてるさまを表わす語。どぎまぎ。＊浄瑠璃・義経東六法〔1711頃〕上「上人どぎどぎし給ひ暫し詞もなかりしが」

＊歌舞伎・伊勢音頭恋寝刃〔1796〕三幕「何ぢゃやらどぎどぎとをかしい物の云ひやう」(三) まぎらかすさま、まぎらわしいさまを表わす語。＊浄瑠璃・心中二つ腹帯〔1722〕三「親父や母の帰られたら、まだ庚申から戻らぬと、どぎどぎ首尾を合はせてと言捨て行くを」＊浄瑠璃・蘆屋道満大内鑑〔1734〕四「ヌヌ何いやる。そなたこそどきどきとまぎらはしい与勘平」

『日本国語大辞典』の見出し「どきどき」と「どぎどぎ」からすれば、「刃物の鋭利なさまを表わす」オノマトペは「ドギドギ」であると思われるが、乱歩は「盲獣」においては「ドキドキ」をそのように使っている。ちなみにいえば、乱歩が積極的に校訂にかかわった桃源社版全集3においても当該箇所(二三七頁上段)は「ドキドキ光る」となっている。このように使われている「ドキドキ」は他にもある。

51　稲垣氏はす早く芳枝の表情を読んで、その鞄を取りおろし、気軽にそれを開けて、彼女の目の前につきつけた。見ると、その中には、意外にも、ドキドキした、いろいろの形の刃物が、ゴロゴロと転がつている。(春陽堂版全集2・十頁下段：蜘蛛男)

52　明智は道具方に教えられた薄暗い隅へ突き進んだ。道具方二人も、あとに続く。威勢のいい彼等には、泥棒を追つ駈けるなんて、こんな面白い遊戯はないのだ。

明智は道具類の作る迷路に踏みこんで行つた。美人鋸挽きの車のついた大きな箱、剣の刃渡りのドキドキと光つたダンビラの梯子、ガラス張りの水槽、脚に鏡をはりつめたテーブルなどが、種々さまざまのグロテスクな、不気味な陰影を作つて、数知れぬ隠れ場所が出来上がつている。

（春陽堂版全集3・六十九頁下段：魔術師）

53 ちやんとそこまで見通して、わしはやつの飛びこんで来るのを待つていた。手負い猪《しし》に最後のとどめを刺す深い陥穽《おとしあな》を用意して。その陥穽の底にはドキドキする剣を何本も植えつけて。

（春陽堂版全集7・九十九頁下段：白髪鬼）

54 池のこちら側には、やはり半裸体の、まるで地獄の青鬼みたいな湯本譲次が立ちはだかつて、傍《かたわ》らの小箱から、ドキドキ光る短剣を取り出すと、それを右手にかざして、向う側の裸女の肉塊めがけて投げつける姿勢だ。

（同二六三頁上段：地獄風景）

55 熊井青年が云つた通り、その家《うち》はまるで城郭みたいな、厳重きわまる構えであつた。邸《やしき》を取りかこんだ高いコンクリート塀には、ドキドキと鋭いガラスの破片が、ビッシリと植えつけてあるし、見上げるばかりの御影石の門柱には、定紋を浮彫りにした鉄板の門扉が、閉めきつたままになつている。

（春陽堂版全集8・六十二頁上段：人間豹）

56　野獣のように骨ばつた黒い顔、ギラギラと青く光る巨大な目、まつ赤な唇、ドキドキと研ぎすましたようなするどい歯、それが徐々に徐々に、文代さんのおびえた眼界一杯に、途方もない大写しになつて接近した。

（同一三三頁下段：人間豹）

57　ああ、危なかつた。もし彼女が一秒の何十分の一かおくれたならば、一命のないところであつた。見よ、芳枝さんが飛びのいたあとの敷蒲団のまん中から、ドキドキと銀色に光る鋭い金属が突き出していたではないか。

刀だ！　刀の切先だ！

（春陽堂版全集9・一三一頁上段：緑衣の鬼）

58　しばられてうなだれた二人の前に、黒つぽい袷の裾を高々とはしおり、毛むくじゃらの素足を丸出しにした四十前後と見える大男が、黒布ですつぽりと頰被りをして、右手にドキドキ光る九寸五分を持ち、夫婦のものを脅迫している体である。

（春陽堂版全集10・八十五頁下段：悪魔の紋章）

59　真弓さんはキリキリと歯ぎしりを嚙んで、目の前に迫る巨大な殺人機械を見つめていた。目をそらそうとしてもそらすことが出来なかつた。何か強い強い紐のようなもので眼球がその方へ、ドキドキ光る大剃刀の刃へ、ひきつけられていた。

（春陽堂版全集11・八十一頁上段：大暗室）

60　それればかりか、もしあの水底のように淀んだ鏡の前に、何かこう血なまぐさい光景が、例えば豊満な裸女の肩先へ、ドキドキ光る短刀がつきささつて、そこからまつ赤な血のりが流れ出す光景などが映つたならば、どんなに美しいだろう、というような空想さえ描いたのでした。

（同二七三頁上段：湖畔亭事件）

61　医学士はドキドキ光る抜身の日本刀をひつさげて、戸口のところに立ちはだかつている。そのうしろから小さくなつて覗いているのは、例の見かけ倒しの鬼婆である。

（春陽堂版全集12・一〇四頁下段：幽霊塔）

62　パッと目を打つランプの光、そのランプの下に、蒲団が敷いてあつて、半ば身を起した岩淵甚三がドキドキ光る旧式の六連発を構えて、じつとこちらを狙つているではないか。

（同一一五頁下段：幽霊塔）

63　あのドキドキと光つたメスが、今にも私の肉に喰い入るのではないか。そして、抉り出された私の臓腑は、あの巨大なレトルトの中で、泡立ち煮え返るのではないか。私は全身の産毛が逆立つ思いであつた。

（同一三六頁上段：幽霊塔）

64　そいつには又、太古の生物恐竜そつくりの、見るも恐ろしい尻尾があつて、それがいまわしい黒い虹のように醜く彎曲し、その先端に、実物を千倍に拡大したほどの槍の穂先が、ドキドキと鋭く光つて見えた。

（春陽堂版全集13・九十頁上段：妖虫）

もちろん乱歩は、「胸がどきどきする」という使い方もしているが、この使い方は現代日本語と同じであるので、挙例は一例にとどめる。

65　的に立つ麗子は麗子で、恋人の投げる白刃の前に、全身をさらして、今にもわが身にそれが突き刺さりはしないかと、ドキドキ胸おどらせる快感に、酔いしれているのだ。

（春陽堂版全集7・二六三頁上段：地獄風景）

65は54の十行後に位置しており、隣接して「ドキドキ」が異なる使われ方をしていることがわかる。つまり乱歩の「ドキドキ」は二つあった。先に掲げた『日本国語大辞典』の説明をあてはめるのであれば、乱歩の「ドキドキ」は見出し「どぎどぎ」の語義（一）「刃物の鋭利なさまを表わす語」にあたると思われるが、「ドキドキ」とともに使われている語、共起している語をみると、「ヒカル（光）」が目立つ。そもそも、50〜64までの十五例のうち、50、52、54、57〜64の十一例が「ヒカル」と共起している。「乱歩流オノマトペ」ではあるが、その「ドキドキ」を「刃物」の形容に使っていることからして、「ドギドギ」ではなく、「ドキドキ」も「鋭利なさま」から「光る」ということに「イメージ」が移っていっている、あるいは拡大しているのではないだろうか。62は「ドキドキ光る旧式の六連発」であって、もはや「刃物」ではない。「乱歩流オノマトペ」ということでいえば、次のオノマトペは『日本国語大辞典』が見出しにしておらず、また『日本語オノマトペ辞典』も採りあげていないものである。

66 彼は胸から背中の方へ目を移して行つた。無理な寝かたをしていたので、肩の肉が皺になつて、そこの部分の毛穴が、異様に大きく開いていたが、それを直してやる為に、ちよつと身体を持ち上げた拍子に、背中の畳に接していた部分が、ヒョイと彼の目に映つた。それを見ると、彼はギョクンとして思わず手を離した。

（春陽堂版全集2・二一一頁上段：虫）

67 見ているうちに、警視総監の心臓でさえも、ギョクンと喉の辺まで飛び上がるような、恐ろしい事実がわかつて来た。
そいつは生きていたのだ。人形ではなかつたのだ。
（春陽堂版全集5・一一一頁下段：猟奇の果）

68　しかし、数秒の後には、彼は右の手先が重いのを意識した。見ると、そこには、相手の奥村一郎所有の小型ピストルが光つていた。「俺が殺したんだ」ギョクンと喉がつかえたような気がした。
（春陽堂版全集14・二八二頁上段：灰神楽）

三例ではあるが、67と68とは「ノド（喉）」と共起しているので、「喉がゴクンと鳴る」と言う時の「ゴクン」、「ギョットする」の「ギョ」とがあわさったようなオノマトペが乱歩の「ギョクン」のように思われる。69・70の「オンモリ」は『日本国語大辞典』が見出しにしているが、そこには「方言」の例しかない。

69　フックラと、硬すぎず軟かすぎぬクッションのねばりぐあい、わざと染色を嫌つて、灰色の生地のまま張りつけた、なめし革の肌ざわり、適度の傾斜を保つて、そつと背中を支えてくれる、豊満な凭《もた》れ、デリケートな曲線を描いて、オンモリとふくれ上がつた、両側の肘掛け、それらのすべてが、不思議な調和を保つて、渾然として「守楽《コンフオート》」という言葉を、そのまま形に現わしているように見えます。

（春陽堂版全集3・二四一頁下段：人間椅子）

70　三郎はこの口がどうにも気に入らないのでした。鼻の下の所から段をなして、上顎と下顎とが、オンモリと前方へせり出し、その部分一杯に、青白い顔と妙な対照をして、大きな紫色の唇が開いています。

（春陽堂版全集13・二五六頁下段：屋根裏の散歩者）

本章では乱歩が使った片仮名に注目して、「非常の言語」「乱歩の外来語」「乱歩のオノマトペ」について観察、検証してきた。特に「乱歩のオノマトペ」では、（おそらくは乱歩が自身の「イメージ」を核として）オノマトペを核とした表現描写を行なっているのではないかということを述べた。筆者が乱歩作品を読んだのは、中学生から高校生にかけての頃だったと思う。その頃から乱歩の「ドキドキ」が気になり、また乱歩の「ムクムク」が気になりどきどきしていた。調べてみると、そうしたオノマトペ使用が多いわけではない。調べてみて、いささか「あれ？」という感じがしないでもなかったが、少数使われている「乱歩流オノマトペ」がそれだけ鮮烈だったということだろう。数ではないということは、日本語学のアプローチに関してのいい教えでもある。

本章で採りあげた語の中にも、『日本国語大辞典』が見出しにしていない語や、見出しにしていても、語義が異なるものなどがあった。次章ではそうした語をひろく話題にしていくことにしたい。

第八章

消された乱歩

ミスか？　変化か？

ここでは「吸血鬼」よりことばの変遷をたどる。

◆〝フンシツ〟か〝フンジツ〟か

1　室内のようすは、先日小川と名乗る人物が殺され、その死体が紛失《ふんじつ》した当時と、少しも変つたところはなかつた。

（春陽堂版全集6・六十九頁上段：吸血鬼）

2　日頃の文代さんに似合わしからぬ、ぶしつけなやり方である。が、その実は、こうして、男の手をふさいでおいて、彼女が化粧室にはいっているあいだ、例のケースが紛失《ふんしつ》したことを気づかせまい策略であつた。

（同八十一頁下段：吸血鬼）

3「こうして、小川正一の死体が紛失《ふんしつ》したのです。あの黒いやつが、これだけの仕事を終つたあとへ、恒川さん、あなた方警察の一行が、ここへ来られたという順序です」

（同一七〇頁上段：吸血鬼）

4　なるほど、なるほど、死体紛失《ふんしつ》の一件はこれで明瞭になつた。しかし、まだわからぬ

ことが山ほどある。　（同）

1では漢字列「紛失」に「ふんじつ」と振仮名が施され、2〜4では「ふんしつ」と施されている。『日本国語大辞典』の見出し「ふんしつ」には次のように記されている。

ふんしつ〔名〕（古くは「ふんじつ」とも）（一）物がまぎれてなくなること。まぎらし見失うこと。失うこと。＊金比羅宮文書－天元三年〔９８０〕二月二日・某寺資財帳（平安遺文二・三二五）「不修治寺家、有世間不階、悉以寺物令紛失」＊前田本下学集〔室町末〕「紛失 フンジツ」＊日葡辞書〔１６０３〜０４〕「Funxit（フンシツ）。ミダレ ウシナウ」＊浄瑠璃・狭夜衣鴛鴦剣翅〔１７３９〕一「かっせんの其ばにてふんじつせしか取りのこせしか」＊歌舞伎・高麗大和皇白浪〔１８０９〕三立「大切なる宝紛失《フンジツ》の、折柄」＊和英語林集成（初版）〔１８６７〕「Fun-jitsz フンジツ 紛失」（二）物忘れすること。忘れて誤ること。＊仮名草子・よだれかけ〔１６６５〕二「いささかの紛失は、わが年にもゆづり給へといへば」（三）人が姿を消すこと。失踪。また、ぬけ出して逃げること。脱走。＊園太暦－観応元年〔１３５０〕一二月九日「昨日凶徒入㆓宇治㆒、不㆑定㆓在所㆒、紛㆓失境内㆒云々」＊随筆・西遊記〔１７９５〕五「登るもの、不時に紛失《フンジツ》する事抔《など》毎度の事ゆゑに」＊雑俳・柳多留拾遺〔１８０１〕巻七「宿引はたらひを出して紛失し」

「古くは「ふんじつ」とも」は含みのある表現にみえる。これが「古くは「ふんじつ」」という表現であれば、「フンジツ」という語形から「フンシツ」という語形に変化した、ということになる。しかし、『日本国語大辞典』が示している使用例をみると、前田本『下学集』に「フンジツ」という濁音語形が確認できるにもかかわらず、『日葡辞書』は「フンシツ」という清音語形を見出しにしている。では、『日葡辞書』編纂時には清音語形が優勢であったのかというと、『和英語林集成』の初版は濁音語形を見出しにしているなど、「一筋縄」ではいかないように思われる。「フンジツ」「フンシツ」について精査の必要があろうが、室町期以降は「フンシツ」「フンジツ」が併用されていたのではないだろうか。ここはそうしたことに「決着」をつける場ではないので、併用されていたと仮定して話を進めることにする。

さて、明治から昭和にかけても「フンシツ」「フンジツ」が併用されていたとしても、右の1・2についてはいろいろな「みかた」がありそうだ。どちらかを「ミス」とみるというのがまずありそうな「みかた」である。これは「統一されていてしかるべき」という「心性」に基づく「みかた」といってよい。乱歩が「ミス」をした、あるいは春陽堂版の振仮名に乱歩が関与していなければ、振仮名を施した人物が「ミス」をした。乱歩あるいは振仮名を施した人物が「フンシツ」「フンジツ」を併用していた。つまりどちらの語形も使っていた。これは「どちらの語形でもいいと思っていた」というところまでいく「みかた」かもしれないし、とにかくどちらかが正しくて、どちらかが間違っている、とは思っていなかったということだろう。

テキストという観点からいえば、乱歩の自筆原稿では「ふんじつ」という振仮名があったか、初出ではどうだったか、単行本ではどうだったか、それぞれのプロセスに乱歩は関与していたか、いなかったか、ということが「判断」にかかわってくるが、それもここではいったん措くことにして、春陽堂版全集に、とにもかくにも「ふんじつ」という振仮名が確認できるということを起点にしたい。そしてそれを乱歩が使った語形とみておくことにする。そうだとすると、まず乱歩は「フンジツ」「フンシツ」を併用していたことになる。

5　室内のようすは、先日小川と名乗る人物が殺され、その死体が紛失した当時と、少しも変ったところはなかった。　（桃源社版全集5・六十九頁上段：吸血鬼）

桃源社版全集5は昭和三十六年十二月三十日に発行されている。右でわかるように漢字に振仮名を施していない。まったく施していないわけではないが、ほとんど振仮名はない。「吸血鬼」は光文社文庫版全集第六巻（二〇〇四年十一月二十日）に収められているが、光文社文庫版全集は「昭和七年二月、『江戸川乱歩全集』（平凡社〔平〕）の第十二巻として刊行されたものを底本に新字新仮名遣いとし、初出（第五十六回と第六十九回は未見）、博文館版、春陽堂版『江戸川乱歩全集』第六巻（昭和三十年四月〔春〕）、および桃源社版『江戸川乱歩全集』第五巻（昭和三十六年十二月〔桃〕）と対校して、句読点や誤植を訂正した」（解題六七二頁）とのことである。その光文社文庫版全集は右の箇所を次のように印刷している。

6　室内の様子は、先日小川と名乗る人物が殺され、その死体が紛失した当時と、少しも変った所はなかった。（三九五頁）

そして春陽堂版全集を「底本とし」ている、江戸川乱歩文庫『吸血鬼』（春陽堂書店、二〇一九年二月二十五日）には次のようにある。

7　室内のようすは、先日小川と名乗る人物が殺され、その死体が紛失した当時と、少しも変わったところはなかった。（一三八頁）

現代日本語を母語とする人が、江戸川乱歩文庫、光文社文庫版全集、桃源社版全集を読んだとすれば、「紛失」の箇所は「フンシツ」という、現代語でも使っている語形を書いたものと思うに違いない。春陽堂版全集を読めば、「あれ、振仮名がふんじつとなっている」と思うだろう。先に仮定したように、この「フンジツ」が乱歩がこの文で選択して使った語形であるとすれば、それが「フンシツ」にすりかわったことになる。

いやいや、「フンシツ」も「フンジツ」も発音が異なるだけで語義は変わらないでしょ？と言われれば、その通り、語義は変わらない。「語義が変わらないなら何も問題はない」という考え方は一つの考え方で、それはもちろん十分理解できる。そうではあるが、やはり「一つの考え方」であって、「他の考え方」もある、ということは知っておいていいはずだ。いつだって、自分の考え方以外の考え方があることを知ることは大事だ。筆者は、右のようであるならば、「フンジツ」という乱歩が使った語形が「消された」と感じる。しかもあまり誰もそれに気づかないうちに「消された」。意図的な改変はむしろ目立ちやすいから変えたことがあからさまであるが、右のような場合は、いつのまにか、という感じかもしれない。そして、これから気をつけなければいけないことは、こういうことではないだろうか。

◆〝ダレ〟か〝ダレ〟か

「吸血鬼」には次のような箇所もある。

8 斎藤老人は、思わず振りかえつて、暗闇の中の、見えぬ敵に対して、身がまえをした。
「誰だ、そこにいるのは、たれだ」

誰もいるはずはなかつたけれど、薄気味わるさに、老人はどなつてみないではいられなかつた。

ところが、その声に応じて、まるで老人が悪魔を呼びだしでもしたように、広い暗闇の中に、人の気配がした。すかして見ると、向こうの窓の前を、煙みたいな人影が、スーッと横切つたように感じられた。

「たれだ、たれだ」

老人はつづけざまに、悲鳴に似たさけび声をたてた。（春陽堂版全集6・七十三頁下段）

右では「たれ」が三回みられる。『日本国語大辞典』は清音語形「たれ」を見出しにして、「(近世後期以降「だれ」とも)」と記す。「タレ」がまずあり、江戸時代後期以降に「ダレ」という語形をうんだ、とみるのが一般的だ。乱歩は明治二十七（一八九四）年に生まれている。「吸血鬼」を『報知新聞』に連載し始めた昭和五（一九三〇）年は乱歩が三十六歳である。乱歩が二十歳ぐらい年上の五十六歳を「老人」と感じたとすると、この五十六歳の「老人」は一八七四年、すなわち明治七年生まれということになる。この「老人」は「ダレ」ではなく「タレ」という語形を使っていた可能性がある。そういう感覚が右の場面での「たれ」ではないか。右の箇所がどうなっているか、桃源社版全集、光文社文庫版全集、江戸川乱歩文庫（春陽堂書店）の「本文」をあげてみよう。

9　斎藤老人は、思わず振りかえって、暗闇の中の、見えぬ敵に対して身がまえをした。

「誰だ、そこにいるのは、だれだ！」

誰もいるはずはなかったけれど、薄気味わるさに、老人はどなってみないではいられなかった。

ところが、その声に応じて、まるで老人が悪魔を呼び出しでもしたように、広い暗闇の中に、人の気配がした。すかして見ると、向こうの窓の前を、煙みたいな人影が、ス——と横切ったように感じられた。

「だれだ、だれだ！」

老人はつづけざまに、悲鳴に似た叫び声をたてた。（桃源社版全集5・七十四頁上段）

10

斎藤氏は、思わず振返って、暗闇の中の、見えぬ敵に対して、身構えをした。

「誰だ、そこにいるのは、誰だ」

誰も居る筈はなかったけれど、薄気味悪さに、老人は呶鳴って見ないではいられなかった。

ところが、その声に応じて、まるで老人が悪魔を呼び出しでもした様に、広い暗闇の中に、人の気配がした。すかして見ると、向うの窓の前を、煙みたいな人影が、スーッと横切った様に感じられた。

「誰だ、誰だ」

老人は続けざまに、悲鳴に似た叫び声を立てた。　（光文社文庫版全集6・四〇三頁）

11　斎藤老人は、思わず振りかえって、暗闇の中の、見えぬ敵に対して、身がまえをした。
「誰だ、そこにいるのは、誰だ」

誰もいるはずはなかったけれど、薄気味わるさに、老人はどなってみないではいられなかった。

ところが、その声に応じて、まるで老人が悪魔を呼びだしでもしたように、広い暗闇の中に、人の気配がした。すかして見ると、向こうの窓の前を、煙みたいな人影が、スーッと横切ったように感じられた。

「誰だ、誰だ」

老人はつづけざまに、悲鳴に似たさけび声をたてた。　（江戸川乱歩文庫・一四七頁）

乱歩は桃源社版全集の編集には積極的に関与している。そのことからすれば、桃源社版全集5が出版された昭和三十六（一九六一）年の時点では、「ダレ」が乱歩の認めた語形ということになる。したがって、漢字をあてられている「誰」もこの時点では「ダレ」を書いたものとみるのが「筋」だ。10・11を現代日本語母語話者がみれば、「誰」は「ダレ」を書いたものとみるだろう。だろうというよりも、そうとしか思わないはずだ。8は誤植とは考えにくい。そうであれば、8の時点では存在していた「タレ」が現在に至るまでの間には「消えた」ことになる。次の例はどうだろう。

◆〝ユイイツ〟か〝ユイツ〟か

12「こんどの事件は、最初から、倭文子さんを殺害することが唯一《ゆいつ》の目的だったのです。ほかのいろいろな犯罪は、すべてすべて、その唯一《ゆいつ》の目的を達するための手段にすぎませんでした」

（春陽堂版全集6・一八七頁下段）

『日本国語大辞典』は「ゆいいち」「ゆいいつ」「ゆいつ」三つの見出しをたてている。「ユイツ」は「ユイイツ」の重複している母音［i］を脱落させた語形であるので、いくらか非標準的といえるだろう。

ゆいいち〔名〕（一）ただ一つであること。ゆいいつ。ゆいつ。＊平家物語〔13C前〕七・平家山門連署「無二の丹誠を照して唯一の玄応を垂給へ」＊妙一本仮名書き法華経〔鎌倉中〕一・方便品第二「諸仏は、みことことなることとなし。唯一《ユイイチ》にして、二乗なし」＊浄瑠璃・聖徳太子絵伝記〔1717〕一「神は唯一《ユイイチ》円頓一実相の外」＊改正増補和英語林集成〔1886〕「カミワ yuiichi（ユイイチ）ナル モノ」＊首楞厳経－三「以清浄目観晴明空、唯一精虚迥無所有」(二)「ゆいいつしんとう〔唯一神道〕」に同じ。＊俳諧・本朝文選〔1706〕四・説類・師説〈許六〉「往昔神道のさかむなりし時は、唯一の師ありて道を教える事、退之がいひにかはらず」＊都鄙問答〔1739〕三・性理問答「惟《ユイ》一を相《たすく》るに、儒仏の法を執り用ゆべし」

ゆいいつ〔名〕(一) ただ一つであること。ゆいいち。ゆいつ。＊青春〔1905〜06〕〈小栗風葉〉秋・一五「其れは、主の唯一《ユヰイツ》の道楽として邸内に栽培したもので」＊満韓ところどころ〔1909〕〈夏目漱石〉四三「余は仕方がないから西洋間と日本間の唯一《ユヰイツ》の主人として、此一日を物静かに休養すべく準備した」＊書経‐大禹謨「惟精惟一、允執二厥中一」(二)「ゆいいつしんとう〔唯一神道〕」の略。

ゆいつ〔名〕「ゆいいつ(唯一)(一)」に同じ。＊春廼屋漫筆〔1891〕〈坪内逍遥〉梓神子・六「詩は史の奴ならざればなり要するに世話物も時代物も肉身の兄弟にして其本願も唯一《ユイツ》なり」＊田舎教師〔1909〕〈田山花袋〉一五「校長になるのを唯一《ユ》の目的に」

13「こんどの事件は、最初から、倭文子さんを殺害することが唯一の目的だったのです。ほかのいろいろな犯罪は、すべて、その唯一の目的を達するための手段にすぎませんでした」

（桃源社版全集5・一八五頁上段）

14「今度の事件は、最初から、倭文子さんを殺害することが唯一の目的だったのです。外の色々な犯罪は、すべてすべて、その唯一の目的を達する為の手段に過ぎませんでした」

（光文社文庫版全集6・五九七頁）

15「こんどの事件は、最初から、倭文子さんを殺害することが唯一の目的だったのです。ほかのいろいろな犯罪は、すべてすべて、その唯一の目的を達するための手段にすぎませんでした」

（江戸川乱歩文庫・三七〇頁）

「すべてすべて」か「すべて」かは措くとして、13～15では漢字列「唯一」に振仮名が施されていない。「読み手」が漢字列「唯一」とどんな語形を結びつけているかによるが、現代であれば、多くの「読み手」が「ユイイツ」という語形と「唯一」とを結びつけているだろう。つまり、多くの「読み手」は「ユイイツ」という語形が文字化されたものが「唯一」と判断するだろう。しかし春陽堂版全集の振仮名は「ゆいつ」で、それに基づけば、「唯一」は「ユイツ」という語形を文字化したものということになる。ここではこの「ユイツ」が「消された乱歩」だ。

◆逃げ〝そく〟なう?

16「さあ、はやく、はやく、こちらへいらつしやい。僕が見つけておいた安全しごくのかくれ場所があるのです。不気味でしようが、夜ふけまで、二人でそこにひそんでいてください。あとは僕がいいようにはからいます。僕を信じてください。どんなことがあろうとも、あきらめないで、じつとしんぼうしていてください。万一逃げそくなつた場合には、僕がすべての責任をおいます。僕があなたを脅迫して無理に逃がしたのだと云います」

(春陽堂版全集6・一三四頁上段)

17「さあ、はやく、はやく、こちらへいらっしゃい。僕が見つけておいた安全なかくれ場所があるのです。無気味でしょうが、夜ふけまで、二人でそこにひそんでいてください。あとは僕がいいようにはからいます。僕を信じてください。どんなことがあろうとも、あきらめないで、じっとしんぼうしていてください。万一逃げそくなった場合には、僕がすべての責任をおいます。僕があなたを脅迫して無理に逃がしたのだと言います」

(桃源社版全集5・一三三頁下段)

18「サア、早く、早く、こちらへいらっしゃい。僕が見つけておいた安全至極の隠れ場所があるのです。不気味でしょうが、夜ふけまで、二人でそこにひそんでいて下さい。あとは僕がいい様に計らいます。僕を信じて下さい。どんなことがあろうとも、あきらめないで、じっと辛抱していて下さい。万一逃げそくなった場合には、僕が凡ての責任を負います。僕があなたを脅迫して無理に逃がしたのだといいます」

（光文社文庫版全集6・五〇六頁）

19「さあ、はやく、はやく、こちらへいらっしゃい。僕が見つけておいた安全至極のかくれ場所があるのです。不気味でしょうが、夜ふけまで、二人でそこにひそんでいてください。あとは僕がいいようにはからいます。僕を信じてください。どんなことがあろうとも、あきらめないで、じっとしんぼうしていてください。万一逃げそこなった場合には、僕がすべての責任をおいます。僕があなたを脅迫して無理に逃がしたのだと云います」

（江戸川乱歩文庫・二六六頁）

春陽堂版全集には「逃げそくなつた」とある。複合語の下の成分となった「ソコナウ」が母音交替して「～ソクナウ」となることがあるが、その語形「ニゲソクナウ」が使われている。これも非標準的な語形といってよいだろう。桃源社版全集においても「逃げそくなった」とあるので、乱歩の使う語形とみてよい。「吸血鬼」は昭和二十一年九月十五日に一聯社から単行本『吸血鬼』として出版されているが、そこにも「萬一逃げそくなつた場合には、僕が凡ての責任を負ひます」（一五四頁上段）とある。一方、江戸川乱歩文庫では標準的な「逃げそこなった」が選ばれている。

◆あと〝すざ〟り？

20　そういううちにも、部屋は目に見えて暗くなつていつた。藁人形の藁の一本一本が、もう見分けられぬほどだ。黒つぽい仏像たちは、ジリジリとあとすざりをして、壁の中へとけこんでいくかと見えた。（春陽堂版全集6・一六五頁下段）

21　そういううちにも、部屋は眼に見えて暗くなって行った。藁人形の藁の一本々々が、もう見分けられぬほどだ。黒っぽい仏像たちは、ジリジリとあとすざりをして、壁の中へとけこんでいくかと見えた。（桃源社版全集5・一六四頁上段）

22　そういう内にも、部屋は目に見えて暗くなって行った。わら人形のわらの一本一本が、もう見分けられぬ程だ。黒っぽい仏像達は、ジリジリとあとしざりをして、壁の中へ溶け込んで行くかと見えた。（光文社文庫版全集6・五六〇頁）

23　そういううちにも、部屋は目に見えて暗くなっていった。藁人形の藁の一本一本が、もう見分けられぬほどだ。黒っぽい仏像たちは、ジリジリとあとずさりをして、壁の中へとけこんでいくかと見えた。
（江戸川乱歩文庫・三二八頁）

24　さういふ内にも、部屋は目に見えて暗くなつて行つた。わら人形のわらの一本々々が、もう見分けられぬほどだ。黒つぽい仏像達はジリ〱とあとじさりをして、壁の中へ溶け込んで行くかと見えた。
（一聯社版単行本・一八七頁下段）

乱歩の関与がはっきりしている春陽堂版全集と桃源社版全集がいずれも「アトスザリ」であるので、これが乱歩の使用語形であることはたしかだ。今ここでは右のうち、どれが乱歩の使用語形であるかを話題の焦点にしないことにするが、例えば創作探偵小説集第四巻『湖畔亭事件』（春陽堂、大正十五年九月二十六日発行）に次のようなくだりを見出すことができる。

25　そこでは、白い女の体が、背中から真つ赤なドロ〱したものを流しながら、スーツとあるき去る様に鏡の表から消えました。いふまでもなく、そこへ倒れたのでせうけれど、鏡には音がないのです。あとに残つた男の手と短刀とは、暫くぢつとしてゐましたが、やがて、これも又、あとじさりをする様に、鏡から影を消してしまひました。
（二一七頁）

ここには「あとじさり」とあって、これは一聯社版単行本と通う。「アトジサリ」もまた乱歩の使用語形である可能性がたかい。そうであれば、乱歩は「アトスザリ」「アトジサリ」いずれも使っていたことになる。現代日本語使用者の「感覚」からすると、「不統一」ということになるかもしれない。あるいは、「何か使い分けをしているのではないか」ということになるかもしれない。しかし筆者は「両語形併用」ではないかと思う。そうであったとして、その「両語形併用」をどう評価するか、ということがさらにあるだろう。「いい加減」「こだわりがない」という評価もあるかもしれない。しかし、乱歩にひきつけて「二人一役」とみることもできるのではないか。

〈後にさがる〉という語義をもつ動詞「スサル」「シサル」がある。『日葡辞書』は見出し「シザル」において「またはむしろ」「シサル」と記し、「シサル」も見出しとしている。このことからすれば、「シサル」から「シザル」がうまれ、『日葡辞書』が編纂された一六〇三年頃では、先行していた語形「シサル」を使うのがいいのだ、という「感覚」があった可能性がある。「スザル」がいつ頃うまれたかは不分明であるが、明治期には「スザル」の使用を確認することができる。ひとまず「スサル」が先行していたと仮定すると、〈後にさがる〉という語義の「シサル」「スサル」がまずあったことになる。語義差はここでは話題にしない。その「シサル」「スサル」に「アト」が上接した複合語としての語形が「アトシサル」「アトスサル」で、その連用形（名詞形）が「アトシサリ」「アトスサリ」である。複合が安定してくると連濁し、「アトジサリ」「アトズサリ」となる。濁音の位置が後ろにずれると「アトシザリ」「アトスザリ」となる。「アキバハラ（秋葉原）」が「アキハバラ」になるのと同じだ。『日本国語大辞典』が示している使用例をみると、「アトスザリ」「アトズサリ」はともに十九世紀以降の文献に使われている。しかしだからといって、「アトスサリ」が使われなくなったとはいえないので、十九世紀以降は（可能性としていえば）「アトスサリ」「アトズサリ」「アトスザリ」があったとみたい。「アトジサリ」「アトシザリ」も同様で、十九世紀以降の文献で使用が確認できる。

ということは、可能性としていえば、「アトスサリ」「アトズサリ」「アトスザリ」「アトシサリ」「アトジサリ」「アトシザリ」の六つの語形が使われていたことになる。

先に示した乱歩の諸テキストを総体としてみれば、「アトスザリ」「アトズサリ」「アトシザリ」「アトジサリ」の四つの語形がみられる。乱歩がうまれた明治時代からいえば、明治・大正・昭和・平成・令和のテキストにみられるとも考えられる。一方、先に述べたように、乱歩は六つの語形のうち、どれを、あるいはどれとどれとを使っていたか、という観点もある。この観点では、テキストの吟味が重要になる。

『日本国語大辞典』にない乱歩語

それにしても、「一人二役」「二十面相」の作家、乱歩の操る日本語は多様で多彩、奥深い。

さらに精密に乱歩テキストを分析することによって、さらに奥深い乱歩のおもしろさ、魅力が引き出せることは確かなことと思う。

　そうした一端を示す例として、本章の最後に、『日本国語大辞典』も見出しにしていない「乱歩語」を紹介してみよう。『日本国語大辞典』は多巻大型国語辞書として現在のところ唯一のものといってよい。そうであっても、紙媒体の辞書である以上、収録語数には限りがある。『日本国語大辞典』は総項目数五十万、用例数百万を謳う。おおざっぱにいえば、たいていの語は収められている。しかしその一方で、さまざまな理由から項目として採りあげない語も当然ある。だから、これから示す語が項目として採りあげられていないことを批難しようとしているわけではまったくない。「こういう語は項目になっていないのか」とか「乱歩はこんな語を使っているのだ」ぐらいに受けとめていただければさいわいだ。まず使用例として乱歩の作品があげられている語を一つ示そう。

26　相川青年が答えた通り、その二人連れは、政党の下つぱか、いわゆる会社ゴロというような人種以上には見えなかつた。　（春陽堂版全集13・四頁上段：妖虫）

かいしゃごろ［名］（「ごろ」は「ごろつき」の略）（一）新会社を作るかのようにいつわり、巧みな弁舌で資本家に投資させて私利を図る者。会社屋。〔模範新語通語大辞典（191

9〕〕（二）会社や、その重役などの弱点、または中傷的な材料をもとに脅迫し、金品などをゆすり取ることを常習としている者。また、少しの株を持ち、株主総会でいやがらせの質問をし、妥協するとき金をせしめることを常習とする者。会社荒し。〔新しき用語の泉〔1921〕〕＊妖虫〔1933〜34〕〈江戸川乱歩〉「その二人づれは、政党の下っぱか、いはゆる会社ゴロといふやうな人種以上には見えなかった」

それでは、同じ作品「妖虫」で使われていて、『日本国語大辞典』が見出しにしていない語をあげてみよう。

27　或る名も知らない赤雑誌に「東京女学生美人投票、第一席ミス・トウキョウ」として、どうして手に入れたのか、珠子の写真までのせてあつたのが、大評判になつて、お友達からさんざん冷かされたことが、むしろ誇らしく思い出された。（同二十四頁上段）

28　万が一にも、助かる見込みなぞありはしない。頼みに思う父の相川氏は、麻酔の夢さめやらず、車の烈しい動揺も知らぬげに、眠りこんでいるし、運転手と助手とは、神経のない自動人形のように、広い二つの背中を見せているばかりだし、窓の外は、もう一時に近い夜更け、しかも淋しい生垣道《いけがきみち》、通りかかる人もない。（同四十八頁上段）

29「僕は一種の銀座人種でしてね。銀座の事には可なり詳しいつもりですが、今このショウ・ウインドウの前を通りかかつて、ふと気がつくと、いつもの蠟人形がいなくなつているのです。見知り越しの蠟人形がですよ。美しいやつでした。まだ若い娘でね」

（同七十二頁上段）

30 初春の午前八時、丸の内オフィス街はまだ夜明けのヒッソリとした感じであつた。片側には八階のSビルディング、片側には六階のYビルディング、空を圧してそそり立つ白堊の断崖にはさまれた深い谷底に、電車線路のない坦々たるアスファルト道路が、白々と続いていた。

（同九十七頁下段）

31 熱帯国にはさまざまの巨大な生物が棲息するということだ。雀を取つて餌食にする大蜘蛛さえ棲んでいる。だが、ここは熱帯国ではない。東京のまん中のビルディング街だ。ラッシュ・アワーには何十万という群集が往来する雑沓の地だ。

（同一〇〇頁下段）

32 近くにあるT劇場の楽屋から、扮装のまま這い出して来たというのは、面白い想像であつた。だが、T劇場にはそんな昆虫劇など演じられてはいなかつたのだ。

（同）

28「イケガキミチ」の語義が〈生け垣に沿った道〉ぐらいであることはすぐにわかる。「イケガキ」の語義と「ミチ」の語義がわかっていれば、推測することができる。こういう語を見出しとしていたら、きりがない。30の「アスファルトドウロ」も〈アスファルト舗装がしてある道路〉ということがすぐにわかる。32の「コンチュウゲキ」も妙な複合語ではあるが、語義はまあわかる。だからさきほど述べたように、こういう語が見出しになっていないのはむしろ当然といってよい。しかし、それでもなお、「こういう語が使われたという記録」として「日本列島上で確実に使われた日本語の記録」として、どこかにきちんととどめて未来に伝えたいと思ってしまう。

大正時代の日本語はまだ十分に観察し、分析されているとはいえないだろう。筆者はかつて、明治時代の日本語を、それまでの日本語の総体がいろいろなかたちで浮かび上がってきた「湧水池」にたとえたことがある。明治時代の日本語が「それまでの日本語の湧水池」だとすれば、大正時代の日本語は、そこから現代の日本語までの「起点」のように感じる。そういうことを頭の片隅に置きながら乱歩を読むのも楽しい。あれ？　楽しいのは筆者だけですか。そんなことはないですよね。

おわりに

筆者は、ポプラ社少年探偵江戸川乱歩全集で初めて乱歩の作品を読んだ。『江戸川乱歩著書目録』で調べてみると、昭和三十九（一九六四）年の七月に2『妖怪博士』と4『青銅の魔人』が、八月に1『怪人二十面相』と3『少年探偵団』5『大金塊』7『怪奇四十面相』が、九月に6『透明怪人』8『地底の魔術王』9『電人M』が、十月に11『奇面城の秘密』10『宇宙怪人』13『サーカスの怪人』15『塔上の奇術師』、十一月に12『黄金豹』14『夜光人間』が出版されているので、短期間の間に多くの作品がこのシリーズで刊行されていることがわかる。

右の中で、筆者が確実に読んだと記憶しているのは、『妖怪博士』『青銅の魔人』『サーカスの怪人』だ。亡父の実家が宮城県石巻にあるので、子供の頃、八月に行なわれる仙台の七夕に合わせるように、亡父と石巻に行っていた時期があった。今と違って、かつては上野から特急に乗って仙台まで四時間以上かかった。「かかった」といっても、そう認識していたということではなく、今調べてみてわかったということで、子供の感覚では、とにかく長時間列車に乗るという感じだった。しかも仙台から石巻まで「仙石線」に乗る。今調べてみると一時間半弱のようだが、かつてはおそらくもっとかかったのだろう。二時間以上かかったのではないだろうか。「二時間」ということばをなんとなく覚えている。そうすると、上野から石巻まで六時間以上、自宅のある北鎌倉から上野までは一時間以上かかるので、全体では八時間ちかい移動だったことになる。子供からすれば「大旅行」になる。

そのため、移動中に読むための本を買ってもらっていた。この時はかなり自由に本を買ってもらうことができた。「子供の頃」が何歳ぐらいの頃かがはっきりしないが、ある時のことを鮮明に覚えている。鎌倉、小町通りにある小さな本屋さんに行って、『青銅の魔人』を買った。その時に、その小さな本屋さんの小さな棚に、他にもポプラ社のシリーズがあり、もっと買ってもよいと言われ、数冊買った記憶がある。なぜか『青銅の魔人』だけタイトルを覚えているのだが、これが昭和三十九年七月のことであれば、出版されたばかりの『青銅の魔人』と『妖怪博士』を買ったことになる。そうであれば、筆者が六歳の時ということになる。『サーカスの怪人』も買ったのならば、翌年、筆者が七歳の時のことになる。いずれにしてもその頃のことだ。『青銅の魔人』が記憶に残っているのは、おそらく柳瀬茂のカバー絵、挿絵のためだろう。

筆者の、次の「乱歩経験」は春陽文庫の「江戸川乱歩名作集」1〜7で、これは七冊すべて読んだ。ただし、読んだ時期がはっきりしない。中学二年生か三年生頃ではないかと思うが、これも高塚省吾の色彩豊かなカバーで「覚えている」。この頃は、いろいろな文庫を読み始めていたが、筆者はまず新潮文庫から読み始めた。岩波文庫はまだちょっと、という感じで、時々角川文庫を買うという感じだったので、春陽文庫はちょっと「派手」な感じがして、「江戸川乱歩名作集」もこわごわだったかもしれない。

春陽文庫の次には角川文庫で乱歩を読んだ。青い背に白抜きのタイトル、谷崎潤一郎の挿絵画家として知られる、切り絵画家宮田雅之のカバーは、これまた「子供向けではない」感じで、特徴的なものであった。

その後文学作品のリメイクについての原稿を書いた時に、黒岩涙香『幽霊塔』と乱歩の『幽霊塔』を対照し、また乱歩の『時計塔の秘密』を対照し、乱歩の「書き換え」に興味をもった。自身の作品に手を入れ、「添削」や「書き換え」を行なう人は「ことば溢れる人」であると思う。最終形が定まらないとみると、優柔不断な人になってしまうが、そうではなく、「別バージョン」がすぐに浮かんでくる人であり、それだけ言語による表現に敏感で、繊細な人でもある。そういう人は多作でもある。北原白秋がそうであったと思う。人並み外れて多くの作品を、これまた人並み外れてひろい分野に作品を残している。乱歩も「ことば溢れる人」であろう。筆者は特に「別バージョン」としての少年向け作品の分析が重要ではないかと考えている。本書では必ずしも十分に少年向け作品それそのものを分析することができなかったかもしれないが、また機会があれば、正面から論じてみたい。

例えば「セクシュアリティ」というキーワードを設定して乱歩作品をよむ。それはもちろん一つのよみかたであり、文学作品を分析する一つの方法であることはたしかだ。本書でもキーワードを設定して乱歩作品をよむ試みを行なった。しかしそれは「ことば溢れる人」の中に分け入り、溢れることばのみなもとを探り、ことばとイメージとがどのように結びついているかを探るためで、乱歩作品に「レッテル」を貼ろうとしているわけではない。

本書十六頁でふれた春陽堂版全集における別刷り「「孤島の鬼」脱文」を次頁に示そう。

筆者が所持していた春陽堂版全集の第六巻にはこの別刷りが入っていなかった。古書として購入したものであるので、月報も入っている巻と入っていない巻とがある。本書で採りあげるにあたって、どうしても別刷りを確認したかったので、入っているかどうかはわからなかったが、第六巻をもう一冊購入してみた。運がよかった、と言っておくが、購入した第六巻には、別刷りが入っていた。こういうものを入手することが案外と難しい。そして次第に情報が曖昧になっていく。

最近、「情報」を残すということを考えるようになった。自身にできることには限りがあるが、(おもに日本語にかかわる)「情報」をきちんとしたかたちで残し、将来につなげていく。そこには電子化ということもかかわるから、「電子的に安定し、電子的に情報が交換できるようなかたちで残す」ということだろう。「アーカイブ」というような感じかもしれない。将来、この別刷りを確認したいと思う人(がいるかどうかはもちろんわからないが、その人)のために残す、ということだ。

「孤島の鬼」脱文

読者からのご注意によつて、第一巻の「孤島の鬼」の「生地獄」の章、百七十七頁下段三行目の次に。長い文章が脱漏していたことを気ずきました、この部分は作者自身、同性愛慾の描写にいや気がさして、戦争中に削り取つたままの版で、戦後も出版されていたために、つい気ずかなかつたのですが、今度の全集には、そういう削除の部分も復原するという約束なので、その脱漏の箇所をここに印刷しました。これを百七十七頁に貼りつけて下さい。

〔一七七頁下段三行目の終り「……全人類なのだ」の」をとり、。に変え、行をあらためて同じ諸戸の言葉のつづき〕

「ああ、僕はそれがうれしい。君と二人でこの別世界にとじこめて下さつた神様がありがたい。僕は最初から、生きようなんて、ちつとも思つていなかつたんだ。おやじの罪ほろぼしをしなければならないという責任感が、僕にいろいろな努力をさせたばかりだ。悪魔の子としてこの上生きはじをさらそうより、君と抱きあつて死んで行く方が、どれほどうれしいか。蓑浦君、地上の世界の習慣を忘れ、地上の羞恥をすてて、今こそ、僕の願いをいれて、僕の愛を受けて……」

諸戸は再び狂乱のていとなつた。私は彼の願いの余りのいまわしさに、答えるすべを知らなかつた。誰でもそうであろうが、私は恋愛の対象として、若き女性以外のものを考えると、ゾッと総毛立つような何とも云えぬ嫌悪《けんお》を感じた。友達として肉体の接触することはなんでもない。こころよくさえある。だが、ひとたびそれが恋愛となると、同性の肉体は吐《は》き気を催す種類のものであつた。恋愛の排他性というものの、もう一つの面である。同類憎悪《ぞうお》だ。

諸戸は友達として頼もしくもあり、好感も持てた。だがそうであればあるほど、愛欲の対象として彼を考えることは、堪えがたいのだ。死に直面して棄てばちになつたわたしでも、この憎悪だけはどうすることもできなかつた。

わたしは迫つてくる諸戸をつきはなして逃げた。

「ああ、君は今になつても、僕を愛してくれることはできないのか。僕の死にものぐるいの恋を受けいれるなさけはないのか」

諸戸は失望のあまり、オイオイ泣きながら、私を追つかけて来た。恥も外聞《がいぶん》もない地の底の鬼ごつこがはじまつた。ああ、なんというあさましい場面であつたろう。

そこは、左右の壁の広くなつた洞窟の一つであつたが、わたしは元の場所から五六間《けん》も逃げのびて、闇《やみ》のかたすみにうずくまり、じつと息を殺していた。

諸戸もヒッソリとしてしまつた。耳をすまして人間の気配《けはい》を聞いているのか、それとも、壁ずたいに、めくら蛇みたいに、音もなく獲物《えもの》に近ずきつつあるのか、少しも様子がわからなかつた。わたしは闇《やみ》と沈黙《ちんもく》の中に、目も耳もない人間のように、ひとりぼつちでふるえていた。そして、「こんなことをしているひまがあつたら、少しでもこの穴をぬけ出す努力をした方がよくはないのか。もしや諸戸は、彼の異様な愛慾のために、万一《まんいち》たすかるかも知れぬ命《いのち》を犠牲《ぎせい》にしようとしているのではあるまいか」などと考えていた。

ハッと気がつくと、蛇はすでにわたしに近ずいていた。彼はいつたい闇の中でわたしの姿が見えるのであろうか。それとも五感のほかの感覚を持つていたのであろうか。驚いて逃げようとするわたしの足は、いつしか彼のねばつこい手につかまれていた。

わたしは、はずみをくつて岩の上に横ざまに倒れた。蛇はヌラヌラとわたしのからだに這いあがつてきた。わたしは、このえたいの知れぬけだものが、あの諸戸なのかと疑つた。それは、もはや、人間というよりは不気味な一匹の獣類でしかなかつた。

わたしは恐怖のために、うめいた。死の恐怖とは別の、だがそれよりももつともつといやな、なんとも云えぬ恐ろしさであつた。人間の心の奥底に隠れているゾッとするほど不気味なものが、今やわたしの前に、その海坊主みたいな奇怪な姿をあらわしているのだ。

地獄絵だ。闇と死と獣性の生地獄だ。

私はいつしか、うめく力を失つていた。声を出すのが恐ろしかつたのだ。火のように燃えた頬が、私の汗ばんだ頬の上に重なつた。ハッハッという犬のような呼吸、一種異様の体臭、そして、ヌメヌメとなめらかな熱い粘膜《ねんまく》が私の唇をさがして、蛭《ひる》のように顔じゆうを這いまわつた。

ちようどそのとき、非常に変《へん》なことが起こつた。そのお蔭でわたしは難《なん》をのがれることが出来たほどの、意外な椿《ちん》事《じ》であつた。〔一七七頁下段四、五行目を削除して、この次に六行目がつづく〕

本書二十二頁では「二銭銅貨」が繰り返し文字化されていることを述べた。乱歩の作品は繰り返し文字化されて、新しいテキストとなっていく。今、文字化の歴史という枠組み、概念を設定し、それを「文字化史」と仮に呼ぶことにしよう。そうすると、乱歩作品が繰り返し文字化されていることを、明治、大正、昭和、平成、令和という時間幅の中でどのように位置付けていくか、ということは、「日本語の歴史」としても、「日本語の文字化史」としても興味深いテーマになるだろう。

『新青年』第六巻第四号（大正十四年三月一日発行）に発表された「黒手組」という作品がある。大正十四年七月十八日に春陽堂から出版された「創作探偵小説集第一巻」にいちはやく収められている。今ここでは「創作探偵小説集第一巻」を使って引用する。

「黒手組」の冒頭には「またしても明智小五郎の手柄話です。それは、私が明智と知合になつてから一年程たつた時分の出来事なのですが、事件に一種劇的な色彩があつて中々面白かつたばかりでなく、それが私の身内のものゝ家庭を中心にして行はれたといふ点で、私には一層忘れ難いのです。この事件で、私は、明智に暗号解読のすばらしい才能のあることを発見しました」（七十三頁）とある。

「またしても」は「D坂の殺人事件」に続いて、ということであろうが、右に述べられているように、「黒手組」は「暗号解読」を軸につくられている。

一度お伺ひしたい〲と存じながらつい
好い折がなく失礼ばかりを致して居ります
割合にお暖かな日がつゞきますのね是非
此頃にお邪魔させていたゞきますわ扨日
外×つまらぬ品物をお贈りしました処御
叮嚀なお礼を頂き痛み入りますあの手提
袋は実はわたくしがつれ〲のすさびに
自×ら拙い刺繍をしました物で却つてお
叱りを受けるかと心配したほどですのよ
歌の方は近頃はいかゞ？　時節柄御身お大
切に遊ばして下さいまし　　さよなら

「明智」はまず「一番始めの線に沿つた各行の第一字目」が「漢字ばかり」（一〇〇頁）であることに目をつける。×については「明智」は「抹消文字はその上に位する漢字の濁音を示す為の細工ぢやないかと考へた」（一〇一頁）と述べている。そして、「漢字の字画がキイ」であると考え、「偏と旁を別々に勘定する」。「好」は女偏が三画で旁の「子」が三画だから、「3・3」

とみる。「アカサタナハマヤラワン」が十一で、「アイウエオ」が五であるので、「3・3」なら偏が三で、サ行、旁が三で、母音がウだから「ス」をあらわしているという解読を提示する。

さきほどの手紙の各行の一字目を並べると「一好割此外町袋自叱歌切」となり、これが「アスヰチジシンバシヱキ」と解読できるということになっている。ただし、少し無理があるので、「ヰ」と「ヱ」は当て字だろう。一画の偏なんてないからア行では差支へるのでワ行を使ったのだ」(二〇二頁)と「明智」が述べている。

さて、この「黒手組」は、乱歩が積極的に編集にかかわった、桃源社版全集6(昭和三十七年二月五日)に収められている。乱歩は、この全集について「例外的用字はあるものの、一般的にはなるべく新規則に従って校訂した」(二七六頁)と「あとがき」で述べている。「新規則」は「当用漢字表」と「現代かなづかい」である。「町」の「町」が「当用漢字表」外の漢字であったためであろうか、この桃源社版全集では、「この中に一つ当て字がある。『町嚀』は、ほんとうは『丁寧』だが、それでは暗号にぐわいがわるいので、わざと当て字を使ったんだね」(二二九頁下段)と加筆されている。「町嚀」は明治期などでは使われているので、「当用漢字表」を考え併せた加筆といえるだろう。乱歩はなかなか律儀だ。また「一画の偏なんてないからア行では差支へるのでワ行を使ったのだ」の箇所を「『ハ』は偏が六で旁が一でなければならないが、適当な字が見当たらなかったので、偏だけでごまかしておいたのだろう」(二三〇頁上段)と修正しているが、「自」は「自部」に属する漢字で、総画数が六画で旁なしとみれば、「6・0」である。0と1を母音アとみなすと考えればよい。それなら「自」は「ハ」にあたる。

そもそも、「偏と旁」ではなく、「部首と部首以外」と説明すればよかった。あるいは「部首と旁」でもいい。そうすれば、一画の部首に属している、部首以外二画の漢字、例えば「万」によって「イ」を、一画の部首に属している、部首以外四画の漢字、例えば「世」によって「エ」をあらわすことができた。また「此」は「止部」の二画なので、「4・2」で、それなら「チ」になる。ちょっと作ってみました。

乙女の祈りを神に捧げながら家の窓から遠い
帆影を眺めて過ごす日々が続いております
万一あなたさまにお目にかかることができたならと
机上の手習いもかかすことはありません背
広×はどんな色がお好みでしょうか先日千
弗のお品を銀座の百貨店で見つけました漆
黒の風合いがお似合いかと思いました飾り
糸×をそれは上品に使って仕立ててありますのよお目文字
叶うように願っております乱歩さんも「うつし

世はゆめ　よるの夢こそまこと」とおっしゃいましたものね
仄かな夢に期待をかけて。さよなら

今野 真二（こんの・しんじ）
1958年、神奈川県生まれ。清泉女子大学教授。
著書に『仮名表記論攷』（清文堂出版、第30回金田一京助博士記念賞受賞）、
『振仮名の歴史』（岩波現代文庫）、『図説 日本の文字』（河出書房新社）、
『『日本国語大辞典』をよむ』（三省堂）、
『教科書では教えてくれない ゆかいな日本語』（河出文庫）、
『日日是日本語 日本語学者の日本語日記』（岩波書店）、
『『広辞苑』をよむ』（岩波新書）など。

乱歩《らんぽ》の日本語《にほんご》

2020年5月28日　初版第1刷発行

著　　者　今野真二
発 行 者　伊藤良則
発 行 所　株式会社春陽堂書店
〒104-0061
東京都中央区銀座3丁目10-9 KEC銀座ビル
TEL：03-6264-0855（代表）
https://www.shunyodo.co.jp/

校　　閲　株式会社鷗来堂
装幀・組版　夜久隆之（株式会社鷗来堂）
印刷・製本　株式会社精興社

カバーイラスト：江戸川乱歩『怪人二十面相』（講談社、1936年）表紙・小林秀恒画／
国立国会図書館デジタルコレクションより
本文掲載の図版と写真：すべて著者所蔵・撮影

ISBN 978-4-394-77000-8
C1095